经纬文库 01

纳兰性德

〔下册〕

池舒涵 / 著

中国纺织出版社

内 容 提 要

本书以清代著名词人纳兰性德的生平大事为主线，以生动写实的笔法讲述了一个真实历史中文武双全、情深意厚的才子，从懵懂少年成长为肩担重任的男人的起伏人生，同时更有挣扎在家国情怀、亲情羁绊、真挚友情、缠绵爱情间的无奈和抗争。除主人公外，作品还刻画了如康熙、明珠、索额图、曹寅、张纯修、顾贞观、吴兆骞、朱彝尊以及如萱、苇卿、玉禄玳、颜儿等鲜活丰满的人物形象。呼之欲出的人物形象、生活化的人物语言、精致细腻的场景描写、此起彼伏的矛盾冲突将带给读者欲罢不能的阅读体验。

图书在版编目（CIP）数据

纳兰性德：全2册／池舒涵著. —北京：中国纺织出版社，2016.3

ISBN 978-7-5180-2292-2

Ⅰ.①纳… Ⅱ.①池… Ⅲ.①长篇历史小说—中国—当代 Ⅳ.①I247.5

中国版本图书馆CIP数据核字（2016）第005860号

责任编辑：张永俊 特约编辑：金 菊 责任印制：储志伟

中国纺织出版社出版发行
地址：北京市朝阳区百子湾东里A407号楼 邮政编码：100124
销售电话：010—67004422 传真：010—87155801
http://www.c-textilep.com
E-mail：faxing@c-textilep.com
中国纺织出版社天猫旗舰店
官方微博http://weibo.com/2119887771
北京通天印刷有限责任公司印刷 各地新华书店经销
2016年3月第1版第1次印刷
开本：710×1000 1/16 印张：39
字数：526千字 定价：68.00元

27 | 水落石出

一

身为司传宣三等侍卫的成德，头一遭履职，便恰逢皇后地宫奠基法会，有黄教喇嘛在圣德神功碑亭前设坛，大做道场。按例，奠基法会皇上本为无须出席，但玄烨还是于辰时，率几名司礼大臣，随卤簿亲临，前后皆有八名侍卫护从，成德便武职打扮，仗剑跟在仪仗之后，列中其他侍卫也都是上三旗中拣选的年轻武官，挨过冗长的唱颂，皇上于辰正时分摆驾坛前弘法殿，聆听喇嘛教高僧法台讲经说法。

成德等配剑侍卫自然不得入内，十六人分作两班，一班在殿下角廊下巡视，留下的一班则面朝殿外一字排开，在檐下行戍卫之职。殿下鸦雀无声，殿内喇嘛高僧的唱谒声声入耳："伏以护法诸天，大权真宰，身居上界，德御人间。施擎天立地之功，有护国安邦之力。广化众生，救度群品，发宏誓愿而助佛宣扬，显威神力而除邪罚恶。成就众生，功证佛果。如是，皈投金相，瞻礼威容，仰天限以遥观，望他心而洞鉴。不违本誓，满所祈求，敬竭葵哀……"

因这样的戍卫工作本就枯燥，加上耳边又充斥着晦涩的梵语，成德等年轻武卫早就有不耐烦的，便私下窃窃私语起来，成德谨记着出班前父亲的教导，不敢轻慢，却也将旁人的嘀咕听了个大概：与他值一班并肩列队的是正白旗统领噶昆之子噶布乐，与成德的出身不同，虽无学养，却是由前锋校中择优入选的三等侍卫，因此人也高傲些。这噶布乐见成德一直缄口不言，又比旁人多了些书卷味道，不免流露出一丝乖戾神气。

二

此时，曹寅得知成德上职的信儿，又是新鲜，又是不放心，兼着内务府的差事得了空儿，正偷偷往这班侍卫值上来。

路过南书房，曹寅便迎面撞上两个心下不喜的故人——高江村和马云翎。这高江村却很是客气："曹侍中！"马云翎却只勉强点点头，面色有些为难。

曹寅只寒暄一阵，待急着离去，高江村却不见外，知道曹寅与马云翎是同年，便拉着细叙起来。曹寅原本对这二人钻营的作风看不惯，尤其是高江村，因先前张纯修就是由于书法得皇上夸奖而遭此人妒忌被贬出了京，更是厌恶，此刻，只听高江村劝马云翎道："你看，起点不同，你与曹侍中就不可同日而语。你啊，年轻人，要懂得上进！"

一听是说自己，曹寅便十分留意二人的言语。

马云翎瞥了一眼曹寅，低下头不出声，高江村又道："翰林院是储才养望之所，如今在这里供职，看似平常小吏，将来时运来时，得朝廷大用那是水到渠成的事儿。所以说啊，眼下只光懂得八股文章是不行的。你看我，就不是科举出身，不照样跟你的老师王大人平起平坐？你还年轻，有些事也不是一眼就能看破的，你要跟着王大人我也不反对，不过不会太久，你就知道我们谁更吃得开！多学着点儿吧，我是看你是个可造之材才说这些话。"

马云翎脸上的笑意很勉强，原本高大的身材，却因拢肩含胸而显得颇不挺拔："高大人的美意，小人感激不尽，只是……呃，小人在乡里与人已有婚约……"马云翎的答复欲拒还迎又有些犹疑。

曹寅一听，不禁张大嘴，心想：这小子还有这事儿？原说家里穷得掉渣，哪来的好姑娘巴巴儿地嫁他？

"唉，这里怎么扯出什么义不义的来了？我说了，这是帮你！"高江村有些不耐烦："曹大人，您瞧瞧您这位同年，我是好话说了一车，就是油盐不进，就认准了一门儿，哎，真是！"

"云翎兄竟有这喜事？小弟怎么不知，早该说出来大家一贺啊。"曹寅好奇道。马云翎却红了脸，把头放得更低。

"喜事？你要顺从了我才叫喜事！云翎啊，你可要想好，在下的侄女是宦门之后，攀上这棵大树，可是你借步升迁的好机会，别因为那么个人把自个儿耽误了！"高江村说得头头是道，又转向曹寅："你们是同年，好好劝劝他，实在是个可造之材，就是头脑笨了些。"说完，踱着方步去了。

马云翎有些紧张，又不敢拦下高江村再说好话，一时无所适从。

曹寅却上前坏笑道："恭喜云翎兄了，原本就有恩师提携，如今高大人也这么急着拉拢你，看来你这仕途算是开门红了。只可惜你这二位贵人的关系……"

三

趁两班侍卫换班的间隙，曹寅乐颠颠地叫走了成德，噶布乐都看在眼里，更对成德心生排斥。

殿脚下，成德终于开口抱怨起来："听了一早上的梵唱，头都大了，皇上还尊崇这个？"

"嗨，什么尊崇，做个样子给人看的。这叫'兴黄教、柔蒙藏'，再者，也是刻意做出个排场，那年大行皇后的事儿不是正赶上三藩作乱吗，就仓促停灵，一直到如今。眼下三藩败势已定，为皇后补上丧仪，皇家也总算找回些颜面。"

"是这样，我还感慨皇上对皇后感情甚笃，难以割舍，纪念起来也竭尽所能呢。"

"得了吧，皇上身边多少美人儿呢，就只说你们家姑娘一位，分了多少圣心去？不过，瞧着这排场，也算前无古人了，说难割舍也不为过……说起这个来，我这儿另有个故事跟你说……"曹寅笑得合不拢嘴，把南书房门前的见闻说给成德听。

四

讲坛散去，摆驾往慈宁宫请安途中，端坐在小敞轿中的皇上，忽然开口向轿下的成德道："朕知道，你心里不服气。"

轿下的太监侍从都不知所以，只有成德诧异抬头望过去，良久小声回道："臣不敢！只是此番委任的确出乎臣意料。"

"出乎意料？呵，是啊，三等侍卫的职衔的确委屈了你，其中的关节朕不想说给你听，但是朕明白你的心思，只能徐徐图之。"

"皇上！"成德正声道，"臣只求建功立业，不屑沽名弄权，在何职上都是效力朝廷，披肝沥胆是臣的本分。"

一直目不斜视的皇上怔了怔，望向成德，一字一顿道："好，好啊，朕没看错你，朕一定要大用你！成德啊，其实朕是早早就打了这个主意啊。朕有两百多个三等侍卫，也有无数个读书人，可是，朕只有你一个纳兰成德。朕身边缺一个你这样的人，你明白吗？"

"臣谨记皇上圣谕，当兢兢业业，恪尽职守，不负皇上厚望。"

侍卫们侍立慈宁宫门外，目送皇上行舆。成德无声地长舒了一口气。

五

"纳兰容若！亏你也自诩是个君子，这种下作的事也能安到我的头上？！天底下只有你纳兰容若清高，别人就都是偷鸡摸狗的贼吗？你怀疑我不堪？我还瞧不起你纳兰家那些见不得人的龌龊呢！你不用疑我，我马上走！我姜辰英不结交你，靠了你的家门，怕也要连累我跟着被世人戳脊梁骨呢，跟你割袍——"姜辰英奋力撕开了磨得褪了色的灰棉布袍子下摆，扔在成德脸上："断交！"

这一扔，倒把成德惊醒了。

六

一连十二天的戍卫散班后，成德没急着回府，却带着蔻儿携御赐的砚台笔墨等物，前往姜辰英在城西的寄居处慈仁寺拜访——这桩心事成德藏了许多天，他想，有些话一定要说开。

"姜先生，举荐的事，我都听说了，特地赶来安慰。"

"唉，时运不济，有贵人提携，却偏偏事有不凑巧，折子没递上去，误了应试的当口，命吧。"

"其实，如果事前家父也拟了折子举荐先生，如今可能又是一番结果了。"

"容若从前不是也提起过的？可是，唉，事已至此，抱怨也无益了，你的好意我心领了，多谢，多谢。"

"先生何必谢呢，此事我并没有尽力，心下一直因为这个过意不去。"

"唉！多谢你如此多情，大可不必。"

"不是的。我，唉，不知从何说起。不瞒姜先生，此前，我确有一事误会过您，所以，所以有意对您的事不上心……"

……

"成德，我还是要多谢你，难得你如此坦诚，竟把我这个白衣书生这么放在心上，只是，历经此番失利，难免锐气受挫，即便从头再来，怕也无甚意趣，眼下，我便要去了。"

"怎么？您也要去了？"成德的歉意更深了，"能不能先别急，再容我找个机会向家父提起？"

姜辰英笑而不语，半晌，打开成德送来的雕云龙纹端砚："容若，赠我一阕新词吧。"

……

慈仁寺的会面算是二人的短暂告别，成德加紧了盘算举荐的事，可姜辰英却没有再向成德辞行，只细心收好随身的细软。掩上房门时，回身看了一眼留在桌上的成德先前的赠礼：

何事添凄咽？但由他、天公簸弄，莫教磨涅。失意每多如意少，终古几人称屈。须知道、福因才折。独卧藜床看北斗，背高城、玉笛吹成血。听谯鼓，二更彻。丈夫未肯因人热，且乘闲、五湖料理，扁舟一叶。泪似秋霖挥不尽，洒向野田黄蝶。须不羡、承明班列。马迹车尘忙未了，任西风、吹冷长安月。又萧寺，花如雪。

对姜辰英来说，这是最好的礼物。

七

成德像只归燕扑进西园，一路上高喊着："我回来啦——"晓梦斋里的主仆们早就倚门而望，香气氤氲的普洱散开的正是时候。

"我说你怎么这会儿才回来，这回可好了，疙瘩总算解开了。"苇卿虽听说成德在慈仁寺里耽搁了，还是为他高兴，换衣的手也跟着在成德胸前跳起舞来。

成德老老实实站在当地，由苇卿上来摆弄，武官行头勒得许多天透不过气，换上家常的水红领月白绸袍很是舒服："是啊，姜先生也并不怪怨误会他，倒让我过意不去了。先前是我太多心，也把人看得太低了，真是罪过。"

"只是那马云翎，上次在张大哥府上见时，只觉得那人有些迂腐，又怎么会和柳絮儿？我不明白。别又是错了吧，我是真心可怜她。不过，马云翎能回了那高大人的媒，已是难得了，也不知以后做何打算。"苇卿挽着换下的补服，陷入沉思。

成德摇头道："子清说得有眉有眼，他不知道那房里的底细，自然不避讳，可自打你跟我提起她儿时的小名儿，我就记住了——柳青娘，谁家姑娘有这么个好名字，合该是个有福气的啊。"

苇卿一听，佯声嗔道："哦，名字叫得不响，就该是个薄命的了？唉，我那粗心的爹娘啊。"

成德轻刮了一下苇卿的鼻尖："你呀，几天不见，越发小孩子气了！"忽又想起，温柔地将苇卿拥入怀中，轻声问："唉？你怎么样？身子还好？孩子怎么样？"说着，已把脸凑上来，一手抚着苇卿的小腹，一手扳着肩，热腾腾的气息灼得苇卿说不出话。

"大爷，大奶奶——"翠漪也没顾及，冒冒失失进来传话，见二人唬得忙松了手，自己也红了脸，低头回道："东府里有客人来，太太让过去，哦，说是大爷的上司，顶要紧的，还请大奶奶也过去，这位大人带了位女客。"

八

东府客堂庸庆堂里，果然人声喧哗。堂上紫檀案左右两旁的福寿纹檀木大椅上，端坐着明珠和另一位高官，正笑意盈盈谈讲闲事，成德记得曾与这高官在当值前见过一面，只是当时，这位正一品领侍卫内大臣不曾把成德这个区区三等侍卫放在眼里。旁边的六螭蝠纹椅上，太太正被一个挥洒爽利的格格缠着说笑。身后丫头垂手侍立，颜儿房里的丫头采薇抱着福哥也在其间，大概是头一回见生人，吓得咿咿呀呀嚷个不停，明珠见此却得意扬扬。

"给阿玛额娘请安。"成德躬身打千，苇卿跟在身后福礼。

"怎么这会儿才回来，教瓜尔佳大人好等，还不来见礼？"明珠屏退了采薇，向成德正色道。

"回阿玛，知道瓜尔佳大人来，特意又换了补服，"成德又转向那位大人道："下官纳兰成德给总领大人见礼，姗姗来迟，请大人海涵！"

看着彬彬有礼的成德，一身便服的瓜尔佳颇尔普笑容可掬："免礼请起，这是在府上，两家又是旧好，用不着这些虚礼，我带你妹子过府来，一则是为了谢你，二则贱内过世，两家不大走动了，领她来认认亲。"说完，指着正缠在太太身上撒娇的女孩儿道："玉禄玳，你妹子，今年十七了，成日里没个安分，那日出门逛，也没带上几个人，多亏让你撞见了，快来。"

玉禄玳格格笑意嫣然："成哥哥好！阿玛，我已经谢过成哥哥了！"被颇尔普笑着瞪了一眼，又嘟着嘴上前福身道："多谢成哥哥出手相救，成哥哥身手真好！那日就想来府上道谢的，门上一直说你当值不在家，今儿才来，成哥哥别怪。"一面伶俐地一扭身儿又抓着父亲的胳膊摆晃："阿布，不是我不带他们，他们那点三脚猫功夫实在拿不出手嘛。赶明儿让咱们府里的小厮来他们府上伺候，也跟成哥哥学着点儿！"说着，上扬的明眸斜向成德一瞥，眼里流出的仰慕之情似曾相识。

成德这才想起，那日在鼓楼斜街上，与曹寅确实出手救过一对主仆，那个厉害姑娘不正是眼前的玉禄玳格格？没想到竟是自己上司的女儿，还与自己府上交情深厚，确实是出乎意料，不禁也哑然失笑，道："这真是巧了，原来是玉格格，别说我啊，格格不也是身手不凡？"

玉禄玳一点儿也没示弱："成哥哥是打趣儿我？我那不过是现场开发罢了，秋后算账也是一样，不过没的麻烦。还是成哥哥你厉害——又有好身手，又有副菩萨心肠！"玉禄玳把那"菩萨心肠"四个字咬得极用力，顶得成德直耸肩，笑着摇头不答话。

"你们爷儿俩把他说成活龙了！不过是举手之劳，给自己亲妹子解个围还不是应当应分的，用得着你们这样？倒是常进来走动才是正格的了。"太太招呼格格回到自己膝前，"你姨娘和你亲娘都下世得早，难为你小小年纪全凭你阿玛一个人抚养，你是他的宝贝，我几次要接你来这里过些年，你阿玛都舍不得，从今儿起既认了亲，可再不能外道了啊，再不来我可不依了。去见过你成大嫂子，让她领你进园子玩儿去。"

苇卿原是金贵的富家女儿，娴雅的举止和通身的气派令高傲的玉禄玳也觉得亲切，加上两人性情一个随和一个泼辣，更是一见便如胶似漆，这个直呼"玉妹妹"，那个亲亲热热地唤"大嫂子"，拉拉扯扯地游春去了。

九

自此以后，玉格格便时常出入西园东府，两家情谊日益紧密起来。

几天来，玉禄玳格格日日过府与苇卿闲游，府里东厢房那边便少有来往了，直到听见晓梦斋廊下的婆子们窃窃私语说柳姨太太闹腾开了，苇卿才猛然想起许久未去探望，趁着这日玉格格知道太太领成德进宫谢恩，未来造访，家中清静，苇卿才带着翠漪往东府来。

还没跨进后门，就听东厢房里一阵喝骂声："小娼妇！我就知道，你从来就没安过好心！装得跟什么似的，滚！我不见你还能多活几日，有你在，哪天给我下了毒，我都没处申冤，滚！"二人走近时，只见妙桃哭哭啼啼地往外跑，和翠漪撞了个满怀，没及苇卿多问，捂着脸跑出去了。

"这是怎么说的，怨不得成日往咱们那头逛，她这边是够闹腾，哪回来都闹几出，咱们回去吧，别蹚这浑水，本来太太就不待见，知道咱们来了更不好。"

"来都来了，什么事儿还不知道，进去问问也是咱们的本分，太太不在府里，更要有人调停了。"苇卿挑帘进来，不由吃了一惊——柳絮儿已经生产，一个人病恹恹躺在里间屋里，脸上满是怒气却不见血色，奇的是，遍寻房中不见孩子，不由主仆二人起了疑心。

"你找什么？早让她们抱走了，长什么样儿我连看都没看清。"柳絮儿望着空荡荡的床发呆。

半晌，翠漪冲苇卿努努嘴："怎么生孩子这么大的事儿，府里连个动静也没有？"

苇卿摇摇头，冲床里的柳絮儿尴尬一笑："你身子正虚弱呢，连我也知道放个孩子在身边，就别想安生，等你把身子养好了，还怕没有看的时候？"说着，挨着柳絮儿坐在床边："大丫头出去了，怎么四个小丫头也不见？瞧你摔得这满地，也不找个人收拾，成个什么了？翠漪，去园了里头叫几个人来，帮姨太太拾掇拾掇，再令小厨房做碗莲蓉养心汤来，虽然没到饭口，做些茯苓饼来也是便宜的，真等到了放膳时还未必吃得下呢，去吧，我陪她说说话。"

翠漪却站在当地不动，苇卿又催道："快去啊，太太才进宫，咱们不关心，等老人家回来知道了不怕怪罪？"其实，苇卿的意思是提点翠漪，太太不在家里，不会知道，翠漪这才心不甘情不愿地晃着去了。

"你倒巧，坏话都往好里说。"柳絮儿苦笑一声："阖府里，谁不知道你们太太不待见我？她会在我的事上用心？哼，倒是用得好啊。"

苇卿听出话里有话："这是怎么说，想是你多心，我看是没有的。吃穿用度哪一样也不曾亏待你，家里的礼数也都是绕着你行，并不曾为难你啊。"

"哼！"柳絮儿一歪头："她们家哪个当我是个人？你当我无缘无故骂跑了妙桃那小蹄子？"

"说得是啊，为了什么？"

"算准了原本没到日子的，是昨儿我在那房的门前，不小心失了足，才早了这些天的。"

"原来这样！那妙桃这丫头可真该责罚，怎么这么不小心伺候？"苇卿猜想底细该不只如此，又不好细问，只道："不过好歹母子平安不是？再若责罚，也该告诉管家婆子们去开发，你在小月里，气坏了身子可怎么好？"

"哪是这样？！我在她房门前，听见她和乔氏、妙桃，正说起外头那姓姜的来！"

"什，什么？什么姓姜的？"苇卿又想起因为成德误会姜辰英自责的事，难免心里发憷。

"这事儿，我也真不该瞒着你。只说是丢人现眼的丑事，见不得人，却没想到还是教你们太太抓住了把柄。"

"呵，什么要紧的，要搁在心里那么深。"苇卿也不知道自己到底是不是想听下去。

"卢姑娘，"一声久违的称呼叫得苇卿莫名其妙："咱们嫁了人的人，是不是都不想回忆起做姑娘时的事儿了？"柳絮儿说起自己，强装出一副若无其事的样子，像是在讲别人的故事，"你只知道我小时候乡下家里清贫，做乡师的爹养不起我们姐妹几个，才把我卖进戏园子，下剩没跟你说起的，才是我的心病。今儿索性都倒给你，就是死了，也有人知道我的委屈。"

"又说疯话，怎么说也是大喜，什么死了活了的，如今不是好好的。"

"我是真以为能好好过下去呢。还在家里时，我爹原就为我定了娃娃亲的，就是和你们家大爷的那个朋友——马云翎。"

"啊，是这样，竟有这样巧的事。"苇卿已然猜着了八九。

"就是有这样巧的，是老天爷戏弄我！"柳絮儿捶着床褥，发狠哭道。哭够了，才又把那日如何在刊刻处相遇，二人又如何生出芥蒂的事说给苇卿听。

十

正是去年初秋时节，明府西园刊刻处里，马云翎被蔻儿丢下，一个人在刊刻处的工房间乱撞，直到远远见胡同尽头一口井沿儿边坐着人，才怯怯上前问路，不想是个花枝招展的女子，待要回头走开，却被柳絮儿唤住："那位公子，可是找人么？"

"哦，不，不是，在下在找路。"马云翎低着头，声音也压得低。

"这四面八方都是路，公子找哪一条？"

"一条出路。"

"公子要往哪里去？"

"我，要出这园子，找那条沿水的大路，回住处去。"见柳絮儿上下打量自己，想是不信任，马云翎赶紧又道："哦，在下苏州马云翎。"

"你是马云翎？"柳絮儿一惊。

"是，在下是纳兰公子的友人，奉徐先生的嘱托，来拜访容若，瞧瞧他编刻经解的事。想姑娘是府上的贵主，叨扰了，多有得罪，多有得罪。"马云翎提防着与这女子生出闲话，便想着抽身。

"我？我不是，我是，是他们家买来唱曲儿的。"柳絮儿的回答很是为难。

"什么？"马云翎这才抬头瞧了瞧眼前这位年轻美貌的女子，那轻佻神情不免让马云翎心生一丝鄙夷，"哦，怪不得如此，呃，如此惊艳，"那柳絮儿原是戏台上见惯了风月的，男人眼里说出的话，倒比口里说得还容易捉摸，此刻马云翎言辞闪烁，明摆就是轻视自己，心底却甚是不甘，脱口唤道："翎哥哥，多年不见，你也认不出我了吧。"

……

"什么青梅竹马，两情相悦，都抵不上命，抵不上时光。当年，他家败落，我爹硬逼着他家退亲时，他发狠说誓死考出功名给我爹瞧，如今见我这样，他却压根儿忘了从前信誓旦旦要迎娶的柳青娘了，躲我就像是躲瘟神……"柳絮儿把身子重重倚向床头，叹道："想这几年，我进了他们家，除了你刚说的吃穿用度，因为他们太太要面子又要里子，不肯落人褒贬，才给我留些口粮外，论体面、论身份，我和他们家里的猫儿狗儿有什么分别？怎么能怨他看轻我？不肯带我走？我原也不图他们家什么锦衣玉食的，在戏班子时，我什么苦没吃过？不过图个安逸清静，又瞧着这里新鲜，便糊里糊涂一头撞了进来，事已至此，哪里跟人说去？又有谁肯听我唠叨这些？"

"是啊，事已至此，就别去想过去的了，也回不去啊。"苇卿想不出什么话能解开柳絮儿的心结。

"况且，那日回来，我就赌气在这府里争些颜面，就又稀里糊涂怀了老爷的孩子，真是一步错，步步错……"

"这话就没理儿了，'哀哀父母，生我劬劳'，自己身上掉下的肉哪有错的，再说，你又给府里添了小阿哥，哟，我都忘了问了，是位阿哥？"

柳絮儿一言不发，只是摇头。半晌，才又道："看样子大概是的，不过是不是又怎样呢，反正也不给我养，如今，我只是眼中钉肉中刺了。你还说吃什么莲蓉养心汤，哼，这府里，哪还容我待一日？昨儿听了她们背后算计的话，我是彻底心凉了。"

"还有人算计？眼里竟连老爷都没有？"

"老爷？她们才不肯自己出面，就是想拿老爷出来作法。在戏班时，那个班主姜有德，看我年轻又长得平头正脸儿的，借捧我的由头，处处想占我的便宜，也是我出头心切，一心想唱出来，不受那下三滥的闲气，就……"柳絮儿哽咽难言，眼泪却似流干了，扬起头来冲口道："就冲摆脱了那个王八蛋，我进他们家也不算全错！"

"原来，你说那个姓姜的，就是那个班主？"

"嗯，太太也不知从哪里打听来的这些旧事，以为抓住了我的小辫子，伙儿着乔氏和妙桃背地里放那头狼进来，好让老爷知道我旧情未了，亲自开发我，那杂种拿了银子，又是采花的好事，哪有不做的，竟几次三番找上门来纠缠，开始我还纳闷儿，这高门大户，哪里是个闲人说进就进的？昨儿才知道，原来，竟是妙桃那小蹄子放进来的！我是作小的，不敢在他们太太面前喘口大气，难道还要让那小娼妇害我？她要是敢回来，我拼了这条命也跟她没完！"

"以为是个体己人，竟这样阴险，不过……"苇卿想说，一个丫头，不过是拗不过主子才为虎作伥，可毕竟是太太布的局，又把后半句生生咽了回来。

"不过，要我说，只是你命苦了些，净碰到这些小人。说到底，这世上还是好人多。就说那马云翎，我听成德说，他为了，为了不应他上司高大人提亲的事，顶撞了他，如今正赋闲在家，还不知后续如何呢，当日我就说这马云翎算得君子了，没想到，还和你有这样的缘分。"

"上司提亲他不应？哼，是嫌人家女孩儿不贵重？"柳絮儿很不屑。

"看你，又歪了不是？哪有尽把人往坏处想的，不是要把自己也逼进死胡同了？"苇卿帮柳絮儿掖了掖被角。

"依着你，难道是我招惹了他，才把他害到如此的？"柳絮儿又是轻佻一笑。

28 | 风雨归人

一

延禧宫里，蕙嫔看了一眼玉犀手中擎着的两块腰牌——一块是乾清门的通传银腰牌，一块是大内侍卫腰牌，便知是自家亲戚到来，欣然道："快请进来。"一会儿，便有司礼监的通传太监在宫中仪门外朝宫门高声唱喏："武英殿学士纳兰明珠夫人、一品诰命爱新觉罗氏，乾清宫司传宣三等侍卫纳兰成德觐见！"

玉犀在内殿廊下翘首相望，她从蕙嫔主子口中，不止一次地听说过这位曾与自己擦肩而过的青年才俊，可此时的她，却想证明当年家族的选择没有错。

"微臣纳兰……"帘外蟒袍补服的成德母子恭谨进礼。

没等大礼行完，帘内的蕙嫔已经喜不自胜："快起来，快搀起来！好嫂子快请进，玉犀，给成哥儿赐坐，奉茶！"太太被引进帘内的寝室，成德则在帘外，谢过玉犀的坐，侧了身悬坐在外殿花梨母雕牡丹花大案前。

"你们娘们儿不来，我还要着人去请呢！这会儿巧，想什么来什么。"说着，蕙嫔吩咐宫婢："去取来吧，"又殷勤寒暄："嫂子近来可好？"

"蒙皇上娘娘隆恩，得了扈从这样体面的内职，全家欢天喜地好些天了！"太太也乐得合不拢嘴："只是没的孝敬，如今有外头收罗来的苏绣桌屏，自然比不上宫里的，娘娘收下赏人，也是我们娘们儿的一点儿心。"

玉犀从顾儿手中接过礼盒，打开给蕙嫔瞧，金黄绣缎上平铺着一幅四折偏毛套彩凤苏绣桌屏，五彩斑斓的一对凤凰振翅欲飞："哟，好精巧的做工，也该是出自名家之手的吧，宫里也不多见，好贵重的东西，连我也不认得。"

"倒是听说是在南边儿有些名头的一个绣工做的，娘娘喜欢就是我们的福分了！"

"瞧嫂子说的，哪能不喜欢呢。如今我还就在这些绣品、彩工上用的心最多，从前的琴棋书画反倒扔了。前儿皇上赐的一幅董源的《云山图》，我留着也怪可惜的，却给成哥儿拿来。"

"娘娘自己也喜欢的东西，我们哪敢受领？"

"快别说这些。在这宫里，哪个不是长了浑身的眼睛耳朵？平白的还说你媚主呢，知道独我们这里有些傲人的东西，没的教人眼气，何苦树这个敌？你看我那琴，都闲了许久了，除非皇上来了教抚一曲解解闷儿，平常我是不碰的。"蕙嫔不无惋惜，又转而喜道："况且给成哥儿，才真真不委屈了那东西。那日皇上来，说起他，夸赞他识大体，又有才气，由衷地喜欢，这可把我高兴的呀……"

"蒙娘娘挂心，微臣自当尽心竭力，报效朝廷。"成德的官话说得很是生硬。

"你听听，"蕙嫔指着帘外的成德，笑向太太道："如今当真是为人夫为人父的人了，说话行动到底沉稳了许多，如此一来，倒教我少了一份担心，按理，这司传宣侍卫之职，只管司宿卫扈从的事儿，用不着什么大才，原也只是从蓝领侍卫里选出来的平常武夫，成德一直心向翰林，殿试上答策问，皇上问的治国之术，成德答得都好，连那些肱股老臣也都交口夸赞，入选翰林是水到渠成的事儿。只是，"蕙嫔抬眼望了一眼帘外正襟危坐的成德："他素日的脾气秉性，与大哥哥竟不像父子俩了，成德是个性情中人，偏又不惯官场习性，日后果真领了差事，难免吃亏，恐怕，还是从武职上起步踏实些，凭成德的天赋才情，若只三分能像大哥哥的老成练达，日后大用是指日可待的。我一提，谁知竟正和了皇上的意，如今成德在驾前也做得很好，我也就不怕他心里抱怨了。说实话，向皇上推举他受这个职时，我还犹豫了好些日子呢。"

太太赔笑道："我家老爷也早猜着这事儿一定有娘娘周旋才得顺遂，今后成德伴驾，有娘娘在身后照应，我们夫妻也就放心了，说句造次的话，皇上到底是皇上，娘娘跟咱们才是血肉至亲，是真心实意地替咱们着想，谢娘娘的恩还来不及，哪个又会抱怨呢？成德？"

成德已是恍然大悟，却又无话可说，正暗自长叹，听额娘正命自己答话，慌忙起身向寝室里拱手道："娘娘用心良苦，谢娘娘抬举，成德不敢抱怨。"

"坐下说话。"蕙嫔仍笑着向外摆手，又若有所思地望了太太一眼："这么小心，许是大哥哥教的吧。"

"他阿玛如今忙着朝廷的事，爷俩儿见天儿也见不着面的。"

"嗯，要我说，侍卫的衔虽不高，到底在别人眼里是随王伴驾的美差，教人记着咱们得意的一家子都是纳兰氏，就不好了。"

宫嫔已经将古画取来，蕙嫔命铺开请成德赏玩，因着宫中花草开得正盛，蕙嫔便携了太太园中游赏，独留成德在殿内，道："成哥儿的才情我是知道的，来我这儿一遭，断不能白白去了，你看，今儿春色正好，我给成哥儿出道题目——就以，就以春色为题，请成哥儿赐我首大作？"

"娘娘玩笑了，微臣许久不动笔墨了，怕娘娘见笑。"成德嘴上谦虚，心里却受用了一些。

"哦，你要这样客气，我倒照直了说了，若是作得好，我还有赏，嗯，若是作的我不喜欢，我可要罚的！"说得太太也面色一沉，蕙嫔却笑道："罚你们娘们儿陪我用晚膳！"说完，朗声笑着一手摇着帕子一手扶着宫嫔步出内殿，太太才会意跟在身后。

二

成德低头恭送蕙嫔时，玉犀的眼光一直停留在他长长的睫毛上。确切地说，自从那母子进来，玉犀的眼睛就没再从成德身上移开，她是笃定要和除主子蕙嫔外的所有纳兰家人撇清关系的，她的高傲和矜持，她的要强和虚荣，都不允许她承认自己和自己的家族犯下了一个令人懊丧的错误。

可是她不得不承认，错了。

玉犀也是个自幼长在闺中的大家闺秀，所有的少年时代里，能接触的男人只有父亲和弟弟，她眼里的好男人就只能像父亲那样——不苟言笑，冷峻严厉，而弟弟则是个麻烦，永远让人操心；后来，她进了宫，她见到的已经不再是男人——竖着兰花指扭捏作态的太监令她作呕，她从来不肯给那些人一个笑脸，她甚至相信，这世间的男人都配不上自己的女人，即便她已经见过这世上被传说成最伟岸的男子——皇上，"也不过如此。"那时她想。

可是她不得不承认，错了。

当她看着他转身，淡定从容地站在桌案前，细心地推开那陈年的古画，异样的清新气息从他修长的手指间氤氲开，然后听他恭恭敬敬唤自己："请姑姑赐墨。"时，她怔住了，她在他平和的眼神中，读出了被自己错过的东西，可她不知道那是什么。

"哦，"玉犀终于意识到自己的失态，慌忙掀开墨盒，莽撞的声响引来了成德的注意，可玉犀却莫名幸福起来，她想："他在看我，他可以看我。"

"真是幅好画儿。"成德重又低了头，目光停留在山水迷蒙的墨色里。

"美吗？"

"嗯。"成德生来对世间的所有美好事物有着非凡悟性，他沉浸在他的画里，他也站在她的画里。

成德还有好多关于对这幅古画的品评："要是孙友先生在，肯定欣喜若狂呢。可惜此刻没有可以谈讲的人。"

"公子可以和我谈讲。"玉犀用的是"可以"两个字，这是一种垂青，可是成德不这么想。

"哦，下官才疏学浅，怎敢和姑姑比肩。"

"可我们却差一点儿成了同路啊。"

"什么？下官不明白。"

"你不用明白，只是一样，我想，我们是有缘分的。"玉犀站得太近了，成德似乎能听见她的气息。

"下官更不明白了。"成德闪身绕过桌案，驻足在窗前，窗外漫天的柳絮飞舞，成德有些烦，还未及蘸墨的笔在手里转来转去。

半晌，玉犀铺就了几张雪浪纸，走近问道："公子可想好了？娘娘就要回来了。"

成德瞥了一眼，冷冷应了句："好了。"撇下玉犀，来到案前，推开面前现成的纸，从镇纸下抽出一页特净皮宣来，提笔写诗。

"这墨香最是众香中的极品，和那些胭脂香粉远远不同。"玉犀也觉出尴尬，研墨时刻意闲聊起来。

"姑姑最好离这墨香远点儿。"成德面无表情，只顾低头写字。

"为什么？"

"这墨叫麝墨，里面加了麝香，才会这样芳香四溢，是为了防腐防蛀用的，可麝香要是入药，便可镇痛，最要紧的，会破血化淤，所以也请娘娘少碰这些吧。"

"这又怎样？"

"你，唉，是药三分毒，远着些总是好的嘛。"成德终于不耐烦，撂下笔出去了。

"多谢公子关心。"玉犀很欣慰，却没注意成德留下的诗：

落尽深红绿叶稠，旋看轻絮扑帘钩。怜他借得东风力，飞去为萍入御沟。——《咏絮》

三

殿前阶下两旁的芙蓉花开得正好，太太却无心认真看，跟在蕙嫔身后笑谈成德私下里如何为表姑姑在宫中如履薄冰的生活担心："说的也是，这是咱们亲戚私下里闲聊，宫里头女人多，保不准有那些眼红嘴坏的背地里算计，娘娘是该小心些。方才娘娘说只在女工的事上留心，依我看，在这里做人，藏愚守拙倒不失为自保的好法子。"

蕙嫔轻叹了一口气，转而笑道："偏偏成德就是个多情多心的人！哪里就像外头说的那样不堪了呢？不过是不知道的混编罢了。怎么女人一扎堆的地方就能出事故？哪里是没有王法的？皇家也是家，是家则必有家规。真明争暗斗地掐成了乌眼鸡，不是要天下大乱了？"

"宫里上上下下几千号人，有无封号的都要各司其职，正事儿管还管不过来，哪里还有个闲心思和人斗呢？再说皇上日理万机，又有祖宗的规矩跟着，从来不许专宠的，便是皇上也无法，便是有那愿意捻酸吃醋的，也不过是自寻烦恼罢了，嫂子不必为我担心。"

"到底是蕙儿教人舒心哪！"不知什么时候，皇上带着宋连成悄悄站在了二人身后。

两人大惊，俯身行礼，太太又碍于是命妇未经诏命进宫探视，怕皇上降罪，便忙着告退。

"嗯，亲戚来串门儿是理所应当的，干吗躲着朕？"皇上携了蕙嫔的手，走在前面，正碰上拾阶而下的成德："哟，你也来啦！好哇，几天没见着，怎么不当职也穿得这么齐整？"

成德撩袍见礼，也要告退，蕙嫔笑问："就要去了？我要的诗呢？念来听听？"

"哦？成德有新诗？倒要听听。"皇上也很有兴趣。

四

"怜他借得东风力，飞去为萍入御沟？"皇上放下手里的诗，望着远去的成德母子的背影："这就是成德的诗？"皇上的不悦是明显的——柳絮，本就无根，化作浮萍，更显轻薄，偏偏进了"御沟"。

蕙嫔也没想到是这结果，心下一慌，旋即笑道："成德果然不负才名，都说他肚子里典故多，当真如此，若不是前儿读了几本集子，我也被他唬住了。想来，这该是化用了楚时宋玉的'大风起于青萍之末'的典故。"

"此典何解？"

"宋玉答楚襄王说，风生于地，起于青苹之末。……猎蕙草，离秦衡，……回穴冲陵，萧条众芳。然后徜徉中庭，北上玉堂，跻于罗幢，经于洞房，乃得为大王之风也。"

"嗯，还是你聪明！不像东宫那边儿的容嫔，心眼儿偏不说，偏又笨得很，难得交上几句心。"

"容姐姐已经为皇上添了两位皇子，怎么还说交不了心呢？"蕙嫔故意问。

"是啊，她已经有两个皇子了，还有什么不知足的？"皇上敲敲头，倚在榻上叹气。

"皇上有什么犹豫不决的了？"蕙嫔的手柔软地捏着皇上的肩。

"没什么不决，朕已经定下来把妃子位给她一个，让她闭嘴。"

蕙嫔的手颤了一下，立刻意识到自己的表情可能变了，重重咬了咬两腮，逼出一丝浅笑，让声音听起来悦耳："我说我这院子里芙蓉花怎么比往年都娇艳，敢情正应着这个'容'字儿呢！哟，看臣妾，说话都不规矩了，要称'容妃娘娘'了，对吗？"

皇上牵着蕙嫔的手，绕过头顶，环抱在怀里："等你也给朕再添个皇子，朕也封你呢！"

玉犀早看不下去，扶帘离开。洒满殿中的帘影被殿中二人的身影打得凌乱细碎。

五

太太回到明府上房时，见坐在东厢房廊下的丫头眼熟："那不是先前我这边儿的，那个什么？"

跟在身后的张婆子赶紧答："初莲，原来在太太屋外头传话儿来着，现在在园子那边伺候。"

"怎么溜达到这儿来了？"太太径直往屋里去，犹豫再三，又转身向张婆子："去那屋里看看谁在？"

张婆子去后回来禀告："大奶奶在，正和那屋里头的拉着手儿掉眼泪儿呢。"

"去传一声，我回来了！"太太声色俱厉，"小狐狸精妖法还不少，男女老少都通吃吗？叫她别做梦！再不安分，我可让她唱好戏了。去说给她听。"

见东厢房里聚拢来两个西园的丫头正归置东西，张婆子顿时明白了几分："大奶奶，您还跟这儿坐着哪？您现在也是有身子的人，得往那干净地方去，少教太太操心才是。"

"谢张妈妈费心。"

"甭谢，这是我们管事的该提点的。走吧，大奶奶，太太还在上房里等着呢。"

"明摆着知道你在我这儿才来叫的，她见你过来不自在。"柳絮儿有气无力。

"我说姨太太，您就别多话了，该好好养着才是，话说多了不好。走吧，大奶奶。"

听张婆子的话不顺耳，苇卿也挂不住脸儿，又不好当着柳絮儿的面动气，正堵着气，柳絮儿噙着泪道："你去吧，谢谢你来陪我说话儿，不知道下回是什么时候。"

"别胡思乱想，这会儿我过去求太太，等你身子大好了，把阿哥送过来，我再来。"

"嗯，我好歹等着你。"柳絮儿目送苇卿被张婆子拉着出了门，无力又躺回去，脑海里又胡思乱想起年少时，被强拉着出了家门，一路哭喊着："我不去，求求你们别卖我，爹！我不用你养，我找翎哥哥去……"小小的马云翎，躲在柳家的破屋后，捂着被打红的小脸，恨恨地望着正掂量着几个小钱的柳父，听着骂自己的重话一句句送进耳朵："哼，找那小子？穷鬼他们家能养得了你？乖乖回去种他的地吧，祖祖辈辈的下贱命，翻不了身！"

六

与成德谈讲柳絮儿的事，成德听了大半，担心苇卿熬夜伤身，百般哄着，直到后半夜苇卿才迷迷糊糊睡着。

天刚蒙蒙亮，苇卿如往常一样，喜欢睡懒觉，拥着锦衾等成德来唤。成德也刚刚起床，睡眼惺忪地望着憨憨睡稳的苇卿痴笑。

"来人哪！有人跳井啦！"晓梦斋外有人高喊。

翠漪披上褂子探出头去："外头的，出去看看，叫嚷什么？吓着大奶奶可不是闹着玩儿的！"

成德早趿了鞋奔出去。

片刻，翠漪慌忙进内室安抚苇卿："大奶奶别着急，不碍的，小厮们说，是外头人不知道里头的规矩，胡闹的。"

"我不要紧，你问清楚了么，怎么回事？再去看看，去啊。"苇卿在床上蹭起来，心生不祥。

窗下有婆子唤："翠漪姑娘，东府里有人过来瞧，姑娘不出去看看？"

翠漪一听是太太的人，忙抚了头发出去解释。

苇卿蹒跚着晃到外间屋，方才又惊又怕，自觉有些心慌，扶了当地的圆桌勉强坐下，只听窗下那东府的来人正对翠漪吩咐："东厢房里的死得不体面，教奴才们都谨慎些，别胡说……"

"柳絮儿？！"苇卿大惊，疾步奔出去，却不想脚下被凳座绊住了，一个趔趄重重摔在砖地上。

七

晓梦斋里折腾了半日，都为大奶奶小产惋惜，来来往往端汤递水的仆从都屏声静气。太太远远坐在窗下的书桌前，愤愤地搓着念珠："我告诉你离那丧门星小蹄子远点儿，你就是不听，这可倒好，给自己招了灾不说，还害死了我孙子！哪个当家奶奶是这样任性的？"

"额娘，孩子是在她身上的，她心里更苦，身上又不好，您就少说两句吧。"成德焦躁不已，也就口不择言了。

"你！你这是跟我说话哪？"太太拍案而起。

"成德……"苇卿使出浑身气力，拉了拉成德的衣襟，成德住了口，握着苇卿的手掉泪。

"成德？都叫起来名字来了。瞧这亲亲热热的劲儿，怨不得眼里没娘，你们好好过吧，我可不敢管了！"太太气结，大步流星往外走，回头道："我说媳妇儿，你也别只顾着亲热，光缠着有什么用？养着吧，将来再生一个也使得，我不强求，你自己也要有数，阖府里比你能干的可有的是，颜丫头一个人儿带着儿子兄弟两个都不费气力，说到底，我们家娶媳妇儿是为了养家。"

苇卿胸闷得一个字也说不出，只泪眼婆娑地看着成德。

成德气得发抖，"不要紧，额娘就是那样的人，你知道的，咱们别放在心上，这会儿回去，再不来的，你只管好生休养才是。"

"嗯，我没事儿，你去送送吧。"

"我，不放心你。都是我的错。"

"怎么说是错呢？要是你也连句暖话也没有，那我可真要……成德，我知道你心里有我，各人自有各人的难处，老人家瞧不惯也是常有的，我只盼着早点儿好起来，便在长辈面前说句话，有气无力的怠慢，更教人反感了。"

"嗯，我知道，等咱们养好了，再要也使得。"

"不，成德。孩子没来，我反倒想明白了。天底下哪个做父母的不愿孩子过得快活自在？大抵那也是个人的，为什么凭白地被爹娘当个玩意儿生出来哄人玩儿呢？我不懂事，不能尽人媳之道，在老人面前弄巧，可我也不能把这些营生都强加给咱们的孩子！他该是顺其自然的来，自由自在地走，只要堂堂正正地做人，本本分分地做事，谁的脸色也不用看。"

成德答应着，一阵苦笑。

"咱们的日子会更好的。"苇卿淡定抚着成德的手："你去吧，我等你。"

成德迈步跟了出去，一脚刚踏出房门，见张婆子正缩头缩脑地等太太回话。太太刚生了气，立在廊下独自抹泪，见着她怒道："什么事儿？"

"角门儿上问，那死了的怎么入殓，现正停在后门外呢。"

"这作死的小娼妇，死了也不让我家消停，还入什么殓？扔出去！没的晦气！"

成德听罢，健步追出去："额娘！"

"又什么事儿？！"

"额娘，到底也是阿玛的人，平白无故的没了，阿玛回来岂不问？传出去也显得咱们家太刻薄，额娘的名声怕也不好听。"

"哼，这些事，你一个爷们儿家，少操些闲心。"太太嘴上不饶人，心里却也盘算着成德的话也有些道理，仍免不了放了钱，打发人置办棺木："进家庙就别想了，寻个地方埋了就是了，老爷才不会过问这些小事。"

八

仅仅第二天，明府又没了一个人——柳姨太太的随身大丫头妙桃也莫名其妙上吊死了，东厢房里一下子变得阴森森起来，先前配在这里的四个小丫头都被分配到园中各处去，明府上下被统一了口径，说是那丫头忠义，随主子去了，至于底细，却除了太太无人知道——对于一位命妇来说，家庭的名声太重要了，侧室与外客私通，这样的传闻被永远封存了。

九

成德在江南会馆里找到马云翎时，他已经赋闲半月有余了，理由是有人告发贿赂考官但实证不足。得到成德的信儿，马云翎冒着小雨赶到明府西园角山上的小屋畅微轩吊唁。

"是我害了她。"马云翎没敢掀起蒙头布，却也很笃定。"我真没用，这些年我没忘过她，到头却害她走这步。"马云翎泪如雨下，跪着捶头。

"不认也有道理，云翎兄别太自责，说到底，此事是我家做得不好。如今她也算解脱苦海之外了，你也要节哀，另当别图才是。"

"没什么可图了。我没同意高江村的媒，得罪了他，他就想借我扳倒王大人，我能得补上眼下的编修，王大人是出了力的，我不想连累恩师。"

"那？"

"原本，我也不属于这官场，京城不是我的归宿，我为了争口气才走到今天，如今她死了，我的心气也平了，死了，就都没了，还有什么可争的？我，我想带她离开。活着时，她只能困在这里，现在，我好歹还能带她出去。"

"云翎兄要看开些，如今的功名来之不易啊。"

"这可不是容若你说的话啊，不过话说开了，以我的根基，留下也不过是两边斗法的炮灰，唉，早想明白这些，也不至于一时贪图虚名，负了青娘。你知道，我不是做官的料。我想回南边去，教书度日。"

成德送马云翎扶灵南下那日，雨一直下，马云翎上了船，把成德题字的扇子深深藏在怀里，再也没回头，成德拢着嘴在岸边喊："如有难处，请还来找我！"雨声好大，不知马云翎是否听见，只看见旧纸伞下略显单薄的肩膀一耸，低了头。

蔻儿举着伞催成德："大爷，不过如此了，咱回吧。"

"回？都回了，回。"

29 | 平地波澜

一

心里一直惦记小产未愈的苇卿，成德在乾清宫殿下戍卫总是心不在焉，平时那个气宇轩昂、鹄峙鸾停的潇洒男子，此刻已经丢了魂。

"成侍中，"太监宋连成在耳边悄声唤，"成侍中！"

"哦，"成德回过神，把僵在剑柄上的手拿开，向殿上的皇上拱手道："皇上有吩咐？"

"不刚吩咐完了吗？走吧。"宋连成拉了拉成德的马蹄袖口。

旁边的噶布乐瞥了一眼，昂首与成德并肩跟在了宋连成身后，两个小太监，抬着红布盖好的一尊观音像在后面跟着。

一路来到钟粹宫，宋连成高声唱喏："圣谕：容妃端仪嘉和，子嗣昌盛，朕心甚慰，今赐白玉观音一座，《般若心经》一部，望爱妃恭谨加持，以得护佑！"

回乾清宫复命途中，宋连成关心成德的事，有一搭没一搭地探问，知道蕙嫔在晋升途中落了下风，不免也安慰成德几句，成德也只淡淡应着，并不多话。一旁的噶布乐耳朵灵，远远听见后面有急促的脚步声，猛然回过头张望，见那身后人正向这边奔来，噶布乐断喝一声："什么人？"

那美人正走得兴冲冲的，被吓了一跳登时站住，拧着脖子白了噶布乐一眼道："我当是谁，原来是噶侍中，宋公公在前头，恕不能先给您见礼了。"说罢，紧赶上去，向宋连成施施然一礼道："宋公公好！"

"嗬，这不是延禧宫的玉犀姑姑嘛。"宋连成认人是过目不忘，何况蕙嫔一直受宠，皇上常驾临延禧宫，蕙嫔身边这位绝色的美人又是艳压后宫，保不齐哪天这丫头登天也说不准，因此，虽然知道玉犀为人高傲些，仍不免客气几句："您跟这儿做什么哪？"

"容妃娘娘大喜，我们主子差我送贺礼啊！"玉犀不时瞄向一旁的成德，面上绯红。

"哦，既然礼送得了，您还急个什么劲儿，跟我们一块走吧，唠唠闲嗑儿。"宋连成笑得很慈祥。

"都说宋公公是温厚长者，我是信的，跟您一块儿办差不憋屈。既如此，我能不能得寸进尺，代我家主子提个不情之请？"

"哪儿的话呀，有事您说话。"

"我家主子为太皇太后抄写《金刚经》，想选块上好的松烟古墨，偏宫里没有了，我们是不大认得，到御书处里也选不出好的来，知道成侍中是这里的行家，少不得烦请往处里去一趟，不知可抽得出空儿来？"

"成侍中请随意，我们慢些走，等你就是了。"宋连成招呼身后的两个小太监前行，噶布乐自被玉犀白了那一眼，眼珠子就盯住了玉犀，杵在当地一直等玉犀跟自己客气，谁知临行玉犀连正眼也没给他留一个，使这个愣头青好不懊丧。

目送成德二人远去，噶布乐便开始愤愤不平起来："细皮嫩肉的小白脸，偏他得的青眼多。"

"嘿嘿嘿，说什么哪？"宋连成听出酸味，颇为不乐。

"没什么，只是那姑娘也忒势力了，见纳兰那份亲热，对我却连个礼也不见，什么意思？真真小看人。"

"你别没羞没臊！论理，你一个三等侍卫，不过五品职，人家可是正四品的宜人，要行礼也是你拜人家，没规矩！"见一向威风凛凛的噶侍卫，此刻被宋公公寒碜得一脸灰，两个小太监在后面掩口偷笑。

"小猴崽子，你们笑什么？"噶布乐斥责他们时腰板还是硬的。

"怪人家笑你。你看看人家，"宋连成一指不远处鸾仪亭中的成德玉犀二人，正谈笑风生的景象："玉树临风，英俊潇洒，再看看你，活像个黑金刚，切！"

"反正你们都是以貌取人。"噶布乐很是委屈。

"这可没办法，谁教这是看脸的世道呢。"小太监们一听这话，立马直起腰来，整领扣的整领扣，抚衣襟的抚衣襟。

"嘿嘿嘿，你们较什么劲？有你们什么事儿？走着！"宋连成回头又看了一眼亭中二人，径自朝前去。

二

成德默默跟在玉犀身后，不觉来到花畦高处的鸾仪亭："姑姑怎么引我来此？"

玉犀嫣然一笑："你当娘娘真有事儿？我哄他们的！哈哈哈，我见你气色不好，编个瞎话教你透透气儿。"

"啊？"成德有些尴尬："哦，多谢姑姑，近日家中事烦，放心不下，故而失态，姑姑莫见怪。"

"这我倒不怪，只是那日你的诗，我倒是要请教。什么叫'飞去为萍入御沟'？娘娘是你长辈，我料你不敢妄言，你是在写我的？"玉犀语气变化得很是突兀，教成德一愣。

"怎么会呢？姑姑多心了吧。"成德的闪烁使尴尬之情欲盖弥彰。

"怎么说起多心不多心的话来？可见你也知道那诗不妥，是有意为之，不打自招了吧？"

"这？是成德思虑不周，唐突姑姑了，确实并无他意。"

"这是你，若换个人这样指摘我，我断不依的。"玉犀见成德窘迫的样子着实好笑："这会儿找你来，原是有另一件事要问。"

"姑姑还有什么吩咐？"成德完全拜了下风。

"前些日子你可曾去过鼓楼斜街？在一家酒楼吃酒？和人动了手，把人打了？"一连串的发问令成德招架不住。

"嗯？姑姑怎么会知道这个？"

"这就是了，前儿我弟弟托人带信儿进来，说被明珠大人府上的公子打了，我想着，再无别人了，只好来问你。"

"原来姑姑竟有那么个弟弟，真真辱没姑姑了。"成德一句话，正中了玉犀的要害——天下一物降一物，心气儿高到天上去的玉犀，自幼就因这个泼皮没教养的弟弟被人轻视，也正因着入宫进仕能摆脱家人的干扰，不被娘家拖累才一心托了关系，宁可选秀不成，做个侍女也心甘情愿。

气结的玉犀压着火，噙着泪软语道："说那小子不争气，该挨你这顿打，我也不怪你冒失，何况又是自家亲戚，就算不打不相识吧。"

"成德不敢和姑姑论亲。"

"眼下不是亲戚，以后就走不成亲戚了吗？"

"这？"成德疑惑地抬头与玉犀对视时，分明被那火热的目光灼痛了："姑姑请慎言。成德家有贤妻，不敢逾矩背义，姑姑花容月貌，理当别有良图。"

"家有贤妻？你说卢荻吗？"

听见别人直呼苇卿的名字，成德有些厌烦："姑姑何意？"

"听成侍中的语气，这卢姑娘在你眼里，可真是绝代佳人了。只可惜家势早年就已败落，虽留下些家财，你明府如今也不缺，恐怕没什么能帮上你的吧。当初就说她是高攀了。"

"可她心地纯善，与世无争，德才兼备，是难得的秀外慧中的女子，是成德的红颜知己，怎能说帮不了我？"

"成德你虽有情，可婚姻不是靠你情我愿就行的吧？据我所知，令堂觉罗氏夫人，可是一品诰命呢，她呢？无品无级的，令堂能容下这样的儿媳妇？"

"哼，姑姑有所不知，我阿玛迎娶额娘时，正是额娘一家遭难的当口，被革了爵位，她家一支俱是白身，如今的一品诰封，那是我阿玛为她挣出来的！封妻荫子原是男人的本分，我岂能强求苇卿她？！"一时亭中如死寂一般，"姑姑还有何吩咐？成德该去当职了，不能让宋公公久候。"见玉犀怔怔不语，不等回话，成德便扭身去了，玉犀呆了半晌，忽攥起粉拳重重磕在亭柱上。

三

蕙嫔从玉犀口中听说成德的家事，担心其因挂念媳妇儿而心不在焉，惹皇上不快，委婉告知了皇上，皇上便欣然令宫人选了朝鲜进贡的上好高丽参，命蕙嫔着人送去，恰逢成德下了十二日的职，正要回府，蕙嫔便交与成德，使其顺便带回，谁知又是玉犀出了主意："娘娘，皇上的好意是咱们亲自着人送去，以显皇家体恤之意，这样随便交出去，多有不恭吧。"

"偏你心细，说的也是，亲戚是亲戚，用不着那些繁文缛节，圣恩仁慈，倒是要费些心思，行得妥帖才好。那你就取了腰牌，跟着成德跑一趟吧，把皇上的意思说明，哦，只说是皇上对成侍中的垂爱之情，别的别提。"

四

正如蕙嫔所愿，明珠并不在府中，太太感恩戴德地接了赏赐，又对玉犀千恩万谢，又说姑姑周全得好，又往上座让。

"夫人面前，哪有我的座位？天儿不早了，我也坐不住，只是既然东西是赏给府上大奶奶的，我与令媳又是幼年相识，少不得见一面，说说话，夫人还请留步。"

身后带着两个随从宫女的玉犀，又在明府顾儿等大丫头的前呼后拥下，威风八面地向西园来。

苇卿已经能倚着炕枕和颜儿、玉格格一处说笑了，只是面色仍淡淡如水，神色略少些光彩。

"我也是教那两个孩子困住了，一时不到的，竟出了这么大的事故，大奶奶真有个好歹，教我可怎么过得去？太太责罚事小，我这良心一辈子也难安了。外头那起小人，只管背地里嚼舌根，说长道短挑拨是非，如今这一来，更有小辫子教她们抓了。"两眼哭得通红的颜儿不停埋怨自己。

"姐姐休把那些人的话放在心上。平日里她们说了多少？我从来装听不见，她们能说些什么？无非你我和睦的事，咱们只管好，教她们说去，你看如今我也好了许多，快别哭哭啼啼得来怄我。"苇卿笑道。

玉格格也笑道："正是呢，嫂子好了，你又哭起来，真教人说你和嫂子不是一条心呢。"颜儿赶忙笑着止住了泪。

正此时，只听外头呼呼啦啦一众人丁脚步声，继而一女子娇声唤道："卢姐姐可好些了？一向好好的，怎么病了？"

外间屋里的翠漪一听见那声音，登时竖起了寒毛，还未及迎出去，已和先进来的玉犀打了个照面——好一个冷面美人，几年不见，越发的神气十足了。面对这样一个拒人千里之外的故人，翠漪正不知如何寒暄，玉犀已经趾高气扬地径自向里屋去，翠漪则怯怯地垂手立在帘外。

"哟，卢姐姐一向可好？"玉犀进门只奔苇卿去，倒把苇卿唬了一跳。

一个光鲜亮丽，一个大病未愈，一个锐气十足，一个羞于言语，玉犀的得意之情已是溢于言表："我的好姐姐，这才几年，看你，都瘦了，可知儿媳妇不好当了。"

苇卿早知道这位少时玩伴是什么性情，分明是尖酸的讽刺，却定要说得滴水不漏，只是她还听不出玉犀的弦外之音："蒙妹妹挂念着，几年不见了，妹妹越发地光彩照人了。"

颜儿被眼前人的气势吓呆了，再看其通身的打扮，已知来历不凡，行了礼恭敬侍立一旁。玉格格素来是个火热性子，倒不怯场，闪身迎上来："这位姐姐是？"

"玉犀姑姑！"成德前脚刚安顿好送玉犀回去的轿马，听额娘说人已奔西院来，后脚便追上来："这是颇尔普大人府上的格格玉禄玳，这位是延禧宫的玉犀姑姑。"

苇卿一怔，自言自语道："哦，姑姑。"

高傲的玉犀倒是多赏给玉格格几个青眼："都带个玉字儿，咱们算有缘，既是领侍卫内大臣府上的千金，没事儿即可常来宫里走动啊，咱们能常见。"说着，上前拉玉格格的手。

此刻，乔姨太太听说宫里头来人，特特地打发人告诉张婆子，也巴巴地跟了来，凑进翠漪和丫头堆里，探头探脑道："那就是表姑娘身边的红人儿？哟，到底是有体面的，这穿金戴银，锦绣绫罗的，啧，唉唉唉，你闺女要是到现在，也是这个气派了吧，啊？"

张婆子红了脸，骂道："那上不得台面的小蹄子，能有这造化？呸。"

帘外的动静被帘内听去，玉犀娥眉一蹙："外头什么人？"

翠漪知道这玉犀姑娘为人处世最是看人高低，与苇卿一处寄居客中时，没少听冷语嘲笑，心想着若是此刻让她见府上有乔氏张氏这样市侩的主子奴才，岂不又让她笑话去？遂挑帘进来道："回大奶奶，是几个小丫头听说宫里头的姑姑来了，都想来瞻仰，这会儿已经散了。"

玉犀微微一笑："也不是三头六臂，有什么好瞧的？"说着，抚了一下鬓间的紫金翠翘——和她闪着冷冷笑意的眼波一样，泛着寒光。

玉犀这一抬手，却令张氏一眼瞧见其头上别的白玉樱花簪甚是眼熟，不觉叫出声来："唉，那是若荟的簪子呢！"

玉犀忍不住了："什么人，这样放肆！"

张婆子被乔氏拉着进来时，眼睛一直盯着玉犀，没听见苇卿打圆场："那婆子的闺女，先前也在娘娘身边伺候来着。"

"早听说先前有个什么若什么的姑娘，没机会拜见，这是她娘？"玉犀满脸的鄙夷。

苇卿嗔道："张妈妈怎么这样冒失？"

张氏仍然不觉，竟把这眼前的冷美人想成了自己远嫁的闺女，垂下泪来。

玉犀见张氏对苇卿如此不敬，心生得意，冷语道："府上用的人，真个都是有调教的，那苕什么的姑娘，想来也是不同凡响啊！"

这一句张氏却听了去，冲口道："我姑娘是不稀罕，不然，比你也能强些，伺候主子还轮不到你呢！"

"大胆！"玉犀大怒，一掌拍在桌上，成德向苇卿递参汤的手也停在了半空。

"这疯婆子，是在哪里吃醉了酒，来这儿胡闹，还不赶快撵出去？！"颜儿急了，向翠漪一个劲儿使眼色，翠漪猛地一伸腿，将张氏一脚踹得跪倒，张氏嘴上依旧不服软："得了势的就往死里作贱人，也别想有好果子吃！"

"还不住口！？"成德面上也过不去，又拗不过这老奴，只好不停劝解玉犀："姑姑大人不计小人过，且饶她一回，也是姑姑积德行善了，我这就送姑姑回宫。"

"饶她？便宜她！你们当家奶奶这样管家，我是第一回见，平日如何与我无关，今儿压到我头上，我断不依！来人！拿下她！"说着上来宫人就要打。

"姑姑手下留情，既然说是我府里的事，就该交由府里管事，我家也不是无法无天的地方，姑姑何苦自己失了身份？"苇卿早已气得有气无力。

"这倒也是个理儿，我且放着这奴才，不过话可说下，以后我可还有再来的时候，若这奴才还在，哼！"玉犀气呼呼出门去，玉格格朝地上的张氏狠狠啐了一口，跟着跑出去。

气头上的玉犀听见玉格格在身后唤，并不回头，却想起该送自己回宫的是成德，又停住脚步，示意身后宫婢闪出一条通路，冲房里唤道："成侍中怎么不见？"

玉格格上前赔笑："替姑姑出气要紧！成哥哥就来的。我陪姑姑走走，可使得？"

"哼，这学士府的家规有意思，爷们儿家理事了？这卢姐姐，有福气！"玉犀想到成德说苇卿"与世无争"的话来，冷笑道。

"嫂子也管事的，您也瞧见了，近来身上不好，才不肯动怒，见姑姑气得这样，您看她不也红了脸？等着吧，姑姑的话哪有不听的，倒教个奴才把个贵主儿白得罪了不成？我们知道您是有气度的，可架不住后头还有娘娘，您是娘娘的心腹，她哪有不心疼的？怪罪下来，谁能吃罪得起？"玉格格年纪虽小，却很会讨喜，又善于察言观色，这番话正是投石问路，想瞧瞧玉犀会不会小题大做。

玉犀更是会意，得意一笑："你倒巧，搬出娘娘来压事！你当我这么不尊重？她家主子奴才满打满算，哪个配让我去弄唇舌的？我还怕掉价呢。"

玉格格才放心："姑姑说哪里话，我嘴拙，不过随口一说，只怕姑姑气头上来伤了身子，成哥哥在娘娘面前不好交代。"

"你话里话外都维护她家，把自己当什么人？你以为自己是卢姑娘的亲妹子了吧。"

"姑姑与嫂子是姐妹相称，那我也是姑姑的亲妹子喽？"

玉格格一句不经意的话，使玉犀误以为这是套近乎，一来玉格格出身到底高贵些，才能入了玉犀的眼，二则，心思缜密如玉犀者，从不肯轻易放弃扭转棋局的机会，便笑道："说得正合我意，方才见你，就知道是个通达人，得了，以后多来找我玩儿，咱们要走得更近些才好。"说着，抬手摘下紫金翠翘，给玉格格戴上道："没什么礼，这个送你，这是你，别人，哼，我戴过的，才不送人。"

五

房中，成德只顾扶着苇卿的肩头安慰，并不急着出去送玉犀，倒是苇卿急了："成德糊涂，我生什么气？倒在我这儿耗着，还不去向她说说好话？事儿闹大了，太太那儿也是说不过去的。"

"早也是说不过去的了。"成德扭头怒视着讪讪的张氏："这回有意思，太太一定要知道的，咱们都别管，看谁能救她！"一面说，一面愤愤离去。

"快去吧。"苇卿催道。

见成德已去，屋里只有苇卿颜儿及翠漪主仆三人，不是软弱的主子，就是势微的丫头，张氏自知方才失了言，又碍于老人家的身份，硬是挺直腰扭着要去，却被苇卿一句正色责问唬了一跳："张妈妈以为万事大吉了？"

"我不是得罪了人嘛，这就去向太太告罪。"

"告罪？就告你得罪人的罪？"苇卿厉声问道。

"得罪人也算不上罪，她心眼儿小，怨不得我，这点子小事。"

"好，那我问个大事。"苇卿撑着床沿，翠漪上来拢了靠枕，帮苇卿坐直。

苇卿打起精神正色问张氏道："东厢房里的大丫头妙桃，是怎么死的？"

颜儿顿时一怔，想到这正是那件"大事"，不由自主往外挪步子，又朝屋子里其他小婢摆手，只留翠漪在屋里。

"什么？不，不是在房里吊死的？奶奶问这个做什么？"张氏慌了。

"吊死的？是了。我也知道是吊死的。你来，我问你，那天，是你们谁先发现的？"

"是我，还有叫早的许婆子和两个丫头。"

"张妈妈当时没看出蹊跷？"

"什么蹊跷？那丫头忠义，见主子去了，自己也跟着去了呗，府里不都知道？"

"一派胡言！你们拿这话唬谁？！"苇卿少见地大怒道："柳姨太太新丧，她若忠义，理应守灵，连四个小丫头都在灵前守着，独她不在，就没人看见，你们当晚怎么查的夜？可知是早知底细。"

不等苇卿说完，张氏急急驳道："我是有错，那夜吃了些酒，就没细查。可是，那房里的人不受待见，也不是一天两天的事，再说那柳姨太太都死了，谁还管有没有守灵？"

"哼，你既这么说，更该罚！吃酒？只一个人吃酒去？那些人做什么去了？谁指使你说那房里的人不受待见？你想造谁的谣呢？既说活着都没人愿意关心东厢房的事，为什么主子都没了，你却独独去那房里查？！"

"这……"张氏有些支吾。

"再者，东厢房当夜只她一人，一个姑娘家，那样的凶宅里独自过夜，会不落锁？你们那么轻易就进去了？"

"妙桃若是打定主意寻死，还在乎插不插门儿？"张氏虽被问得慌张，仍然不肯认错，强争着辩白。

翠漪在一旁道："大奶奶是不是为难张妈妈了？"

"嗯？"苇卿不解地问。

"大奶奶，查夜不仔细，张妈妈的错断然推不得，只是如大奶奶所说，那些人是管什么的？管家管事们心里最清楚，怎么就没了人呢？"翠漪提点苇卿道。

"说得有理，我看，不如就此事请安管家来问问，问明白，张妈妈也不冤枉，嗯？"苇卿提起安仁的名字时，咬得尤其重。

却没想到为保老相好的周全，张氏竟全揽了下来："大奶奶！我说了假话，头天晚上妙桃就死了，我从太太房里回事回来时就看见了，因为害怕，加上我平日与那丫头有宿怨，没有旁证，我说不清，就打算第二天一大早带了别人去。"

"是这样？"苇卿宁愿相信张氏说的是真的。

"是，是，是，奴才不敢再说瞎话了。"

苇卿长舒一口气："张妈妈，我知道您是有年纪有体面的，只是今儿得罪了外人，偏又是个宫里的人物，怕我想为你说话也不能了，倒不如真就委屈你一回，翠漪，你去把方才玉犀姑姑的话说与太太听，好歹她是太太的人，请太太开发的好。我这儿身上不好，太太不准我乱走动，就不过去惹她动气了，若太太问起怎么裁夺的，就说想在府里拿出个错处，为她寻个出路，安排到外头做事，既无须伤她的筋骨，又不让府里做蜡。"

"您老是跟我一块儿去呢，还是我自个儿去？"翠漪故意问道。

"不用姑娘跑腿了，我去！"张氏猛抽了一下鼻子，昂头去了。

翠漪问苇卿道："奶奶真相信她说的？"

"不信又如何呢？这是家呀。"苇卿重重叹道。

"既然是家，就该像个家，这样不消停，是人都烦了。"成德应声挑帘进来。

"你怎么这么快就回来了？送出去了？"

"有玉丫头陪着呢，两人一见如故，女儿家的话，我插不上嘴，正好不去了。"

"这倒不好了，虽说她能言善道的，又是外人，好歹能替咱们周全些，可到底你在宫里这些日子，和她相熟，以后也要常见面，当面说开了不是更好？"苇卿的话说着不经意，旁边的细心人却明白。

"什么相熟？不过见过几次面，再说颜儿也和我说起过，你们从前的交情不深，慢说各有各的职司，搭不上话，就是宫里真没规矩，我也没话跟她说呀？"成德拉过颜儿挡在身前，指望颜儿做个和事佬。

不想颜儿也讪讪地，生怕苇卿心有嫌隙，又听出两人话里的醋意，便示意翠漪一同出去。

"谁说要你再跟她说些什么？我不过只提点你今天的事情，你就说上一车？"

"你？！当我听不出来？呵呵，说你们女人家相好，都是面和心不和，看来此言不虚了。人家背后可是净说你的好话呢！"

成德本来是逗趣儿的，苇卿却真恼了："你刚刚说什么？不是搭不上话么？自相矛盾！"

"哎？那可是额娘也在时听着的啊，我，我不过旁听，娘娘面前，只有额娘和娘娘说话，我可不是搭不上话么我？！"

见成德着急，苇卿却乐了："那是想搭没搭上？"

"你就胡猜吧！只在我面前这么不讲理，一会儿见了人，你又贤惠温柔起来，我就纳闷儿，你干吗就这么忍心对我？"成德像个孩子似的靠在苇卿身旁。

苇卿忽又叹道："只有你知道我人前是勾了脸谱的。可饶这样，也还有人不满意，多嫌我不干练，可要我再发恨，怕也不能了。"

"我知道这阵子你身上心里都难过，今儿又闹这么一出，传到额娘那儿肯定又是一场风波。"成德想着，额娘是个任性的人，万一又把气撒在苇卿身上，自己不在家，苇卿又要受委屈，到此，久违的打算又冲上心头："这回可不能再拖延了。"

30 | 纵情渌水

一

候在帘后的顾儿盼来了张氏，打起帘子时，背对的太太看不见她脸上的得意。

"张妈妈怎么来了？"张氏头也没抬就挪进了内室，顾儿没跟进来，倒顺便往后厨里找自己妈去了。

"你真是老糊涂了。"太太先开了口。刚在晓梦斋看够了戏的顾儿早先回来一步，把张氏的笑话添油加醋地学给太太听，知道太太看重宫里的人，料定这回张氏难逃被撵的劫。

张氏扑通一声跪下低声呜咽起来："糊涂了，死妮子前脚走，后脚我就魔怔了……"

"我就知道，你呀，一辈子吃亏在嘴上。"太太恨声道，"当初跟了你闺女去，也不至于落到这步。"

"那我可不想，想走就让她走，人各有活法。只是原想着伺候主子善始善终，我这辈子也算给自己一个交代了，没想到还这样。"张氏干枯的双眼蓄不了多少泪水，片刻就干了，呆呆道。

"你一把年纪，我也老早就想给你找个出路，谁能陪谁一辈子呢。"

"格格说的是。奴才就是放心不下格格您。奴才打小儿就伺候格格，一辈子什么都跟主子见识过了，就是没见格格您笑过，奴才这一去，您要多保重……"

"我也不放心你这把老骨头。你甭挂念我，我好歹也比你强些，男人靠不住，我还有儿子，儿子指不上，我还有孙子。"

"准奴才再多说一句，依奴才看，格格的心性还是强些，太操心的女人活得累！老爷年纪大了，再怎么折腾也没大闪失了，哥儿们也大了，也有自己的小日子过了，格格您也该省省心，养养身子……"

"你这多说的一句，够我品半辈子了……"

……

顾儿甩着刚从后厨房里讨来的一滴溜儿醉枣般大小的瓜子粽子，瞧着怅然若失的若荟妈，沿着西廊檐下灰溜溜的身影。

二

还没等顾儿进后堂，屋里就传出太太的吩咐："府里上了年纪的不少，就索性再放几个出去，顺治八年以前的老人儿，都开恩放出去吧，顺义那边的庄子上裁掇出几十个空儿不是难事，有再老些的，就白养着好了，下剩的我不细问，你去料理。"顺治八年，是纳兰明珠迎娶她的那年。

顾儿知道自己爹妈也在放逐之列，如意算盘落了空，小粽子垂了一地。

三

成德又是一连几天的值，为去外园打点用度的事，就只能由苇卿吩咐翠漪来做。小愈的苇卿又要依礼来向婆婆辞行，太太却不领情："哦？搬出去？这又是你的主意？如今，你看不上眼的、我的人，都顺了你的意撵了，你却要去了，可真算是为所欲为呀。"太太哪会不知道是成德提的意，只是亲疏有别，情分自然差着十万八千里，稍有些不满意，也都算在苇卿头上。

"太太，我知道张妈妈是您的体己人，可太太也是看重宫里人的面子，既然得罪了她，不做出个样子来，恐怕今后太太宫里头也不好行事，我这也是为了这个家……"

"我谢谢你！"太太声音异常严厉，迫不及待地打断了她："你为了这个家，把爷们儿调理得那么听话，看看，你才不过是个败了势的人家的女儿，如今仗着爷们儿，竟逼得这样的好强，还惦记起我来了？只可惜没人教你，我们命妇们的事么，还不劳你费心！请自去吧，我不送了。"

苇卿抽身退出的那一刻，泪水肆意涌出，可面对成德时，却仍然是由衷的温暖的笑意。

四

因为好友们的相继离别，成德的外园寂寞了许久，此刻瓮山泊上的小小茅亭终于郑重地迎来了它的男女主人。

外园是成德的私园，不比赦造的大宅，一切规制开销都从简，只是成德爱精细，在先前这片不过十来亩的滩地上，花足了心思。光是园子的景门就不同于别处：用心之处在于每一门洞皆别出心裁精心镂刻花样，又在门上题了名字，既不装腔作势，又不徒追时鲜俗套，一如"覆叶""聚鸿"等，隔出的园景也应了那些名字，或浓翠欲滴，或燕影蹁跹，内外界墙虽然虚与委蛇，错落有致，却都是白底灰瓦，清秀素净，简洁处又点缀些别致的心思：即便只是一座断墙，也要在其上挖出个形状别致的框来，墙外的春色尽映在框里，如果想在那墙上再挂上幅画，怕名甲天下的画界圣手也不敢了，另有几处轩馆都用了卷棚顶，简约平常，倒叫府里住久了的苇卿眼里满是新鲜，尤其园外三面环绕的绿油油的稻海，待到秋来时节，将是怎样一幅一望无垠的丰饶景象，想到此，苇卿眼里不由泛起了无限憧憬。

"孙友先生笑我说，这园子小气，我不服气，我不跟他们讲排场，只讲心思，套用南人的话，我这是'螺蛳里面做道场'，哪有一处景致是浑然天成的呢？别管大小，花了心思的，就是比别处舒心，你住久了，也能爱上。你知道我偏爱着咱们园子里的渌水亭，就在这儿也题了一个，对了，你来过的，不过那时这园子还没竣工，这会儿我再带你去。"成德见苇卿气色已好了许多，便牵着她的手，先登上湖边的望楼，楼上的书房里正有丫头打理琴书等物，来来回回走动，成德命人开了楼下的水门，扶苇卿下了水门下的台阶，沿栈道而来。

曲折的木栈道连接着水门和渌水亭，栈道两旁簇拥着各类水草，有许多长得得了意的，争着向栏杆上伸出手来，茅亭前一泓泛着耀眼光芒的湖水被茂盛的荷叶欢笑着围住，请光临的主人倾听它们动听的歌声。

"呆看什么？下来啊！"站在亭下小舟上的成德向苇卿招手。

"我在看那边的稻田，上秋时该怎样？你是见过的。"

"嗯，野色湖光两不分，碧云万顷变黄云。"

"分明一幅江村画，着个闲亭挂夕曛。"苇卿摇着指头淡淡笑着，已经被成德又拉又抱上了小舟，两道银弦便将那小舟轻盈地弹向莲叶深处。

"这些叶子不一样？"

"对，只一样不好看，这样夹杂着不只在一个时候开，断断续续可以赏到那边稻子都熟了呢，重台白莲和洒锦开得最耐看，只是花期太短……"成德刚要感叹，又想着今日是刚搬来外园，只为游赏，怎能败了兴致，又转了话锋道："我原先以为这湖是天然形成的，建园子翻塘时才知道，原来是一窝水獭在下游筑了巢，硬是把流水堵成了现在这个样子。"成德轻摇着桨，悠悠地说。

"那是什么样的东西？"

"精灵精灵的小兽，不过那东西怕人，平时见不着，咱们先往那边去，说不定能碰上。"

"那我赌我没那么幸运。"

双桨拂过的水面上，偶尔会有深浅不一的水藻漾开来，苇卿不觉偷笑，成德问起时，哼了一声道："想起一句俗话而已。"

"什么话？"

"吹开绿波现嫩芽。"说完，更笑起来。

"哈哈哈，亏你想起这个来，敢情胃口这么大！"

"教你说得我就这点出息么？只是近来身上不好，茶喝的也少了，这样的好景，没有茶，可惜了……"

"你等等……"成德把桨挂住，随手折了一张荷叶，小心翼翼擎到苇卿面前敬来："试试这个。"

"才不要你，我自己来。"苇卿接过来时，叶上的水珠还是被摇晃得跳起来，沿着叶脉又淌回叶心，汇成一块浑圆的水晶，夕阳下跃动着娇嫩的光。

苇卿被成德盯得有些不自在，闪转的目光躲避了片刻，又平和直视过来，成德反被看得笑起来，正要启齿说什么，忽听一阵"得得笃笃"的响声，循声望去，见一只胖乎乎的灰褐色小兽正仰卧在水面上，肚子上平铺着一块石板，两只小爪子高高举起，频频将一只硕大的河蚌往石上砸。

"就是那个了，你看！"成德纵身一跃坐向苇卿身边，小舟便剧烈晃起来，苇卿吓得轻声叫了出来，还没等看清，水獭已经一个猛子扎回去了。

苇卿气成德冒失，将手里的莲叶掷回了水里嗔道："都怪你。"却不想大病初愈，人却瘦削了许多，手上的戒指松了，用力一挥，也一起脱了出去。

成德眼神灵光："那是？！"说着就要往水里跳，苇卿忙俯下身拉他，不意膝盖又磕在桨把上，两人互相瞧着彼此的狼狈相，又是气又是笑。

"戒指也该是一对儿吧？"成德摘下自己的，也扔进了水里，湖面上漾出的涟漪，就像苇卿浅浅的酒窝，盛满了幸福。

盛春里，生机勃勃的堤岸坚实有力，着意把澄澈的湖水迫出优美的曲线，调皮的浪花明媚地笑着，缭乱了岸的怀抱，湖上娇艳的莲仍有来不及开好的，菡萏田田，被温润的清风拂着，微微张开，仿佛莹莹若滴的唇，欲拒还迎。风是浩荡而细腻的，不肯疏忽任何角落，遍抚着柔软的水面，那水被抚得痒了，皱出无奈的波纹，风便稍稍停歇，那水波也缓缓荡平，熨帖得人悠悠欲醉，可这样季节里的熏风，到底还是霸道的，忽而又低吼着撩开湖心，顿时湖面仿佛银龙逡巡，浮光跃金，湖心的水鸟被惊起，直冲入云天，袅袅的吟哦舒展自由，酣畅淋漓。

"莲粉飘红，菱丝翳碧，仰见明星空灿。亲持钿合梦中来，信天上人间非幻……" 浓浓的月色里，她枕着他吟给她的美丽句子，在他筑就的梦里沉沉睡去。

五

明府后堂里，颜儿正回事，因若荟妈等一干老奴已经派出去到庄园和林地里管事，内府里女管事这样的重要职务就出了缺空。颜儿熟稔府中青黄不接的窘境，如顾儿这样的大丫头虽然可用，可毕竟是姑娘家，抛头露面的不合适，婆子里多是粗笨鲁莽的，又和主子家不亲近，料太太信不过，想来想去，择出个茹儿妈方氏。

太太却有些不放心："她？不是前年逃兵灾才来的吗？看着倒是本分人，也像见过些世面的，只是不知什么经历，你问过？"

颜儿垂手答："是，自进来就问过，的确是个本分人，从不肯给府上找麻烦的，我问明原是大奶奶的乳母，又多少在她娘家管过些事，只是多次求我别将此事回太太，大奶奶也嘱咐说不让回，只好挨到今儿。"

"哦，那还真不错，多少日子以前的事儿了吧？那回从园子回来，见个婆子穿得虽破些，却干干净净的，一个人猫在林子里捡那些没人收拾的残枝，一问，说既是无用的，不如拾回去烧火，我见她那气度，必定不是一般的粗使婆子，难为她忍辱负重到今天。这个成哥儿媳妇儿啊，也这么婆婆妈妈的。"太太笑哼了一声，道："外来的和尚会念经。既然她还奶过成哥儿媳妇，该算是靠得住的，那就先依着你，让她做做看吧。她是一家子，还是单在这里的？"

"还有一个儿子，原来是给了严先生的，如今那严先生为作画云游去了，临行前又退了回来，如今大爷搬去外头，也带去了。"

"什么搬去外头？不过是许他们出去几日，撒撒野罢了，爷们儿家嘛，总圈在窝里头也不像。你甭着急，等成哥儿媳妇儿再有了，就去把他们接回来，再把用她娘家人的事告诉她……"

两人正议论着，忽听窗下一声笑，道："玉格格，你慢些，等颙儿去报一声啊。"

未等人通报，玉格格已经跳着进来，后面跟着曹寅。

分别给两人见了礼，颜儿径自退下，玉格格倚着太太的肩坐下，道："干妈用了什么人？我又要有侄子了吗？方才去找大嫂子，说出去住了？干妈，"玉格格撒了个娇道，"干妈让成哥哥和嫂子出去住怎么也不打发人告诉我一声？害我扑了个空。"

"死丫头，这一串儿问哪，哦，来我这儿就为了见他们哪？"太太佯装生气道，一边又示意曹寅坐下。

"妈——"玉格格甜甜的嗓音把太太的骨头都叫软了，"我是关心嘛，您是王母娘娘，我长了几个胆子，敢不把妈放在心尖儿上呢？"

"哟，快甭这么说喽！外头都说我不教媳妇儿，家里的事一直不放权，连上夜检事这样的事也亲自操心，你们以为我愿意呀？谁不想图清闲，生两个像你们这样的金童玉女见天儿哄着，真去过神仙日子？可依着成哥儿媳妇儿那个性子，家里头这些刺儿头她能压得住？哎，有那么个贴心的老人儿帮衬着，等她慢慢学吧。"太太向来不喜人说占了儿媳娘家的便宜，这话说得巧，既夸了两个年轻人，又避开了玉禄玳的问话。

"太太多心了，哪有这些闲话？大嫂子是您亲媳妇儿，怎么会故意不教？不教？还能把她娘家的人放在管事的位置上？"曹寅先前听蔻儿说起过明府换女管家的事，茹儿妈上位的建议还是他托蔻儿向颜儿提的，此时说漏了嘴，自己也觉得不妥，躲开太太疑惑的眼光，忙遮掩道："这原是家里外头都妥帖的办法，连二嫂子方才出去，都兴冲冲说要向大奶奶的人道喜去呢，可知太太持家有方。"

"什么有方？唉，操碎了一片心也落不下个好儿，我呀，就是命不好吧。"

"太太不光持家有方，还是个心慈面软的菩萨，我最知道了！"玉格格哄着太太向曹寅努嘴。

"我怎么心慈面软了，你说说看？"

"太太，玉格格这是说气话呢。"曹寅笑道："算日子成大哥今儿下职，方才我们去西园，却说成大哥原回来过，被前些日子请来的顾先生约出去了，我们才扑了空。"

"什么顾先生？住进府里了？我怎么不知道？这个成德！"

六

顾贞观自那日在散花亭结识了成德，便受邀住进了西园，因这顾贞观也是个爱填词写曲的才子，平生喜读书，成德就将他安置在自己晓梦斋后，先前表姑娘住的锦澜院里。那院中的凌月阁原是闺房，自然不便宜，旁有一处唤作"蕊香幢"的闲置楼馆，离晓梦斋更近些，就成了顾贞观的寄居处，成德下职后每有闲暇便来此与之论诗品词。近来，两人更动议要合著词集，商议到兴处，成德索性吩咐下人说"出去了，来人一概不见"，故而有了玉禄玳与曹寅拜访不第的事。

"顾兄就为了他奔走呼号了这些年？"蕊香幢里，成德听了顾贞观的遭遇有些诧异。

"是啊，我答应过他，得救他。"

"碰了这么多壁，你就不灰心？"

"也感慨过世态炎凉。你那徐老师，已经是侍讲学士了，在皇上面前多少能说句话了吧？都不肯帮忙，若论交情，想当年，跟兆骞有交情的是他，不是我呢！"

"这？"成德近来从父亲口中，倒是听说关于徐乾学的一些微词，说他得意忘形，有些倒戈向明珠的意思。"他根在江南，发配黑龙江这些年，冰天雪地里受尽折磨，即便还在世，人也会变哪，他还能是当年那个你眼里的君子吗？"

"没想过，不过，我记得当年他那个倔劲儿，哈哈，宁折不弯的主儿！让他变，还不如让他死，我猜那把老骨头，要么真是完了，要是活着，且得硬朗着呢！哈哈……"

七

二十年前的初春，京中瀛台宫景星殿下，刀斧手林立，鬼头刀的寒光里，映着刀下一双双战战兢兢的眼神。因为科场舞弊日渐成风，京中盛传入围的举子都是鱼目混珠，朝廷不过是花钱养了一群不学无术的笨蛋，年轻的顺治皇帝龙颜大怒，责令当年在江南贡院应试的举子，无论意愿，全部押来京城加试，自己坐在殿上亲自监考，并下严命：果真滥竽充数的，重则斩首，轻则也要发配！

游监的太监对皇上的旨意心领神会，带着皇上的怒气呼来喝去，手也不闲着，执着拂尘在考生们身上搜寻："快点写！看你们是想当官儿想疯了，这会儿知道厉害了？露出马脚了吧？没本事光拿钱也没用！"说着，已走到了吴兆骞的书案前，怒斥道："看什么看？臭念书的，我脸上有字儿啊？"

吴兆骞擎着刚要落下的笔，后退一步瞪了太监一眼："做什么？！本来没有字，你这一问又有了。"

"哎？有什么字儿了？"

"四个字儿——狗仗人势呗。"

"放屁！你他妈有本事就给我写，没本事就别喷粪！"太监听着气话不顺耳，撩起吴兆骞的袍子向胯下扫荡。

按理，监考的太监不顾书生斯文粗鲁搜身已是科举多年的陋习，眼下又是非常境况，旁人早已吓得不敢言语，可这吴兆骞偏偏生性狷介骨鲠，又是年轻气盛，一闪便跳开，气性也更大了："呸！我有没有本事，由着你们怀疑我？我能不能，由着你们来检验？我有没有才学，一定要给你们个交代不成？我读了书，反倒成欠了谁的了？！这样的学问，我不做也罢！"吴兆骞越说越气，抄起砚台朝太监砸过去。

"哎！这小子疯了！"太监就近慌忙躲到了刽子手身后："快拿下他！"

一时间殿下吵嚷作一团。

"下面闹什么？！"皇上眉头凝得更紧了。

"回皇上，好像是一个举子嚷嚷的。"侍监向下望了一眼胡乱答道。

"甭管他，把卷子递上来瞧瞧。"顺治两手紧紧攥着项下的朝珠。

一张被溅上墨水的白纸颤巍巍呈在顺治面前。

"混账！"力道太大挣断了朝珠的芯绳，蜜蜡珠子稀里哗啦抖了一地。正值壮年的顺治皇帝，性格却远不及二十年后自己的儿子沉稳，因为怒气冲得太阳穴生疼，只好气若游丝地挥挥手，道："举家发配宁古塔……"

八

一阵清脆的笑声从窗外传来："成哥哥！我来找你啦！"

两人一愣。成德将窗推开一条缝，见窗下的晓梦斋里，玉格格正在曹寅的陪伴下四处找寻："人呢？不是说回来了吗？"

"回玉格格，大爷和顾先生出门去了。"初莲应道。

"什么顾先生？"

"该是上回我们偶遇着的那个叫顾贞观的游学先生吧。"曹寅想起来："我听说他搬进他们府来了。"

玉格格一听就撅起嘴："什么游学？这样的人我见多了，我们府里就常来，说是拜访，都是来求官的！成哥哥成日价被这种人围着，费心周旋，却连我阿玛这样的直属上司也少有走动，人家还不误会他是不往上流走？还不把前程都耽误了？到底是什么样的人……"

成德忙把窗又掩上，拉着贞观要下楼。

为了讨失落的玉格格欢心，初莲陪着说笑起来："别的倒也说不好，只是那先生生得有趣，穿戴也特别——长得翠儿绿，偏还穿个半旧的白棉褂子，戴个灰黄色的拔了丝的瓜皮帽，活脱脱菜市口卖葱的幌子。"

比喻得恰切，连曹寅也跟着乐起来。

不等听完，顾贞观的脸已是红一阵白一阵，任由成德拉着往书楼去，可一路上，两人却尴尬得一言不发。

"顾兄切莫多心，我……"

顾贞观抬手做了手势止住了成德的歉意："人只说我是奔着你这高门广厦才投奔了来的，在我眼里，却和蓬门敝户没有两样，我顾贞观是奔了你纳兰容若的人才来的。我决不因兆骞身陷囹圄而弃之，却为什么要嫌弃你恰巧生在这富贵人家呢？"

九

后堂的暖阁里，玉禄玳正与曹寅下棋："子清哥哥，你又输了！我总能赢你！"

"你子清哥哥是让着你！这还看不出来？"太太坐在炕头闭目念经，听地下两个孩子玩闹不由笑道。

"谁要你让着？哼，我要自己赢来的！"玉禄玳倔强得很。

正说笑着，成德一挑帘气呼呼地进来，玉禄玳忙迎上去，见成德不睬自己，只好讪讪坐向太太身边，成德瞪了一眼先给太太见礼。

"才回来，子清和玉哥儿都等急了。"太太嗔道。

"哼，你急什么？"成德盯着玉禄玳道："好丫头啊！你说的好话，做的好人！听我句话，去给顾先生赔个不是，不然我不依！"成德赌气一屁股挨着玉禄玳坐下去。

"赔，赔什么礼？"玉禄玳摇晃着奔拉在炕沿下的双脚，磕得花盆底儿直响，嘟着小嘴，头晃得像拨浪鼓似的。

"别装糊涂！你不是还明明嘲笑人家，说人家长得翠儿绿，偏还穿个半旧的白棉褂子，戴个灰黄色的瓜皮帽，活脱脱菜市口卖葱的幌子！？"

太太见成德学玉禄玳的样子活灵活现，哈哈大笑起来，拍着玉禄玳的背笑道："难为儿形容得恰切！"

"太太您没见那人，我可听说了，就只一双黑毡的靴子，毛都疵了，要不说是成哥哥的客人，这样的人便说是府上递租子的我都信！呵呵呵……"

"玉哥儿真这么说啦？"

玉格格生性火辣，又有担当，这样的小事，不肯推给初莲这样的小丫头，便咕哝道："又没当面说，背地里没外人，闲聊些家长里短碍着谁了？"

"你别胡乱抱屈，方才你跑到我房里，嘀嘀咕咕有说有笑的，人家可都听去了，臭丫头，可不好以貌取人！人家也是读书人，经得住你这样刻薄他？"

"什么读书人？都是些酸文假醋的。"玉格格还是嘴上不服软。

成德又瞪眼："你！"

"哪里来的才子？什么功名？"太太收住笑，有一搭没一搭地问。

成德一时语塞："这……暂时是白身，游学四方，替人教书，可额娘，人不可貌相，海水不可斗量，这书生和我别的好友一样，都是学富五车，几位前明的大儒都跟我提起过他，是有胆有识重信义的君子！额娘休听这丫头胡说。"

"得了吧，玉哥儿是才认得你，难道我也不知道你？什么君不君子，才不才子的，没有好体面，在这京里，那就是寸步难行！成德啊，你也不小了，这些日子你们小两口也玩得够尽兴了，你也收收心吧，多去玉哥儿家里走动走动，会会你世叔，人家是你上司，有什么升迁的机会你不去溜着，反倒让玉哥儿一趟趟地跑，多失礼！"

"我……"成德被训斥得无话说，曹寅见成德面子上过不去，一边搪塞太太，一边笑扳着成德径自去了。

太太又搂着玉格格笑道，"坏丫头，这回是我拦着，你成哥哥才没罚，下次可不能了啊，让客人笑话！"说完，又想起方才成德学的比喻，忍不住又笑出来："净是你这丫头刁钻，卖葱的幌子，亏你怎么琢磨出来的！"

玉格格早不好意思咯咯笑着把脸埋进太太怀里，只露出簪在髻上的衔月钗，颤得像风里的花枝儿。

十

成德少去玉格格家拜会，倒是有人替他去。这天，苇卿独自在外园中消遣得无聊，便命翠漪带着茹儿往玉禄玳家——总领府上下拜帖，因是为了和玉格格联络，知道她素喜骑马，便特地捎了些近来精心绣做的女红给玉格格做马鞍子的装饰。说到底是自幼教养的缘故，凡事都绕不过个"礼"字，不比玉格格豪爽不受拘束，说走就走。谁知翠漪也偏和玉禄玳一样，吃了闭门羹。

总领府侧门前，翠漪挑帘见门上的二管家是个生面孔，便索性不多话，只命茹儿上前递了帖子和东西就回来，翠漪的轿还未走远，便听帘外那管家说话："你小子怎么回事？谁准你收下的？"

回话的该是那接了东西的小厮："我……"

"你什么你？你还知道自己是谁吗？不知天高地厚的东西，不想好好干就给我滚！"

"这话是说给谁听的？停下！"翠漪登时火了，下了小轿扭身往回走。

茹儿连忙上来拦住道："哎，姐姐，姐姐，你往哪里去？"

"你别管！横竖不与你相干！这总领府是这么没规矩的？客人没走，就喝骂奴才，是骂给谁听的？"翠漪高声怒道。

茹儿生怕闹出事，生拉着翠漪向苇卿回事去了。

原来，这二管家是个厉害的人，手底下的人一丝差池也不敢有，皆因他嘴损心黑，从来不肯放过人错处。而那小厮却是新来的，不知这总领府的规矩，只见来人是有体面的，猜想着该是府里主人的亲友，便未细问，只管接了东西，更未敢索要门礼，那管家见他只领了事，手里却银钱不见一厘，自己没了进饷，便动了气，故意趁翠漪的轿没走远，骂给她们听。

"茹儿做得没错，"苇卿听了翠漪的气话，倒是不动声色："你去吵，跟谁吵？那个管家吗？听你一说，那必是个小人无疑，有道是'夏虫不可语于冰'，我们知道的礼，那种人会懂？"

"不骂那厮一顿，至少也要告诉他主子！也想不通，玉格格那样心性的人，怎么养这样的好奴才？"翠漪仍愤愤不平。

"呵，正是那样心性的人，才看不上软慢的，有那样的奴才看家怕是正合她意，唉，只可惜今儿的事，若是玉哥儿知道了，必定责骂那管家，不过，也不过是责骂而已吧，他若仍在他们府里办事，你想想，那门前被他骂的小厮，不是更要吃亏？"苇卿语重心长地劝翠漪。

"大奶奶身上大好了，刚怀上哥儿，按理我不该说这些话来呕您，只是若是我们这一层有话不提，伤了您和玉格格的情分，我们就过意不去了。"

"我知道，我又不怪你，你原也气性大些，今后要改，这世上哪有那么十全十美的呢？若偏要寻个六根清净的去处，怕只能到庙里去拜大和尚了！想想，原也怪我没教给茹儿。"

"大奶奶就是心善，依着我，必定出这口气！"翠漪拗不过苇卿，兀自叹道："那些人，说到底，无非一个权字，一个利字，为了点子蝇头小利，活得人不像人鬼不像鬼，礼义廉耻能记得哪一样？"

31 | 千金一诺

一

　　玉禄玳带着福子回总领府时，已是半月之后了，见门前几个刚总角的家生小孩子，正围在一个小姑娘身边叫嚷，笑得热闹，玉格格不由多看了一眼，却见那孩子身上正披挂着一条精致披肩样的东西，瞧着新奇，便唤过来细看："哟，好细密的针脚，这是个褡裢吧？怎么绣得这么巧？是个讲究东西。"

　　"这不是格格前儿在宫里时，玉犀姑姑给您的那个刀套子的绣法，叫粤绣的？"福子细细摩挲着，见那褡裢正反两面衬料虽不精奇，但绣工着实了得，钉金绣是做在厚厚的衬垫上的，一定花了主人不少工夫："您看这勒线，根本不是丝线，记得玉犀姑姑说，她娘家教她拿马尾鬃缠绒，这不会就是吧？"

　　"可说的是呢！哎，你们哪儿来的这东西？"玉格格看那小姑娘是个乖巧孩子，便直问道。

　　总领府的花厅里，等着二管家来回话的空，玉禄玳摘下腰刀，轻轻擦拭，精美的刀套被搁置一边，再套上时，玉禄玳不禁想起玉犀的话来。

　　半月前，宫中传出蕙嫔贵体小恙的消息，延禧宫中设斋祈福，不巧太太右脚上的旧疾复发，行动不便，借居在明府的玉禄玳便以总领府唯一女主人兼学士府诰命夫人义女的身份，进宫向蕙嫔行礼，自然也少不了私会玉犀。

　　"你就不能长点出息？！除了给我惹麻烦，你还能干些什么？！"玉禄玞从席间溜出来找玉犀时，远远听见这位当红的姑姑正训斥人："嘱咐你带进来的东西呢？"

想着免得教玉犀姑姑难堪，玉禄玞找了根廊柱躲了起来。

"在这……"被训斥的人应道："姐姐看是不是这个。"

玉犀从那人手中接过纸包——一股刺鼻的香气熏得玉犀直挡鼻子："嗯，就是它了，怎么带来这么多？哪用得着？"

那人忙谄媚笑道："姐姐开口要的东西，多少算什么？下回姐姐要人骨髓，弟弟也给你弄来！"

"少胡呲！我又不是狐媚子，害人做什么？"

"难道不是？我听人说这东西不能带进宫，用了要……"那人四下张望一番，俯在玉犀耳畔悄声嘀咕了一句，又道："姐姐可小心了。"

玉犀心下对这弟弟厌恶，下意识地往后躲了躲，不耐烦道："放心，我有筹算，不在宫里用。"

玉格格不明白为什么玉犀一定要把弟弟费力淘换到的上好药材给自己，也不愿意多想，只是上个月坠马后，腰骶疼得难受，脚踩着花盆底走几步就觉得累，连坐下看账本时候长了都受不了，一听玉犀说起这药外用能止疼，便欢欢喜喜地收了，"偌大个家，阿布管不过来，为了我不受委屈，又多少年不肯续弦，我若再不打起精神操持，阿布不寒心？"每每福子劝玉格格别逞强，换回来的总不过这句话。

这会儿玉禄玞正筹算着拿什么回礼，门外二管家已告进。

"来了？怎么还要我叫你？几天没回来，家里可有什么事？你怎么裁掇的？也该主动些来回我。"玉格格"啧"了一声，扶着腰低头问道，目光停留在二管家飞了边儿的姜黄缥丝长袍下摆上。

二管家言辞凿凿："回格格，在下正要回。府上人原知老爷不主事，凡事就都推给格格了，使格格分不得身，女儿家嘛，为这些事出头总不合礼仪，在下早知道这里的弊病，也和大管家商议来着，这几日格格不在家，除了廉亲王府上办满月酒下了帖子，我正要来回，其他凡有不要紧的来人，只说主子不在家，打发了再来。"

"你？你是我阿玛请来的吧？"玉格格是明知故问，她依稀记得这二管家的来历——一个多月前，总领瓜尔佳大人是亲自把这人交到玉禄玳手上的。

"这？回格格，是。在下确实算新来的。"

"从前在哪家奉承啊？"

"不敢说奉承，在下是秉公行事，从不屈就。"

"秉公？"玉格格有点生气："怎么个公法？"

"格格是有话要问吧？您只管问，在任上的事，在下答不上来便是失职，格格再责难不迟。"二管家也很不高兴。

"哟嗬！我还没问什么呢，你还来脾气了？"玉格格将粤绣褡裢擎在他面前："这个，认识么？"

"回格格，不认得。"

"它可认得你！"玉格格一掌拍在了桌上："你是不见棺材不落泪？"

"格格！刚才格格问在下原在哪里伺候，实不相瞒，在下原是礼部尚书府龚大人家里的管事，多少见过些规矩。来人拜访，在下的确索要了门礼，可并不是为自己，一来，府里给下头的月钱比别处都少，门上再不寻些进饷，穷得急了，监守自盗也未可知，二来，些许礼物，原也不值什么，不过是一片诚意，下头人并不知来人是什么来头，如何敢随便递东西传话？见了银子，才知来人身价……"

"我可让你吓怕了！"玉格格厉声打断了他："礼部尚书？你在汉人的礼部尚书府里，就学得这好学问？！真是头头是道啊，有理有力啊！你这么替我管家，我该谢谢你是吧？！放屁！穷了，穷了就该打家劫舍是吧？见银子才识人？银子会说话？递上钱了就是好人？拿着钱来害我阿布的，我找谁去？我阿布真是看错了人，行了，你有你的道理，我也不跟你论，你是我阿布留下的，这事我去回他老人家。"

没想到这二管家倒是有些倔劲儿："总领大人日理万机，料没心思管这些小事，这府第既然是格格自己家的，在下不好多说，这就告辞！不过恕在下多嘴——令尊比您可明白多了，水至清则无鱼！"二管家得意扬扬地拂袖而去。

玉格格恨得直咬牙："哼！福子，传话下去，今后门上收门礼这一项，都给我蠲了！"

福子怯怯应了要去，又被叫回来："再有犯的，罚月钱赏人！"

二

钟粹宫里，容妃的背影远远地躲在湘丝帘后："想开些，不过是用你些东西，这事儿你有错儿，我都没提，你不该谢我？"

"娘娘不怪罪，是我的造化，只是我要那东西是转送人，不信可以找来问。"

"看你说的，我找谁去？又为什么要去找？我的人有眼睛有嘴巴，你还能是我的对手？跟你说了半天，不过还是想咱们都得些好处，我保全你，你帮我，两处受益的事，何必白放着好人不做，倒去自己跳火坑？"

"娘娘，我不敢说怕耽干系，只是背主求荣的事，我做不来。"

"啧，真是个多心的傻丫头，谁教你背主求荣啦！你主子跟我从前是姐妹，如今我是妃，她是嫔，我更犯不着害她，你想哪儿去了？"

"那？"

"你真以为我这钟粹宫穷到要你一个宜人送东西？你以为我这儿还缺什么？来呀，给她瞧瞧！"一包熟悉的刺鼻香气从婢女手中的纸包中蹿出来，呛得玉犀双眼都瞪起来——让她惊讶的，不仅仅是这包逾矩之物。

"怎么样？这是你托着外头男人带进来的，反不认得了？"这样的污蔑，使自以为清高的玉犀彻底崩溃了。"你认了，我保你，你还有体面，若反了，我还是我，你，恐怕，可能，会有点难堪……"

玉犀荡悠悠从钟粹宫门飘出来时，身后的宫门"轰隆"一声关闭，仿佛在玉犀身后敲起一计丧钟。

"玉犀姑娘！我等你半天，就想跟你说句话，你听我说，我知道你看不上我这么个粗人，可我总不能老让你看轻了不是？这不今儿我立了功，皇上赏了我，只赏我一个，我带给你瞧瞧，没别的意思，就让你瞧瞧。" 好容易熬到下职的噶布乐，拎着一副紫金锤已经候在延禧宫门口半日，远远见玉犀回来，便一路迎着，又小跑着跟在身后，噶布乐膂力过人，百十斤的铜锤拎起来照样足下生风。

"谢谢你，你来的不是时候。"心事重重的玉犀无心应答，看着满脸通红的噶布乐，哭笑不得。

被甩在身后的噶布乐不甘心："你还没问是什么事赏的呢！就瞧着那小白脸儿好，一见他就喜笑颜开的，他怎么那么大面子？"

三

"你想哪儿去了，我哪有那么大面子，还能求到皇上那儿去？"成德犹豫了几天，还是笃定来向顾贞观说明，让他放心，却说不出搭救吴兆骞的具体办法，可他依然觉得，有种力量推着他，要对顾贞观的请求说"是"。外园聚鸿轩前的明开夜合还没有着苞，日间郁郁葱葱的枝叶此时也收敛起来，月光下显得有些落寞，但夜月初上也正是友人雅聚的好时候，诗酒之余自然又谈讲起来。

"可这事儿的旨意是先皇下的，除了求他儿子，谁还能说得上话呢？"顾贞观的确给成德的压力太大了，他只以为这个年轻人是皇上身边的近身侍卫，不算手眼通天，递个话总还不难，然而，仕途走了多年仍然没敲开梦寐以求的秘书院大门的顾贞观，是很难体味官僚间层层隔膜的，更何况，侍卫与至尊之间的千里之遥。

"是啊，可是他是谁，我是谁啊。"成德的自言自语给顾贞观提了个醒。

"你，你是明相的大公子啊……"顾贞观喃喃道，早年对明珠的为人有所了解，猜想他不会为个无用于官场的人冒犯上的险，可这毕竟是一步棋。

"我是明相的大公子？"成德重重叹了口气，意味深长地望向顾贞观："我，我是成德，我还是我呀。"

顾贞观木然失声，他仿佛听不明白这话里的意思，可成德舞剑时的潇洒利落，歌咏时的荡气回肠，使顾贞观在许多年后仍然记忆犹新：

他是有些微醺，抑或是惆怅，他是歌给顾贞观，更是唱给自己：

德也狂生耳！偶然间、淄尘京国，乌衣门第，有酒惟浇赵州土，谁会成生此意，不信道、遂成知己。青眼高歌俱未老，向尊前、拭尽英雄泪。君不见，月如水。

共君此夜须沉醉。且由他、娥眉谣诼，古今同忌。身世悠悠何足问，冷笑置之而已。寻思起、从头翻悔。一日心期千劫在，后身缘、恐结他生里，然诺重，君须记。

四

"成哥儿真这么打算的？"

"听着像是定了。奴才是这么回的。"安仁新得的"盯着成德"这个差使，是太太嘱咐的，自从若荟妈和自己的事险些被揭发，安仁在府里收敛了许多，已经把太太的差放在明珠之上了。

"唉，这路领的，偏了。等他来吧，你避避。"明珠平时很不喜欢下人主动来回事，可事关成德，他什么都听得进去。

少刻，果然成德低着头前来请安。二十五年来，穴砚斋的门槛早被成德踏平了，只是今天走得格外慢，他仿佛有种预感——他会败下阵来，彻底地。

"给……"

不等成德开口，明珠先想起一件事："成德这些日子下了职，做些什么呢？我听太皇太后说，噶昆的儿子可是得了赏呢，怎么没听你说起？"

"回阿玛，皇上想看这些每日站班的侍卫耍耍库布，原是不放心，说我们的拳脚功夫都荒废了。"

"那你就真荒废了呀？！"明珠知道，儿子是个心细的人，严厉的话要缓和地说。

"阿玛看轻儿子了。这其中，还有隐情，我说是为了卖人情给自己换清静，阿玛信吗？"成德说的是真话，以他的缜密心思，早看出噶布乐的心事，又深知玉犀的眼界，所以暗中没少帮自己这个对头。

"你什么时候能一本正经些！"明珠真为儿子着急："什么事都能挂上人情两个字吗？"

"阿玛，儿子自幼锦衣玉食，衣来伸手，饭来张口，可是，却从不知兄弟之间的手足情深为何物，知己之间又如何相知相扶，以至于事到当前，竟有人愿意孤注一掷，两肋插刀！阿玛也曾教导儿子，说儿子是少年不知愁滋味，只知风花雪月，自得其乐，当真阿玛说到了痛处，儿子不想只活在自己的小天地里。"

"自己的天地？儿啊，这天地本就是一个人的！"成德不明白阿玛这话是什么意思，"你甭又给我拽文，道理不一定非用这些话说，我问你，你把那个顾贞观引到家里住下，你问清楚他的目的了吗？每天写写诗作作文，哪个读几个字的来不了，偏偏围着你转？你当是朋友，他怎么想的你知道吗？"

"儿子的朋友，都是汉人中的饱学之士，都是精通满汉两家学说的大家，怎么会有敌意？上次这个顾贞观还说起，当年进宫面圣时，看到宫匾上用两种文字书写的宫名，感慨万千呢。说到根源，这些人，都是阿玛给儿子引见的呢……"

"行了！你看你，学着学着就偏门儿，我给你引见的多了，你都善待了吗？成日价救济这些白衣，你那个上司，瓜尔佳大人，那跟咱们也算世交了，你额娘联络他家都多少年了，你怎么待人家的？还往出卖人情？人家为了抬举你，背地里说了你多少好话，结果呢，在皇上面前立功这样的大面子，你居然给让出去？亏得那也是官场上的老手了，不计较这些，没跟我提，可怎么样？都传到太皇太后耳朵里了，这是给咱们递话呢！你要多上进，多自保，这浑水多难蹚？就你这个性情，还管别人，能全须全尾儿地保全你自个儿，我就谢天谢地了。"

"阿玛也知黑龙江吴兆骞的事了？"成德有点难于启齿了。

"都是些倔种！多少年的事儿了，当年传的是沸沸扬扬，才名卓著，可这脾气一大，反倒把个才名给埋没下去了，有几个能记得住他们的？亏得这个顾贞观还忙活着救他。"

"阿玛知道他在救他？"成德忽然听出一丝转机。

"这个顾贞观，我怎么不知道？你知道他怎么被人家从官场踢出去的？就是太自以为是，凡事不想人家立场和面子，背地里，人家给他起外号叫'虎头'，你听听，这种人还能碰？他只说让你来说情，就没想过你的难处？"

"他也是顾虑的，只是和远在冰天雪地里受罪的故人比，儿子的委屈就算不得什么了吧。"

明珠正声警告成德："这就不能忍！之所以我同意你与汉人交往，说白了，是为了利用这些人，你别别扭，这也是皇上的意思！所谓'开鸿辞科'，也无非是将天下有点能耐的先拴起来，'不使其生事'，真有用的，是那些听话的，不是来给咱们找麻烦的。那个吴兆骞，远在天边，能生出什么事来？在那老老实实待着好了，这个顾贞观，不用理他，先让他忙活着吧，有这事耗着他，谅他也没心思再折腾别的。眼下皇上要出行，你要好好准备随扈的事，这可是表现的最后机会了，再不上进，连我的脸都丢尽了……"

成德在明珠面前碰了一鼻子灰，也把从友人口中得到的阿玛重新描摹了一遍，他想不出，是阿玛变了，还是自己变了，身边有越来越多朋友围绕的成德，却空前地觉出一丝彻骨的孤独。每次下职回来，案头上都堆积了新誊写的词稿，那是顾贞观根据两人的商议，集结的《今词初集》草稿，可是成德很久都不敢再去见他，顾贞观虽然不了解细节，却也隐隐地感觉到成德的压力，一次，连着词稿，送去一幅画，画上是潇洒的成德在侧帽投壶——蔻儿告诉他，上次成大爷最高兴时，就是和友人在浣源山房下游戏。

五

　　颜儿奉太太命遣送老人儿的事做得很得人心，尤其是对若荟妈，不但以房产充公为名，将先前转给成德做刊刻处的几套旧宅的房契按现价折了银子又还给了她，还借太太之名说是"恩赏"。明府在太太手中操持，恩威并施是少不了的，虽然银米棉帛皆优于别处，但照明府先前的惯例，主子未用过的粗使下等老奴，不等到年纪，就拉出府贩卖，因是出自明府这样的人家，总能卖出好价钱。此番却不同，颜儿也借着是太太的吩咐，把这些待卖的老奴都赏给了若荟妈这样的体面人，却未把庄园林地划出去，只说由着这些人不拘哪里，自己买房子置地，盈亏与主家无干。起初太太得知这样的料理法，吃了一惊，怪罪颜儿待下人太宽，别处主人家埋怨。

　　"虽说这些人知道的多些，原不该留在家里，可凑在一处，也难保不生事，又给了他们全权，倘若借着老爷和我的名声做些什么，鞭长莫及，怎么管？"

　　颜儿低头一笑，道："太太是不是多心了？这些人都是伺候主子多年的老人，还不知道府上的能耐和规矩？借他们两个胆子也不敢坏了咱们的名声啊。庄子和林地，原有管主，把他们再安插进去，他们的日子难过不说，若生生想跟原主争势，才怕会借着老爷太太的名呢，到那时，失了能人的心可怎么办呢？我想着，由着他们自己占地，管他好歹，也算太太您的恩德，再者，他们得的那点子钱，京中是待不下的，远远地打发了，也就没的碍眼了。"颜儿的道理是越说越得太太的喜欢，可不知怎的，声音却是越来越轻。

听说老相好得了个好结局，安管家也拿出几十年的体己送若荟妈远去，还相约自己告老之后两人一处养老，也因此少不得感激颜儿，有成德来往的消息，总是先告知她。那日成德被训斥的事，自然也传到了颜儿的耳朵里。

六

"你怎么还不听话，去见见总领大人哪？"颜儿轻拍着三爷，忽然见到久未见面的成德，有点慌乱，一出口仍是一副当了妈的样子。

襁褓里的三爷这几天正闹水痘，虽然不哭闹，小手却来回地抓，颜儿只好不停哄着。福哥已经教采薇带到西园的锦澜院住，许多天不见，颜儿一门心思都在老三身上，成德闷闷地进来探视时，竟没心思抬眼看他。

成德瞪了一眼，凑过来问："大夫瞧过了？怎么说的？"

颜儿把手从老三身上收回来，叹气道："他身上的病是小事，你心里的病可怎么治法，有打算么？"

"哦，连你都知道了。"

"我常劝你做些循规蹈矩的事，你偏不听……"

"你什么时候这么唠叨了？也学着会说话了，你常劝我？你劝我什么了？都是背地里告状吧？"不等颜儿说完，成德先不耐烦起来，"我知道你不愿意我和他们来往，花了你的钱，如今我的开销又不在你这儿，你还哪儿来的不乐意啊？"当初外园刚刚筹建，太太得知训斥成德时，成德就猜是颜儿捣的鬼，这回和明珠闹开，一肚子气更是撒在了她身上，气话一句高过一句，吓得三爷哇的一声哭了出来。

"我，我什么时候管过你外头的事？就是这家里，爷是多久才露一面啊？是，我是不愿意你在那些人身上花心思，那不也是怕你招老爷太太不高兴吗？如今闹成这样，爷就拿我撒气，可教我怎么办？我也不愿意你这个样子啊！"说着不争气的眼泪就噼里啪啦滚落下来，来不及擦脸还要不住拍着孩子，好在小英和其他小丫头也教颜儿支出去，没人见这好戏。

一番话说得成德红了脸，又被自己这股邪火吓了一跳，又教三弟的哭闹吵得乱了阵脚："好好好，我就不该露这个面，让你见了又不自在，我找清静地方去。"

"成德！"颜儿把三爷往炕里送了送，不等成德反应，边冲进外间屋，边掏出腰间的钥匙，"霍啷"一把抽出山水连三橱的屉子，抓起一张银票往成德肘间一塞："我知道翠漪那边的钱不够你用的，就这些了，是我前儿从太太差派老人一项里裁省出来的，想怎么使你自己拿主意吧，只是别再嚼说我看着你们家的钱袋子了，我可担不起。"

"这？"成德一头雾水，"你怎么就看出来我是找你要钱的？要钱做什么？"成德一甩袖将银票抖落下去，"要是钱也能说话就好了。"

颜儿收了眼泪，疑惑地看着成德，见成德窘得只嘟着嘴，一声不吭，怕眼泪掉下来，拼命仰头，一副受委屈的反倒是他的样子，不由破涕为笑："亏你成日里心事重重的样子，以为心里装着多少要紧的事，原来竟是瞎着急，以后可别跟人说你帮人忙的事了，哼。"

"我怎么瞎着急了？路子没走通也是意料之中的事，等我再想办法。答应人的总有个交代就是了。"

"总有交代？多久给人家交代？"

"我想着这事儿要传到皇上那儿也不容易，先皇的遗命，不过些年头怕没得更改，就算皇上爱才惜才，教他落个不孝的名声估计他不肯，就含糊答应个十年，十年，我总不至于一直是个侍卫吧。"

"这话说得倒明白。只是既有这个远见，怎么竟把到手的恩赏让给人了呢？出息也要一点点地挣，和积攒家财是一个道理呀。"

"我不是怕……"成德心里除了苇卿，还有什么顾忌？此刻又把话咽了回去："唉，成败乃兵家常事嘛，回头去给总领大人谢罪就是了。"

"果然越说越明白，那我也给你提个醒儿，"颜儿哄着孩子睡稳了，俯身拾起银票交给成德道："你到老爷那儿走了一遭，竟没听说认工赎归的事儿？不是说老爷举荐你的老师徐先生主理此事？"

"真的？怪不得你给我钱用，这可好了，只是，赎个先帝钦定的流人，恐怕……"

"光有钱还不够？"

成德凝视了一眼手中的银票，摇头道："不够，得让皇上动心才成啊。"说着，也不告别，起身就往外走。

"哎！别急着到处走，从这儿回去不干净，教她们拿醋熏过才好！"

成德片刻绕回来，从屏风后探出头来坏坏地问："差派老人哪用得着这么多银子？"

"这？"颜儿被这突如其来的询问难住了，良久拿出少有的倔样子，仰头道："只许西厢房里算计，不许我藏点私房？反正太太是默许了的。"

32 | 扈从岁月

一

　　成德揣着颜儿的银票，接连找了顾贞观、徐乾学等人，将认工赎归的事一一说明，商议成行之后，才独自带着礼物来总领府见瓜尔佳大人。玉格格这位父亲，本就是爱才之人，两位夫人又都在生前与明府夫人走得殷勤，更念成德前番救女之恩，一向对成德是青眼有加，今日成德特意登门谢罪，几句好话，就把这位行伍出身的豪爽汉子说得眉开眼笑了，临了，还回赠了礼物，又诚意邀请成德往花厅找玉禄玳。

　　"这丫头太野了，我越来越管不了了，这些年身子骨也不大灵便了，你功夫好，又会说教，替我教导教导她，再者你性情也随和，时时也帮我劝劝她，她那个牛脾气，唉，我都怕没人敢要，哈哈哈……"

　　成德笑着应了，退身来到花厅，果然应了总领大人的话，没见有人替自己通报，却听见玉格格在厅上发火。只因前番二管家得罪了来客被免，府上的司传小厮和丫头都有所收敛，见来人是身着富丽气度非凡的公子，又带着府上主子的礼物，更不敢拦，争着往厅上通报，正有福子出来，见是成德，冲着摆摆手，拦住了去路："正管教着呢，爷还是别去了吧。"

　　成德正犹豫着，只听厅上啪的一声脆响，像是扇了什么人的耳光，立即有人嚎起来。成德冲福子摇摇头，悄声拾级而上。

　　见厅上正三三两两凑了一屋子女奴，围着个打开的破包袱，古色古香的首饰散了一地，玉格格正站在当地，拿一柄红珊瑚羊角式发夹指着趴在地上的一个老妈子，叉腰骂道："狗奴才，我家阿猫阿狗都比你规矩些，独你敢在这儿撒泼？你甭不服，人赃俱获，你拿什么抵赖？"又冲厅下各看热闹的人等喝道："我骂她，下剩的人也都听着：别以为这些天我不在家，一个个就都没了王法，我阿布好脾气，那是给你们脸，还有我呢！你们再犯一个试试！这府里平日待你们怎么样，你们哪一个心里没数？你们吃的吃，拿的拿，没有不纵的，还不足，越发没人性了，都惦记到我额吉头上了！这是她老人家给我留下的念想，你们拿命都换不来，胆大包天！"正骂着，目光绕过众人，见成德正往厅上张望，不免忍住气唤道："是成哥哥？你怎么来了？"

成德笑道："你是这么跟人打招呼的？这是我第几回瞧见你扇人家耳刮子了？"

"我，我又让你看笑话儿了？"又指着一屋子人喝道："先都下去，把她给我看住了，回头再问她！"福子低头应了，带着那婆子下去，众人也讪讪地散了。

"这又唱的哪一出？把你气成这样。"成德嗔道。

"府上出这样的丑事，让我怎么说，唉。"

"你呀，仓廪实而知礼节，衣食足而知荣辱，我看那婆子衣着寒碜，想必是走投无路了。那是大活人，有难处，自己想不出法子，难免不顾体面，铤而走险，你既已经找回东西，又何必下这样的狠手？"

"成哥哥家的家法里，不是也有'不法者，许主家立毙杖下'的说法么？怎么反劝起我来？你家人丁兴旺，说了算的主子都压得住人，可你瞧瞧我家，若我再不硬撑着，只怕明儿连我也给当出去了呢。"

"胡说！"看着玉格格方才不可一世的威风样子，此刻却面露委屈，成德不免又气又怜："是不是，是不是府上有什么难处？"

玉格格抬头看成德时，眼里已经噙了泪："我也是没法子了，前儿撵了个管事的，谁知是按下葫芦起来瓢，都说我抠门儿，谁知这府里的算盘不好打。阿布是甩手掌柜，外头都说他仗义疏财，挥金如土，可一到家里，吃穿用度却一概不问，姨娘下世后，基本就是吃老木儿了，家下人等月钱银子一月比一月少，已经遣散了一拨了，还是入不敷出，就有人动了歪心思，我若再不堵上这些黑口子，成哥哥你去问问，是不是连我也当了？"

成德凑上来轻声道："哪里还犯得上问？不怕失了身份？唉，我真不知道，你成日里笑呵呵的，竟有这样为难的事，这些人，是可恨，可想想，可恨也可怜，再者，这些人也都是你额吉用过的老人，看在她们两三辈子的老脸上，先放着她们吧，你厉害，她们怕你，我能看出来，给他们些面子，日后准能记得你的好，说出去也好听，何必伤人一万，自损八千呢。"

玉格格拿手背胡乱在粉嘟嘟的小脸上抹了一把，昂头道："哼，我难道是情愿和那混账婆子犯上话？不过是气急了，若白放着那当了贼的，我却不依！"

"那，她若只说你府上克扣钱粮，再出去散播些不好的，你一个女孩儿家，名声坏了，岂不是因小失大？"

"我身正不怕影子斜！随这些人说去，只是别教我听见，哼！"

"又说气话。我问你，府上有难处，怎么不找我额娘呢？她那么疼你。"

玉格格面露难色，低声道："难处归难处，我自个儿的事儿，自个儿总能想出办法来，若真想求人时，就是太皇太后我也求得动！"

"你呀，真是嘴硬，这个脾气，真要老在家里了，今后谁敢要你？"

"用得着你管我？！"玉格格扭头背过身去，收了手里的首饰，嘀咕着："嫁不出去我就守着阿布一辈子，有什么大不了的？"

成德止住笑，从袖中抽出那张银票，递向玉格格："这是我从颜儿那儿拿的账外的银子，你先用着。"

"她哪儿来的，"玉格格没接，只瞥了一眼票面——五百两，够府上家务一个月的开销了，"这么多？你自己不用？"

"我不瞒你，这都要归因于上回那个被你嘲笑的先生了，我答应为他一个朋友鸣冤，这银子就是凑出来赎归用的。"

"这么说你这钱是有用处的，我如何使得？"

"唉，你就拿着吧。我没告诉颜儿，认工赎归虽是个好办法，可那吴兆骞是全家流刑，一般的工程哪能抵得了？真有像样的修城筑堤的事，这点子钱哪里能够？我还得再慢慢想办法。再说，颜儿的钱是背着我额娘挪出来的，若是额娘知道我把这钱用在救济汉族士子身上，保不齐又不自在，搁在你这儿就不一样了，她那么疼你，颜儿也好做了。你收着，就算帮我个忙。"成德把银票往前递，手肘不小心拨弄了腰间的刀柄。

"这个？这不是我阿布的雁翎刀？怎么？给你了？"玉格格注意成德新佩的腰刀煞是眼熟。成德便摘下来给她瞧——反刃纵贯三尺来长的刀身，脊厚足有一指，平造断面，双面血槽，椭圆形的刀镡泛着古铜特有的光，刃如秋霜，斩金截玉。

"这是你阿布的爱物，我也知道，可他执意送我，又把下月扈从皇上出行的事千叮咛万嘱咐了一番，说有它给我提醒儿，就算老人家不跟着，他也能放心什么的。可这确实是好东西，却之不恭，我就……"书生爱书，侠客爱剑，偏偏成德就占全了，从总领大人手中接过这雁翎刀时，着实爱不释手。

"我也说他老人家糊涂，这也是随便送人的？"玉格格轻咬着嘴唇，疑惑道。

二

"真的要走？"苇卿渐已隆起的小腹已经略显笨拙，害喜害得厉害，食不甘味已经几天了，成德回府那几天，更是辗转反侧夜夜添愁，听说成德即将伴驾北行，一走便是半年，如胶似漆的一对儿转眼就要离别，自然满心不舍，汇到嘴边却只成了这么一句简单的话。

"我，唉，这一身官服，上了身就脱不掉了，也想跟总领大人提，只是，"成德是个纠结的人，尤其事到临前，人情难却，又绕不开前番让功的事，"左思右想实在难于启齿，我，我对不起你。"

"大爷出门办差，不是好事儿吗？总听您心心念念地要出去见世面的。"翠漪不识时务地在一旁打趣，其实心底已经在为苇卿鸣不平了。

苇卿若有所思："我知道你的为人，推不掉差事倒是小事，依我看，你答应生还吴兆骞，必要在皇上面前说得上话才行，常伴君王左右不失为一个办法。"

"你，你这样想我的？我并没有这样的打算！"成德有点急，"我心里记挂着这事不假，可孰轻孰重总分得清，你在我心里，"成德不太善于把那些赤裸裸的情话从嘴里说出来，"你自己去想，我，我不说了！"

"你别着急，我没说什么呀！"苇卿笨拙地朝成德移过来："算是个主意难道也不行吗？你的事，真的就不许我过问？"

翠漪忙递了靠枕上来，替苇卿拍着起伏的胸脯，话说得急，苇卿脸上已经泛起了红潮，苇卿直摆手轰她，别过头去不理人，翠漪自觉小两口拌嘴事出有因，不等成德命，自己先悄悄地去了。

成德见苇卿动了情，自觉话说得重了，赶紧凑过来解释："你别多心，我的事，哪一样瞒过你？回回我想着的，总是你先想到，我怎么会不知道你在我身上用的心？只是这回这差事，我是着实推不出去了，若真赖着不走，长辈们知道我是因为恋家才不去，怕回头受罪的又是你，我担心你。"

"我知道，"苇卿安心靠在成德胸前，"我可以等你，多久都等。"

"可是我怕等不到你。"心里的话，苇卿咽下了，她只是想让他安心。

成德即便看不到她眼里闪烁着的莹莹光亮，每每独自伫立船头时，却依然在心中时时描摹着企盼离人的落寞神情，只是那神情从未完整，总被浩浩荡荡的江水击成碎影。

三

松花江，江水清，夜来雨过春涛声，浪花叠锦绣彀明。

采帆画鷁随风轻，萧韶小奏中流鸣，苍岩翠壁两岸横。

浮云耀日何晶晶？乘流直下蛟龙惊，连樯接舰屯江城。

魏貅健甲皆锐精，旌旗映水翻朱缨，我来问俗非观兵。

松花江，江水清，浩浩瀚瀚冲波行，云霞万里开澄泓。

正如皇上的御笔所描绘的，在汹涌的松花江两岸，是雄踞于此地的精锐水师，操演中，官兵们口中呼喊的是君王豪迈霸气的词句，康熙皇帝，从不屑于阿谀逢迎，能使这个城府极深的年轻男人稍稍现出激动情态的，是胸臆中仔细描绘的蓝图，是继往开来的雄心——这里，是顺治十五年就开始筹建的小乌喇船厂，是松花江流域首屈一指的军事要塞，是打击未来强敌的坚实后盾。

"我来问俗非观兵"，这是直笔，出巡的船队果然没有兴师动众，用皇上自己的话说，是："现在还是敌强我弱的情状，韬光养晦不是坏事。"几个月前，三藩被彻底铲平的消息使朝野上下弹冠相庆，可是玄烨却在喜悦之余，作出了出巡乌喇的决定，他不认为眼前的成就足以使自己高枕无忧，在映天的礼炮花火里，没人看到养心殿里，大清广舆图前孤独而坚定的身影，他，要亲自检视大清豢养了多年的彪悍水师和雄伟战船，为下一次更值得标榜史册的战争作充分准备。

孤独也有不同的形式。与被赞扬和奉承簇拥着的天之骄子不同，远远躲在船舷边上的成德似乎很失落，透过喧嚣的塞上春色，他看到更多的是新生的密林中隐约可见的断壁残垣和漫漫野草。

"成德，你看那个高江村，又开始卖文邀宠了，亏他拍马的功夫练得好，好听话信手拈来都不眨眼，切！"曹寅一向是个积极的人，希望通过自己的努力获得皇上的垂青，因此对阿谀的做派尤其看不惯，其实他对自己的期望已经实现——远在江宁的曹寅父亲曹玺，正在江宁织造这样的肥差上，做得风生水起，不仅包揽着内廷和朝廷官用的绸缎布匹织办，还做着不为人知的"风闻奏事"的差事，和曹寅内外联合充当皇帝的耳目，也因此，曹寅对那些看似受宠、以文娱君的权力外围之人只是嗤之以鼻，并不上心。此刻说这话，不过是想哄得成德别再闷闷不乐。

"你看那里，该是一座烽火台，就在那儿，"成德忽然兴起，指着迅速流逝向船队身后的山坡上一片茕茕孑立的瓦砾堆，"这里正在山阳，又是三面临江，刚才咱们过来的那片台地，那儿正好建内城，这里，应该就是我祖上叶赫部落的古迹了吧，要是回到那个时候，我一定是那片山林里最好的猎手。"成德缓缓放下手臂，喃喃自语。

曹寅料到，有着浓烈的家族荣誉感和使命感的成德面对此景，势必要勾起故国情怀，毕竟，这里确实是一百多年前，成德与玄烨的祖先们互相决斗的城池遗迹，成德之于皇上，是屈辱的俘虏的子孙之于骄傲的胜利者的后裔，是忠实的奴仆之于高高在上的主人。可是，正值扈从圣驾之时，肆意展现与天子不同的情感是要犯忌的："哪有那么巧的，这么多年了，早没影了，你想多了。"曹寅努力让成德活在当下。

"哎，你们聊什么呢？"皇上早就厌烦了被包围的感觉，他与曹寅、与成德之间，总有着一种若即若离的亲切感，他曾经试图向自己解释——是那种叫作孤独的感情，维系着彼此的距离，每次他看到曹寅与成德在一起坦诚地四目相对时，这种孤独就更真切。

"哦，皇上。"二人行礼，"聊这里的古迹。"

"古迹？"皇上还沉浸在方才的雄壮情怀里："对，朕差点忘了，成德喜欢那些有年头儿的东西，怎么，考究出什么来了？"皇上问得很心不在焉。

"这……"曹寅偷瞄了一眼成德，不知如何答话。

"启禀皇上，多少人工雕砌的古迹，也抵不住经年的风霜洗礼，真算得古迹的，该是这几千年传承下来的民风民俗，和这永不失色的山水图画，您看，"成德扬头追逐唳啸着掠过船帆的海东青，"它们才是真正笑看风云的啊。"

"笑看风云？"皇上有点不悦，"谁的风云？朕的风云让这畜生当笑话看？哼。"说着，便伸手向身后的噶布乐，接过他递上来的弓。

此刻，皇上意气满满，俨然已经忘了右手上的新伤，将弓拉满了空弹一弦，闷鼓一般的金属丝弦绷紧声顿时惊了那停在桅杆顶的海东青，呼啸着飞去。皇上得意地笑，右手却缩在马蹄袖里半攥紧了拳头。

四

前些日子在崇明殿下，皇上浸淫在朱批奏折里倦怠了，一时兴起将殿下守值的几个侍卫凑了来，命之捉对比试拳脚，胜出者赏。几个年轻人个个生龙活虎，不甘示弱，几回合下来，只见角力激烈，却难见输赢，原来这些侍卫都是上三旗子弟中优中选优的绝顶跤手，又受到总领瓜尔佳的亲自调教，自然功夫了得，旗鼓相当，见此景，皇上又是欣喜，又是羡慕，自己也跃跃欲试："不许让着朕，有故意让的，朕办他！"随手点了成德与之比试，成德也是个直性子，不敢违拗，便真出了手，不想近来皇上案牍劳形，少习弓马，自然不是成德的对手，耗了几个回合，手腕子一软，就被掀翻在地，让瓜尔佳大人和众侍卫大惊失色。

不懂事的随侍太监欲上前责备成德，只有宋连成拦住使眼色："糊涂东西，唤你们了吗？下去。"

皇上像是没听见，咬着牙红了脸尴尬笑道："不妨事！"成德上前扶他，他更夸道："成德的功夫了得，朕喜欢。再来，有没有挑战他的？"却不提赏黄马褂的事，成德不免心疑，孤独立在跤场上环视几位同班的侍卫，默默不语。

噶布乐撇着嘴紧了紧腰带站出来接招："奴才试试！"

成德自知不能再逞强，才故意让了招，哄着噶布乐赢了。这一局做得巧，既不着痕迹，又不失自己的风度，皇上自然大喜主赏，宋连成却等皇上摆驾回舆的空儿，回头嘱咐众人："今儿皇上输了的消息谁都不准传出去。"

皇上坐在辇上，太监只看见他玩弄右手拇指上的翡翠扳指，没人知道他咬着牙，关节靠近扳指的部位，已经有些红肿。

五

巡行的队伍驻跸在松花江畔的无边山色下，随着夕阳洒下最后一缕最浓烈最刺目的光亮，黑黝黝的山脊便淹没在躁动的夜里，行营毡帐中，跳动着融融的烛火，愁绪萦怀的成德却只顾坐在江边冰凉的石上发呆。江水没有因夜色的降临而放缓急匆匆的脚步，和日间被响彻山谷的号令声覆盖不同，此刻的水声似乎才放开了胆子，轰鸣着滔滔北去，成德不意间，才觉得见到了这水的真性情。

"什么人？"夜巡的兵丁在身后一声唤，成德眯起眼回头看时，曹寅已经来到了跟前。

"白天就看你心神不宁的，得了，都是随王伴驾的差事，皇上喜欢谁，瞧谁顺眼咱们个儿又说了不算，别白发愁了。再说，皇上早把被你赢去的事忘到九霄云外去了吧，今儿吓唬鸟儿，我估计就是一时起了玩心，没冲你。"曹寅拍了拍成德的肩，不以为意地劝道。

成德一甩辫子，抖抖发麻的腿站起来苦笑道："可怜咱们鞍前马后的，竟连个鸟儿都不如了？谁说他冲着我了？他冲我，我不接招儿不就完了？得罪不起我还躲不起？"

"就是就是，那你一人跟这儿发什么呆？甭是想家了吧？"曹寅不怀好意地戏谑道："嫂子独守空房也有些日子了哈。"

"你少在我这儿寻开心，你自己呢？父母都不在跟前，你就打算一直混下去？"

"嗨，说我做什么？我没打算，再说，你还不知道，咱们的事儿，哪件自己能说了算？我不敢想。"

"你也是皇上身边的红人，令尊曹大人在江宁做得有声有色，据说去年一年仅在户部要采买棉布一项上，就为朝廷节省了两万两银子，怎么算也是功了，是功哪有不赏的，曹大人是清心寡欲之人，要赏可不都在你这儿了？看好哪家的闺女，跟皇上求啊，哪有不依的？"

"这是漂亮的，你们就都知道，私下里那些亏空的难事，甭说你，就是皇上也未必有数，只我们家一家人打掉牙齿往肚里咽了。"

"怎么？"

"就拿你方才说的这事儿吧，听着很在理，本来算计得也妥当，原说这项三十万匹的用度太大，织造局做不来，自然要外调，此类差事南海沿子上的民间织工就能接，只是想着不到冬天，老百姓都有农事，织绣的事自然贵些，想着户部又不急用，就从布政使那儿提了十六万两预支了银子给织匠，待冬天再令织作，这样，百姓只要手头有钱，也好过冬，安心做工货提得也快些，算下来，每匹布比农忙时便宜六分，三十万匹，可不省出两万两银子嘛。"曹寅账算得溜，成德却一头雾水，讪笑着装作听懂了，心下却后悔在国子监里没把算学学好。

曹寅接着叹道："可谁知道都快到年底了，户部都不见提货的动静，最后只说是朝廷的库存还有，等用完了再织，预付的工钱拿不回来，我爹一下子赔了将近二十万两啊！"

"早知朝廷的库存还有，那户部提的什么？可是糊涂害人？"

"嗨，这样的事儿多了去了，这都算小的。"

"可这是皇差，有亏空不该请皇上示下？"成德的心里，法度规矩才是戒尺。

"你呀，"曹寅叹着揽过成德："哪有都靠着规矩办事的？甭说那样得罪人，皇上也未必关心这点子小事！谁肯为区区几十万两银子碰那一鼻子灰去？"

"那这亏空怎么办了？"成德忽然觉得自己话问得多了。

"这就得怪你不留心了。"曹寅得意道："你当差前见天儿在府里，都不知道明珠大人弹劾盐差御史的事？还因为这个得罪索额图来着。"

"这我倒是听说了，跟你家有什么关系？"

"盐差御史没有了，盐税却还是要交啊！"曹寅不肯细说了，成德再不谙财务，心下也明白了七八分，定睛瞧了一眼曹寅——面前这个越来越陌生的朋友。

"你别这么瞧我啊，跟我做了贼似的，告诉你吧，盐税的确暂归我家管，可还有铜料的一档子事呢，这可是个新鲜差事，朝廷有令，准从每年的盐税里拨出一万两采买铜料给工部，近年来这材料越发短缺，工部只好放宽了验例，这么一来，变通可就大多了，凑够了二十万两的铜料，就算填上这个亏空了。哪家也不亏。"

"哦，是这样，这也算老天帮了你们家啊。我原只知道你跟着令尊奏报些外事，哪里还想到这些内中关节，从前织造府都是归工部管辖，还清楚些，如今又实行了新政，备料归工部，却由户部筹钱，麻烦自然是有的。"

"是啊，那只是律例上这么说，真到正经署理时，出钱的事可就麻烦了。"

"我猜着了，下面做事的，就要时时周旋，又不能得罪人，又不能全拿律例说事，又要做出来的东西主上满意？"

"可不是？都说我们家有钱，占着有利可图的肥缺，可这里头，藏着多大的亏空隐患，只有我父亲跟我知道罢了，这些年，我父亲的精神头越发短了，上回回去，见他老人家又老了许多，可再难，奏折里还是得尽拣好话说……"

成德没再接下去，他想，借钱这个口是不能开了，但他没想到的是，曹家那号称二十万两的劣质铜，日后也给自己找了不小的麻烦。

"成德你什么时候关心起这些事了？从来没见你问过的，你不是最烦这些账目片子的吗？怎么，嫂子不方便，你也学着管家了？"曹寅笑道。

"我可没这个本事。"

"那为什么？别跟我拐弯抹角啊。"

"没，我没有，真没什么，你怎么这么婆婆妈妈的？"成德故意装作愠怒的样子。

曹寅还是看出了他的心事："我说你呀，又出去管闲事了吧？碰钉子了？"曹寅了解成德，这是个断不肯因为自己的事发愁的人，"我看你几天来不是观景怀古就是独坐发呆，不是心事是什么，想来是真有难处了，嗯？"

"去去，少说风凉话，大老爷们儿哪来的心事。"

"切，不说算了，就当没我这么个人。" 曹寅把手从成德肩头滑下来，眼盯着前面掌灯兵丁的脚，一踢一打地无聊前行。

"哎！我真没什么事儿，只是，有人托我帮个忙，跑了许久，也没个头绪，不知跟谁商量，这不，就让你撞上了。"

"怎么样？我没猜错你吧，嗨，不是我说啊，你呀，也太热心了些……"没等曹寅发完牢骚，成德就急着打断道："得得得，我可不想又教你数落一通。"说完，甩手大步离开。

"别走啊，我没说什么啊！你还没说怎么帮哪！"曹寅一把夺过小兵丁手中的牛皮纸灯，跟着便追了过去。

33 | 疏景谁同

一

延禧宫的角门外，月色晦暗，斑驳的宫墙上，歪歪斜斜地晃动着被扭曲的影子。

"我说姐姐，你也是有身份有见识的，不过弟弟也劝你一句——太险的事，咱们可做不得，啊？"弟弟的神情有些怪。

玉犀一怔，难免做贼心虚：难道从容妃处回来后，将容妃送的东西藏进蕙妃枕头里的事，竟被这弟弟知道了？装作若无其事状道："你满嘴里胡说的什么？我行得端做得正，什么事见不得人了？"

"你别急啊，我不过一说。不过那回进来，我又看见那个纳兰成德出入延禧宫了，那个神气劲儿，瞧着我就来气，姐姐疼我，怎么还不替我出气？"

玉犀不免长舒一口气："我以为是什么，你教我怎么说你？竟为这一点子事上心，还编排我不端，亏你想得出来，我在这宫里的名声就让你这么糟蹋？你真是不知好歹，压根儿上不得台面哪，窝里斗的能耐。"

"你！我这也是为你好。你别自以为了不得，进了宫就插上翅膀飞了，你就是做了杨贵妃，也得有个杨国忠帮衬，你不指着我，还指着哪个？"

"指着你？！"玉犀冷笑一声道："我指着你给我收尸吗？"

"得了吧！怎么，吃饱了开始骂厨子了？你忘了我怎么帮你的？那药铺的单子可还在我手上呢，咱们是一根藤上的蚂蚱，飞不了我，蹦不了你！"

"王八蛋！"玉犀心里已经开始用最龌龊的话来骂这个弟弟了，可他毕竟是有理的，只好强忍着赔笑道："好弟弟，咱们宫里外头的图奔，不都是为咱们一家子嘛，哪有起内讧的理，看教人笑话。不就是出气嘛，你容姐姐个空儿。"

"哼，先前答应得好好的，还白教训我一通，原来都是骗我的！"

"你！"玉犀仍赔笑着，恨不能这下流的人即刻消失在眼前才好，只是自从做了亏心事，任什么事上说话的底气都弱了："好了，我都知道了，行了吧？咱们不能在这一点子事上太计较，他是娘娘的侄子，往后还得走动，还得用呢，你在外头的生意，没几个人护佑着还成了？爹去世以后，你看咱们家哪还有像样的人挺腰的？得知道轻重！"

"说得好听，你什么时候正眼瞧过人的？竟说他一车好话，还不是惦记着人家？当我看不出来？你别忘人家是有妇之夫，是孩子他爹！还惦记人家，你省省吧，连我也难为情。"弟弟说不过玉犀，可临走扔下的话也够噎人，呛白得玉犀木木地站了好久，眼泪绝望地滑下来。

"有妇之夫？"玉犀其实也知道容妃对自己出宫的许诺不过是镜花水月，可她太想摆脱这里的一切了，她决定孤注一掷，却只因为这么个念想，后悔莫及。

二

"哟，这颜儿奶奶这么兴冲冲的劲头儿，这是去哪儿啊？"放马坪下停了轿马，颜儿正带了小厮和丫头要往外去，偏巧碰上刚为太太请完安，出来闲逛的乔氏，免不了寒暄几句。

"姨太太，去接大奶奶回来，哦，是太太的示下。"若说发自内心的话，颜儿更希望回府的，只是大爷，如今仍惦记着荦卿主仆，不过是爱屋及乌而已。

"太太？她什么时候发起这个善心来了？她怎么说的？"乔氏淡淡问道。

"大爷不在身边儿，外头园子离得远，没人照应，自然应该回来住了。"

乔氏一撇嘴："亏你做二当家也有日子了，怎么还这么看不准主子心思？"

"这？"

"怎么，还要我提点？唉，要是成哥儿在家，会让你把人接回来？若说没人照应，派几个人过去不就完了，干吗费这个事，明摆着人家不愿意回来看婆婆脸色的，太太更懒得向那么个媳妇儿献殷勤。她要个好口碑，自然不好无故扔在外头不管，所以才要你出面料理……"

"不会吧，原确实该我料理的。"

"真是个不开窍的。别的当我没说，只是劝你一句——你呀，可真是个活菩萨！你也不想想，她是正经奶奶，你们爷的心思一门儿都在她身上，回来再生个大胖儿子，那时候你可往哪摆哟！"乔氏挑衅地拍拍颜儿的肩，一步三摇地去了。

三

太太的内室里，檀香的味道氤氲得有些呛人，连乔氏这样久拜佛前的俗家弟子都有些头晕，但太太是习惯了的，府里有繁难事的时候，尤其点的重些。乔氏知道太太歪在榻上只是闭目养神，她在等她回话。

"都告诉她了？"太太揉揉太阳穴，屏退了已经犯困的顾儿，见来人是乔氏，顾儿反倒精神了，痛快地扭身出去备茶。近来顾儿因为父母外派，府里没了亲近人，心思总是恹恹的，前儿乔氏好事，许了顾儿得空儿向太太求情，为其配个好人家。此番见乔氏去而复返，可见果真是和太太走得越发近越发得太太欢喜了，不由顾儿心生出一丝盼头。

"我都说啦。"乔氏巴巴地凑上来："都照太太吩咐的说啦。"

太太立刻瞪了眼："你少胡扯，我几时吩咐你什么？"

"这，"乔氏低头暗暗白了一眼，心下想：得，老脾气又上来了，跟谁摆谱呢这是？天知地知你知我知，若要人不知，除非己莫为，难不成还要灭了我的口不成？老妖婆！心下这么想着，嘴上却少不得再抹层蜜："是，是我说反了，我是来给太太回事的。"

"嗯，"太太表示满意："什么事？"

"方才在花厅廊下，见着成哥儿的二房，说是往外头园子接成哥儿媳妇去，闲聊了几句。"

"她去了？"

"呃，去了。"

太太一愣，责备道："你都怎么说的呀，我是怎么吩咐你的，真是！"说着，从榻上挺身坐起来。

乔氏见太太拿出了出尔反尔的做派，不屑地一扭头，又怕太太看出自己的神情，就着便宜伸过手来搀起太太，道："我都照样说了，依我看，她未必没听进去，只是还是年轻心善，不放心去瞧瞧也是有的，反正有太太先前的话，说教去瞧瞧的嘛。"

"若是这样最好。这孩子，就这样不让我放心，怕这怕那，缩手缩脚，大事不敢交给她。"

"那是自然，有太太杀伐决断，哪用得着这些小孩子？不过，我也真是想不明白，太太怎么就瞧那么个扶不起来的媳妇不顺眼，到底她肚子里的是您的亲孙子啊？"乔氏原本是将苇卿视作夺权的对手的，自从苇卿因为柳絮儿跳井而小产后，乔氏惊喜地发现对手一下子少了两个——太太再也不肯正眼瞧这个正牌的长媳了。

"亏你还有几个道姑见天儿伺候着，就没看出来她根本就是个无子嗣的命？"

"是嘛，那可没看出来，那小两口好得跟一个人似的，还能生不出来？"

"白打那丫头进门起，我瞧着她就不好，身子弱先不说，心思也太细了些，又不出头，只知跟着成德粘在一堆儿，我是扶了又扶，教了又教，还不见出息，竟跟着那小妖精混到一处去了，学得也是一身的狐媚样，那日玉丫头把她领回来给我请安，我一瞧，嘿，你看成德不在家，她反倒出落得越发水灵了，怀着胎反倒比先前更灵便了，真是个轻佻的，又有算命的说，她本就只有一子，先前已经没了一个，哪里还会再有？我想着，成德不在家，在咱们跟前，若真应了那话，她再有个什么好歹，那小子回来还不要跟我闹？我也懒得见天儿看她那软绵绵的样子，她教唆成德搬出去住的，就应了她，我这府里也不是说进就进，说出就出的。若真觉得府里好，也要等着我儿子回来再说，到时出去两个，回来三个，一家子骨肉团圆岂不欢喜？若真在外头有什么为难，那更好，须得教他们吃些苦头，才知道我这当额娘的不易。"

"还是您想得周到。"乔氏是打心眼儿里佩服这个老谋深算的女人。

……

"我真是老了，啰里啰唆个没完，跟你胡扯这些做什么？老了……"顾儿端着茶盘回来时，乔氏已经告退了一会儿了，太太一个人歪在榻上喃喃地念叨着："从前成德也说我话多，如今他不在眼前，唠叨了也没人听。"

四

颜儿带采薇等一行人到外园见到苇卿，只说是为其送当月的分例。园子内外的美景她是无心赏了，一路上都在盘算该不该说请苇卿回府的话。

五

望楼上，苇卿绣工做了一天，快直不起腰了，翠漪提醒了几次，苇卿只是笑笑，翻飞的指尖在一幅挂屏底稿上留下一对绚丽的彩蝶，花框边、脚踏上散乱着各式的手稿，画风细腻，笔触圆融，和细密的针脚一样，每一笔都浸透着柔软的心思。

"茹儿回来说，上一幅桌屏把蓝怡坊的都比下去了，又卖了好价钱，那老板还打听是出自谁家绣娘之手，要订货呢！小姐也忒好强了些，不如好好歇歇，累坏了身子就不值了。"

苇卿仍是会心笑笑，摇摇头。

"上个月的分例早早地就打发人送来的，今儿都二十了，怎么还没动静，要不要去催？"

"别去！"苇卿忙开了口："该送时自然来送，或是来人教打发人去领，咱们催就不好了，手里还有余富，就先用着吧。我看你倒该着人去顾先生那儿问问，上月得了钱就给他送去了，这会儿拖到现在，不知还够不够使，不是说成德的词集已经辑成一部了吗，到了付梓的时候了，也该用钱的。"

"小姐的心哪，能装进多少事？自个儿还不知谁来疼呢。"

"别又抱怨，小心生皱纹！"苇卿戏谑道："成德不在家，老爷太太又不喜欢他跟这些人走得近，咱们再不照应还找谁去？"

"您又不管家了，怎么不去找姨奶奶？"翠漪没好气地飞快缠着手里的彩色丝线。

"姨奶奶来了！"有初莲在楼下告了声进，便听脚步声上来，苇卿微微嗔怪了翠漪一眼："小嘴可真灵，开了光了！"说着，费力起身迎接。

"大奶奶久等了。"颜儿笑得有几分尴尬，"府里头为迎接您和小少爷，太太吩咐把晓梦斋重新修葺了，又是油漆外墙，又是粉饰屋里，还说园子不如这里的好看，怕你们回去不喜欢，又要移植花木，这几天就忙晕了头，要不是方嬷嬷知道跟我提起忙送了来，真要教大奶奶怪罪了。"一面说，一面亲手递上月钱。

"哪儿的话，准是茹儿这孩子多嘴告诉他妈，等他回来我教训他，我的人，别的还都是好的，只是话多，怪我管教不严，怎么姐姐反说自己不好？"苇卿笑着拦在翠漪身前，拉颜儿坐下寒暄。

"大奶奶觉得怎么样？"颜儿仔细审视着苇卿的身段，关切道。

"也不觉得怎样，只是近来心中又烦躁得很，口干舌燥，茶不离手，大夫也瞧过了，说是气虚，不碍的，养养就好。"

"也是的，先有一次小产，可是伤身呢，非要补补元气才成，哪个大夫瞧的？开了什么药？"

"也不过是一般的行脚医生，这园子偏僻，少有大夫愿意来，上了年纪的名医更不方便来，我说请姨奶奶来接我们回去，大奶奶偏不依。"翠漪接话道。

"呃，"颜儿顿了顿，笑道："府里也是这么打算的，只是想着，刚刚油漆过的宅子，还需放一放才好，刚命几个伶俐的小丫头进去住着，有些人气，再搬进去才舒服不是？"

苇卿会意地点点头，向翠漪道："谁都比你想得周到，还要学多少？"翠漪讪讪地要去，却听楼下传来茹儿的报声："翠漪姐姐！"

接着，便见茹儿拎着包袱乐颠颠地挑帘进来，看见颜儿，即刻低了头，下意识将包袱往身后藏了藏，怯道："姨奶奶安，大奶奶安。"

"哦，你先下去歇着吧，我们说事儿呢。"苇卿有些慌，忙屏退茹儿。

"奶奶怎么不等他回事啊？"颜儿纳闷道。

"这？"翠漪又按捺不住："大奶奶，这有什么藏着掖着的？"又转向颜儿道："姨奶奶，大爷不在家，住在府里的顾先生辑刻书籍要花钱，不好向府里伸手，这几个月都是大奶奶拿自己的分例周旋着，自己又要请医延药，身边几个人又有吃喝用度的花费，手里的钱早不够用了。"

"翠漪！"苇卿忙止住了这张快嘴："胡说些什么，总还不至于难住了吧？"

此时，颜儿才好好看看屋子当地的花框和满地的图稿，又注意茹儿的包袱里露出的一角金翠非凡的绣品，才明白了些："既是大爷的客人，怎么能让大奶奶破费周旋？早来找我，总有办法的，现在我知道了，断不能再委屈大奶奶了。"

苇卿叹道："若你不为难，我可不早去求你了？可是你哪来的体己呢？若是太太知道，又少不了一场气，好在我在外头，好歹就让我受了吧！"

"这可是胡说，大奶奶当我的心是铁石做的？你放心，我准有办法的！"

放下分例银子告辞出来，颜儿才上了轿，约摸着苇卿的人看不见听不见了，急急命道："采薇！去把前些年大爷得的那件宫里的赏赐——那个纯金的八音盒拿去京西的规宝号当了，许能值几个钱，拿去送与顾先生，若人问起来，不用避讳，就说是明珠大人家的。"

六

离御驾回朝的日子越来越近了，行舆中的年轻人心情也从好奇转向了急切，直到从秀丽富饶的白山黑水间转道盛京，穿越远郊的茫茫草原时，一望无际的葱郁才消耗了他们些许不安的躁动，无论御马疾驰，还是信步徜徉，眼前的景色依然是蓝天碧草和或远或近的闲适牛羊，偶尔有星星点点的湖泊，远远望去，像散落在细腻绿毯上的珍珠，闪着熠熠的光芒。

这一带是大漠以南，内扎萨克蒙古的一处边缘地带，也是与清廷结盟的内扎萨克蒙古二十四部四十九旗中最为交好的一支——巴林旗管辖的区域，早在御驾从京中起程之前，旗主就已经接到奏报，率着浩浩荡荡的随从队伍在离官道最近的一处和硕敖包候着迎驾。此时适逢祭祀敖包的日子刚过，敖包上新装饰的松柏、红柳和五彩花卉热闹非凡，御从各人等受了旗主的礼，也按礼各自拣了沉甸甸的石块，为敖包添上，皇上则扯下了玉佩敬上。在一片山呼"万岁"中，巡行队伍才又阔步前行。

在漫无边际的草原上，皇上的高头大马走得很是随意，只是走走停停间，少了些意趣，皇上也体会随从们的心绪，为能打发枯燥的旅程，便默许身边的侍卫们一边逶行，一边射箭取乐，偶尔有野性十足的猎物，皇上自己也试试身手，一时间君臣组成的队伍中笑闹声四起，这可让那些享受夏末闲适的小兽们遭了殃，踢踏的马蹄声所到之处，小兽闻风逃窜，追逐的年轻男子们更乐了，都不肯放弃彰显勇武的小小机会，成德箭法是不让人的，只是刚射下一只松雀鹰来，皇上已经夸赞过，成德不贪功，就只跟在马群后起哄，眼睛盯着皇上的红鬃马不离左右。

这会儿，又有人在高声喝彩，说是噶侍卫射中了，可却不见人群后退，倒追得更快了，成德不免好奇，催马凑过去，见噶布乐手里正拎着一只带着箭羽的旱獭，足有两尺来长，肥硕笨拙，因为并未射中要害，仍在滴血挣扎，样子很是可怜，再看众人正围着的，是一只走投无路的小獭，已经吓懵了，蹲在地上一动不动，棕黄的胎毛竖起来，显得比实际大了许多。众人正绷紧了弦准备怎么个射法。

"放了它吧！"成德也不知哪来的兴头，喝止了众人。连皇上也纳闷地看着他。

"纳兰成德，你干吗？"噶布乐语气里充满不屑。

成德却不理，转向皇上道："'先王之法，不涸泽而渔，不焚林而猎。'咱们为了一时取乐，已经破了'猎需守时'的戒。如今这带崽的母兽被射杀，已经过了，幼崽还需佑护，臣以为，不必在这小畜上花太多心思，放了它吧。"

曹寅也勉强附和道："是啊，皇上刚已经射了几十只兔子和狐狸了，猎物都没地儿搁了，哈哈哈……"

成德的话不无道理，皇上当然知道，只是毕竟与自己的本意相悖，心下甚是不悦，闷声问噶布乐道："你说呢？"

噶布乐乜斜成德一眼道："妇人之仁而已，皇上不足听。"

皇上仰天大笑道："成德虽是个心细的，可也有想不到的，你说咱们留着那小东西，它不还是活不了么，这怎么办？"

"哈哈哈，皇上，成侍中既然可怜那东西，那就教他带回去养着吧，当个干爹。哈哈哈……"噶布乐一句话引得众人都大笑起来。

"你们！"成德满脸涨得通红，挥鞭指着噶布乐半晌说不出话来。

"噶侍中说这话是什么意思？难道你是个没爹的，这也值得你当个笑话？！别教噶昆大人听去，以为你不孝顺呢！"曹寅看不过去，当头一句。

"什么话？！"没等噶布乐反应，皇上厉声打断了这场舌战："也是在朕身边伺候的，平日就这么当差？亏得你们说得出来！"见皇上动气，众人才收了笑声，皇上哼了声，纵马径自朝前去，众人也引马跟着，留成德一人在后面低头瞧着地上吓呆的小獭，闷闷不乐。

七

皇城下，跪拜在夹道两旁民众的朝拜声，簇拥着风尘仆仆的回朝銮驾，一路所接受的顶礼是属于舆中端坐的年轻皇帝的，一路山呼的喝彩声是属于前程似锦如曹寅噶布乐等的近侍们的，成德像一根载满灰尘的暗哑的丝弦，在这宏大的凯旋令里，只能沉默一隅，马蹬旁的军需行囊里，偷偷探出一个毛茸茸的小脑袋，拱了拱成德的马靴。

八

进城前，成德收到了蔻儿匆匆忙忙跑出城送来的书信，是顾贞观留下的：

我并不是因为救兆骞之事不成才离开，成德莫怪。

我已经为此事奔波了十几年，因为仕途落魄，屡遭白眼，无人肯就此过问，只有你肯坦言伸出援手，怎能不使我感动不已？又因救友心切，一时竟没想过你的难处。成德你是一言既出，就竭尽肺腑的人，正因如此，我才不忍你为这件难事太过殚精竭虑，又从蔻儿口中得知，你因此事已在令尊面前受了委屈，更于心不忍。

丁酉冤案是先皇所定，别说上折不易，就是果然能将此事上达天听，皇上是否有勇气为了特赦一个前朝的流人顶上个不孝的罪名？也是难说。你行前所议的认工赎归一事，原说是个好主意，按你的安排我已和徐大人商议过了，可我听得出来，虽然他也有意出力，但一提到用钱，他也退缩了。人心若此，我能奈何？

但我相信，一念在心，无事不成！将这样的难事全推给你，绝不是君子所为！我暂时离开，也是为了多走些门路，毕竟众人拾柴火焰高，谅成德能解我之意！你我既托为真心知己，则必有苍天庇佑，他年重逢之日，再叙不尽之情，若能为君解忧，则更为我之幸也，以我披肝沥胆之义，换你诚至金开之信！

虎头顿首。

折好书信，成德长叹一声，嗔骂蔻儿道："你这奴才，跟顾兄说什么了？他就走了？"

"别，别，大爷先别急着骂，小的也不知道顾先生是受了什么委屈，只说这府里待不得了，还留下这个教小的着人送到关外去，也没封，您看看，许是都在这上头——"蔻儿又递上另一封信——两阕新词，是成德最熟悉的牌子《金缕曲》，道是：

季子平安否？便归来，平生万事，哪堪回首？行路悠悠谁慰藉，母老家贫子幼。记不起，从前杯酒，魑魅搏人应见惯，总输他，覆雨翻云手。冰与雪，周旋久。

泪痕莫滴牛衣透，数天涯，依然骨肉，几家能够。比似红颜多命薄，更不如今还有。只绝塞，苦寒难受。廿载包胥承一诺，盼乌头马角终相救。置此札，君怀袖。

我亦飘零久。十年来，深恩负尽，死生师友。宿昔齐名非忝窃，试看杜陵消瘦。曾不减，夜郎僝僽。薄命长辞知己别，问人生，到此凄凉否？千万恨，为君剖。

兄生辛未我丁丑，共些时，冰霜摧折，早衰蒲柳。词赋从今须少作，留取心魂相守。但愿得，河清人寿。归日急翻行戍稿，把空名料理传身后。言不尽，观顿首。

成德喟叹一声道："生死之交也不过如此了吧？不就是钱吗？钱能办的事，就不是难事！"

"大爷您哪来的钱？小的听说，大奶奶在外头园子里住着，姨太太调唆太太不准往回接，她平日分例都不够，还是姨奶奶暗地里周济呢。"

"什么？！不用她们用这些破事拿捏我，蔻儿，你回去，把通志堂二楼那个交趾黄檀画柜里的画拿出一些当了，凑些银子出来，先给你大奶奶送些，余下的交到徐先生那里。唉，这些事，还用得着我嘱咐，你在家就不动动脑子？！"

"小的该死，竟没想到这一层，可是大爷，那些画儿都是您的爱物，您怎么舍得？"

"不过是些东西，能值什么？对了，那幅竹枝图……"成德犹豫了，那是当年初识张纯修时，送给自己的礼物，前明的名画，是所有成德藏画里市价最好的一幅，"也拿去吧，见阳兄能明白。"

蔻儿是个最麻利的，除了成德的事，任何人何事在他眼里都是闲事。天刚傍晚，快马就停在了紫禁城外城的侍卫所门前。可是他带回的消息没能让成德满意——因为要绕开明珠，只能选了别家的当铺，知道是急用，当铺老板狠狠地黑了蔻儿，变卖了许多藏画，只集来不到一万两银子，而认工赎归吴兆骞，需要两千两——黄金。

九

从侍卫所出来时，盈月高悬，宫墙下桂花的香气像极了西园晓梦斋窗下的那片，算日子，下一次见到这样的满月时，自己的孩子就要降生了，成德这并不是第一次当父亲，可是心却仍是说不出来由地慌得厉害。他想，回来即轮到当值，不能即刻去见她，她该是能理解的，她一向那么善解人意；

他想，等两人一起，过了初为人父母这关，他去请她出主意搭救朋友的朋友，她一定有办法的，她一向那么冰雪聪明；他想，等自己的《通志堂经解》辑刻完成了，要请她代做一篇序，就像她亲自编印《渌水亭杂识》一样，他的所有生命里，都该有她的影子；他甚至想，如果救不出吴兆骞，有朝一日自己就索性带着她和他们的孩子，去那片白山黑水之间安顿下来——他自以为刚刚见过那片土地了，那是和眼前的京城不同的土地，山清水秀，生机勃勃，雄浑而壮丽，淳朴而富饶，她会喜欢那儿，就像喜欢自己的渌水园。

<h1 style="text-align:center">十</h1>

夜幕低垂，安顿下来的皇上已经沐浴更衣，端坐在殿内，数月未归，虽然有内阁待行朱批，但需皇上御笔亲批的折子还是积了一桌。成德向来不会掩饰心事，静谧的养心殿里，除了皇上御笔的摩挲声，就是成德这个近前侍卫的微微叹息声。皇上右手上的挫伤早已痊愈，可秉笔稍久，也有些难捱，索性就换左手，样子有些可笑，可神情一如既往的严肃，换了几次，不知是因为手已不听使唤而心烦意乱，还是敏锐的直觉发现了成德的心事，皇上终于开口了，声音遥远而深邃："能办的事，不用上心，办不了的事，放在心上也没用。"

成德一愣，有些慌乱："皇上，您有吩咐？"近旁的宋连成知道皇上有夜读喝浓茶的习惯，早下去传唤了。

皇上把笔停在笔搁上，却没放下："朕贴身侍卫四十人，皆是人中龙凤，或是叔伯兄弟之子，或蒙古贝子之子，或朝中大员之子，或朕的包衣之子，"皇上又搛了搛墨，继续低头写着："你知道，选你们这些人做这些执戟金阶的差事，是何用意吗？"

"是皇上信任，是臣等及家下的荣耀。"

"这才不是你的真心话。"

"微臣不敢，确是真话。"

"你又来了，朕不喜欢你越来越像你阿玛。"

"……"

"朕喜欢你当朕是兄弟，"皇上被自己吓了一跳，"朕是说，朕，朕喜欢热闹。"

"这？今日原只有臣一人当值，其他三名近侍正在廊下，皇上要传吗？"

34 | 冷月葬花

一

"啧，"皇上觉得牙根一阵酸胀，"不用，咱们说说话儿吧。"说着，写完最后一个字，终于放下了笔。

"嗻。"

"朕知道你不甘心做这个外人看着光鲜，自己觉着无聊的侍卫，朕都知道，朕原也舍不得这么用你，是多少人替你、替朕这么安排的。"

"事已至此，微臣只有尽心竭力，方不辜负这些人的期望。"成德猜到"这些人"都是谁，当然包括面前的皇上。

"好，好啊，你能这样想，朕才放心。成德，朕有多想保你，你知道吗？"

"臣不明白。"

"唉？朕奇怪呀，他们巴结起来，一口一个奴才的，怎么你从来都学那些汉人，非说臣呢？"

成德很想知道前一个问题的答案，却听出来皇上不想回答："呃，许是臣的朋友们多是汉人，近朱者赤吧。"

"嗯，你能跟那些人交好不易，朕原以为那些人都是明珠为你安排的，你会别扭。明珠是个聪明人！他这么着是一箭双雕：一来为你做人留个好口碑，况且你是性情中人，纵然交往中开罪了人，那些人你阿玛也不会在意的；二来，你是知道的，那些人是金矿，可用的多，这几年三藩战场后方主事的好几个都是你阿玛举荐的，朕看很不错，连先前被贬了的徐乾学都得记着你阿玛的好，可见，嗯。"皇上顿了顿，用人顺手固然是他所愿，只是，防范明珠这样党派的核心人物更是身为皇上必须顾虑的："你有这么个阿玛，是幸，也是不幸啊。"

"臣更不明白皇上的意思了。家父为国事殚精竭虑，如履薄冰，就是家事，也时常过问。臣的经史诗书、用兵之法，若说还有一二可算得贻笑大方，则无一不是家父延请名师，时时督导的功劳，怎说不幸呢？"

"成德的确是个全才，朕器重你也在这里。难得的是，还是个大孝子，纵然在家里尽着为人子的义务，难免委曲求全，外头也不忘维护他。只是在你，一定也是为难的。"

"皇上何出此言，臣不明白。"

"连朕都看明白了，你身处其中还不自知？你阿玛、索额图、瓜尔佳颇尔普还有噶昆，这几个人是够你缠的。朕不提点他们，可心里明镜似的。你阿玛跟索额图是死对头，朝里上下都知道，你那个上司总领瓜尔佳颇尔普是你阿玛的人，虽然没什么心计，可多少对你是有期待的，噶昆不一样，向来是站在索额图一党的，他儿子早就把你当成对头了，当我看不出来？懒得理他们罢了。你阿玛是工于心计无懈可击了，可不就都瞄着你了么，等着掐你一个错处，好将你阿玛的军呢。背地里应该没少给你下绊子，不过朕看好了，你是吉人自有天相，听朕说过，估计宋连成他们在身后也没少帮衬你。"

成德不由身后冒出一阵冷汗，从前只是敬佩这位同庚的至尊皇帝英明勤勉，不想竟还在这样的事上用心，继而又释然——到底是权力巅峰上的人物，弄权，于他来说，不过是盛宴过后的茶艺小酌。

"朕说了这么多，你做臣下的，也不问问朕？朕可是羡慕你呢。"皇上似乎在愚弄成德。

"臣不敢妄测圣意。皇上可是累了？您是九五至尊，要心系天下，谁能跟您比呢？"

"只说是九五至尊，朕身上的担子却无人能分担哪，还得在人前硬撑出一副高高在上的样子。太皇太后年纪大了，这个家这个国，眼看着就压到朕一个人身上了，前儿奴才们梳头，竟薅下一根白头发，朕都忘了自个儿还不到三十岁。"这就是身居高处的好处——皇上可以任意发泄心中的愤懑，旁若无人。

"呵，皇上，便是在民间，到了这个年纪，不也都是家里的顶梁柱，上有老下有小吗？只是皇上的家是大家，旁人无法企及罢了。"

"可你还有家人，有朋友，有人跟你说实话，朕想听句实话可就难了。"

成德不以为意地摇摇头："微臣在府里，做了二十来年的独生子，听的教导句句是实话，可也都是假话。"

"怎么讲？"

"家人都是爱我的，只会教我他们觉得好的、对的，可道理果真是那样吗？还要我自己想。"

"那你想明白了？明白了又能怎样？还不是勉强过自己不愿意过的日子？逃不出去啊。"这不是激进的皇上的心里话，他眼里闪烁着挑衅的意味，又夹杂着些许怜悯，让成德很不自在。

"是，皇上说的极是，微臣每每入值，坚守在殿前时，就如这宫墙里的一棵树，根就牢牢扎在这里，可人心都是活的，我的心还能飞得远，飞得高……"

"做梦吧。"皇上冷笑着打断了成德："不过朕羡慕你，能活得这么无牵无绊的，虽然也是一身袍服裹身动弹不得，可说到底还能做做梦，朕是连梦都不敢做的，只好挨着。"

成德被噎得红了脸，嗓子眼里憋出一句："这，人人都有难处吧。"

"你看看，还说跟你聊聊天儿，倒把你揶揄得这样，朕补过。说说你吧，唉声叹气半天了。"

"臣不敢，确实有些难事。"从天而降的机会让成德喜出望外："是一桩沉年旧案……"

……

"成德！成德！"曹寅火急火燎地在殿下唤。

"什么事？你还乱了！"皇上分明对一向恭敬的曹寅不满。

"奴才该死！启禀皇上，侍卫纳兰成德家人在东华门外传报，说成侍中少夫人待产，呃，有些微恙，请成侍中告假。"

成德惊恐的眼中，映出的是望楼上摇曳的灯火。

二

沉沉的夜里，通往京郊的路显得尤其漫长，惊慌失措的茹儿紧跟在成德的纤离驹后，扬起的尘霾早迷了他的眼，看不清成德已经僵直的背影，和他攥缰绳的握得异常紧的拳头。成德恨这识途的骏马总不能飞快，双脚便不自主地拼命夹着马肚子，马刺扎得坐下的良驹一声嘶鸣，利刃一般划开周遭的死寂。成德的眼里凝聚了所有的神采，似乎要把黑暗的前路照亮，狂乱的马蹄声一下下扣在心上，让成德以为自己的心快跳出来。

气喘吁吁扑开楼门的一刻，成德觉得通往二楼的胡桃木楼梯从没如此高，如此长，以至于让自己胆怯到不敢踏上一步，只痴痴地仰头向上看，等有人从楼上下来，笑吟吟地告诉自己："大奶奶等您去呢。"

"大爷回来了！"守在一楼敞厅的初莲正守着菩萨像烧五彩钱，猛听楼门响，惊叫起来。

"怎么样了？！"成德看见铜盆里的灰烬，心凉了半截，揪住初莲吼道，绝少有的狂躁把小丫头吓得哭起来，指着楼上说不出话。

"成哥哥回来了？恭喜你，是个小阿哥，真好看，像你！"玉禄玳抱着孩子，被两个婆子拥着喜滋滋地下楼来："初莲，太太的教导果然有效验，你祈福有功！"

一路奔波已经筋疲力尽的成德也不知哪来的劲头，松开初莲，一个箭步冲上楼，揽过玉格格怀中的孩子，却迟迟不敢看，目光只停在玉格格脸上：
"她呢？茹儿说……"

"这些奴才，真是不顶事。哪里天就塌了？"玉格格不以为意道："算日子原本还早，偏巧这几天你回来，这孩子许是急着见阿玛，今儿就折腾起来。稳婆大夫都说嫂子身子弱，胎位又不好，不敢应差，奴才们急了，这才叫你乞了休沐回来。偏巧我从你们府上过来，干妈教我带来些佛前请的五彩钱，原说等正日子用的，可巧这不就用上了？老人家到底经历过。"

"我问她呢？"成德仍不放心："大夫呢？怎么说？人呢？怎么不见？"

"嫂子折腾了一整天了，滴水不进，人都快熬干了，里面歇着呢。哎？说的是，那个缩头大夫哪里去了？没用他的方子，可赏该领还要领嘛。"玉禄玳楼上楼下张望一遍，不见人影，吩咐道："谁请的？回头命人送去好了。"

成德扫了一眼孩子，果然清眉朗目，俊秀可爱，平和的笑容像极了苇卿，让成德慌乱的心顿时安静了许多，连充斥在楼堂里浓重的血腥气都被忽略了。

又有两个丫头一前一后端着盛热水毛巾的铜盆托盘进出，成德拥着孩子闪到一边，斜眼瞥见盆中殷红的血水，心头难免一紧，不禁朝挡着紫烟湘帘的卧室里探望，刚要细问，只听里间里翠漪一声嘤嘤的哭喊声："嗯，大奶奶！"

成德扯开湘帘冲进卧室时，正和翠漪撞了个满怀，揪住吼道："怎么回事？"说着，便往里冲，翠漪已经哭倒在成德怀里，啜泣道："不知怎么突然见了大红，人也开始说胡话，竟嘱咐起后面的事来，去看看吧，怕是，怕是……"

"大夫呢，快去请王太医！"成德一面扶着翠漪，一面冲楼下刚跟上来的茹儿吼。

"先就去请过的，只因太太脚上的旧病复发了几次，都是那王太医接的诊，反复得多了，她家老婆子便厌弃起来，咱们再去请时，她便说，我们家老爷是拿俸禄的，又不是专司伺候你们府上女眷的，哪有随叫随到的理？况且生产上的事本也不该个大男人出面料理，不肯来。"

"胡说！人病成这样，怎么不来？绑也绑来！"成德愤愤搁下一句，大步直冲进卧室，翠漪哭得上气不接下气，却仍伸手拦住了想跟进去的玉格格。

朦胧中，苇卿早听见外面成德的呼唤，再抬眼时，人已经站在跟前："难得回来，便教翠漪丫头给教坏了，也大呼小叫起来，我不过白嘱咐她两句，你们就都多心了，好好的，我哪能就去呢？"

听这正像是大限将至的话，成德禁不住眼泪夺眶而出："是是，看你好好的，我才放心，咱们的好日子才开头，哪能就……你别吓我。"

看着成德轻轻坐在自己身边，苇卿卸下千钧重担般地长出了一口气："太累了，想歇歇。"

"嗯。"成德小心翼翼地拂拭着她被汗水浸透的墨染般的鬓发，他的手有点抖，但她不在乎，配合地把脸埋进他的掌心的那一刻，他便不抖了，温润的手托着冰凉的脸，已经被掏空了的苇卿仿佛又被注入新的魂魄，再睁开眼时，面庞泛着红晕，一如几年前身穿喜服挑帘相望的那个美人。

"好好的袍子，怎么破了？"

"这个茹儿，小小年纪没见过事，偏说你不好了，子清也跟着起哄，唬得我慌了神，一路上紧赶慢赶的，进门时跌了一跤，许是划破的。"成德摆弄着衣服下摆，满不在乎。

"幸而是官服，若是别的，你还不要骂人？"苇卿窃笑着，成德知道她是说那件绣着纤细芦苇的旧袍，当年为了那件衣服，曾生过翠漪的气，还是苇卿细心缝补上才平息了风波。

"去找件好的换上吧，这样风尘仆仆的样子，教人看着怪心慌的。许久不见了，你倒这副打扮来相见。"苇卿忽然好人一样地坐起来。

"都是因为心急嘛，看你这样才放心，好，我去换。"成德顾虑着转身要去。

"哎！"苇卿想起了什么，一把拉住道："是我多话了。搬过来时，原说少住些时日就回去的，翠漪只把成亲时的一套喜服带出来，说是喜气镇新宅，呵，当桃符用的。"苇卿禁不住笑起来，舒畅的表情和虚弱的气息很不相称。

成德扶住苇卿的肩，柔声道："都是我凡事粗心，有心在你身上，却连自己的事也拿不起来，亏得你，什么都想着。"

苇卿无力地靠向成德，撒娇般叹道："嗯，你原也该检讨的，成亲那会儿，你就是慌里慌张地乱了分寸，连礼也没行完，害我名不正言不顺做了你家半个媳妇。"说这些时，成德没看到苇卿眼里噙着的眼泪。

"这可是胡扯！你是我儿子的额娘啊！在我心里，谁还能比你呢？"成德拉起苇卿的手，放在胸口："我有不对的，用我这辈子，一定还上，好不好？"

苇卿已经冰凉的手被成德激烈的心跳一震，缩了回来："你骗我？一辈子多长？我怕等不及。成德，我怕等不及啊！"苇卿几乎是竭尽气力不使眼泪流下来："咱们的喜服没系在一起，走不到底……"苇卿空洞地望着远处——她看不见远方，就如同看不见未来。

也许是话说得太多，苇卿再次靠在成德胸前，放心地昏睡着，成德还想解释，又怕惊扰了怀里这个轻柔的精灵，连呼吸也屏住，只轻轻地拍着她的手，心中少有地祈祷着，等那唤作月老的慈祥老者把没系牢的红绳扎紧。

三

太医院旁的一处清僻四合院门外，昏沉沉的灯笼引着王太医出来，行前着急，袍子还有两个扣子没系好，身后一个老妇跳着脚嚷道："老糊涂，你就是一辈子教人驱使的命，黑灯瞎火的，摔了跌了谁管你，哼！"

"你才老糊涂！人命比天大，看我行了一辈子医，还不知道这个？教你个老东西绊住了腿？我死了也不用你心疼，哼！"

四

苇卿的茜纱帐外，被茹儿领上望楼时还手捂着帕子的王太医，缓缓将手从苇卿伸出帐外盖着紫绫烟罗帕的腕上收回时，无奈又惋惜，虽然是尽量压低了声音，可噩耗还是重锤一样砸在成德心上："小哥儿有话快说吧，就在今夜了。"

众人以为会从里间里传出成德撕心裂肺的呼唤，但是没有，相拥着的一对恋人出奇地安静，许久都不说话，也不敢流泪，只默默地坐着，好像这样时光就能停住。

外头的玉格格早已按捺不住了："这是怎么说的？先时还好好的，只说孩子胎位不正，熬了一天算是母子平安，这一关不是过去了吗？连前番的大夫都觉不碍了的呀！王大夫，您是医家圣手啊，再给想想办法吧，孩子那么小，没娘怎么行？"说着，素来硬气的玉格格也不禁落下泪来。

"格格正说到点儿上，在下正要问，前番的大夫怎么开的方子？你家少夫人胎位不正可有诊断？看她脉象，气血两虚甚重，与先前小产后浆养不周有关，按理，若是难产，母子平安恐怕是难，能顺利生下来真是万幸，既能顺利生产，就是过了性命攸关的坎儿，她断不会有血崩之舆，我估计定是为催产，只为保孩子而用了虎狼之药，是你家主人的授意？"

"谁会这样授意？而且，那毛脚大夫的药并没喂下去，我是凑近了扶着嫂子喂的药，她没吃下去，孩子就出来了，我是亲眼见的。"

"这就不对了，我想，《别录》上有说：'麝香疗妇人产难'的，为解一时之难，用了这样的猛药也是有的，只是太险，没有主家授意，任人断不肯这样冒险。刚刚在下上楼时，透过腥气就闻出这里是有这药香的，怎说没用？"

"这？"众人面面相觑。

"您是说，只闻上一闻都使不得？"玉格格心下一沉，怯怯问道。

王太医听她问得蹊跷，定睛瞧她，摇头道："要是一般的货色，倒也没有大碍，上好的就不好说了，那物什有极强的破血化淤功效，少夫人虚弱不堪，断断经不起啊。"

"不是说那东西只能镇痛，别无他用吗？"玉格格若有所思。

"是药三分毒，对孕妇更是要慎重，哦，在下说太多了吧……"

玉格格已经听不清王太医后面的话，原本灵性十足的一双大眼，盈盈蓄满了泪水，怔怔退后两步，冲上楼掀起帘拢："成……"

她看到两人的背影。

成德正侧坐在苇卿身后，仔仔细细地摆弄着她干净的发，每梳一下，都听见苇卿微笑着，一句句念着广府姑娘出嫁时，娘给女儿唱的喜歌：

一梳梳到头，富贵不用愁；

二梳梳到头，无病又无忧；

三梳梳到头，多子又多寿；

再梳梳到尾，举案又齐眉；

二梳梳到尾，比翼共双飞；

三梳梳到尾，永结同心佩。

有头有尾，富富贵贵……

苇卿的歌声平淡而欣喜，成德的双手柔软又笃定，两人像所有久别重逢的夫妻一样，亲亲热热地缠绵，只是没人看见成德满脸的泪痕，因为他要拥着苇卿，听她跟自己撒娇，念他为她补作的新婚祝词："昨夜浓香分外宜，天将妍暖护双栖……"

素净的卧房里，那一刹那，仿佛变成了那个晚冬的洞房，红彤彤的一屋烛火，也是只有那两个人。成德喜气洋洋地亲自把两人的喜服下摆系了个结实："永结同心，比翼齐飞，是这样么？"成德笨拙的样子，惹得苇卿巧笑着跌进成德怀里……

苇卿忽然身子一僵，倒在成德怀里，墨漆般的长发散落下来，终于，所有人听到成德的哭声，响彻寰宇。

五

怅在帘前的玉格格被拥进里间的众人撞得一个趔趄，呆呆地任眼泪模糊了眼，此时的她已经被满腔的愤懑和疑惑冲昏了头，她不敢再朝帘内看，怕看见成德的绝望和痛苦，那简直比苇卿的死更可怕。她恨自己周身都是冲刷不尽的罪孽，要人帮她洗净，那一刻，她感受到了从没有过的无助，她甚至觉得正是自己亲手断送了心爱的成哥哥的幸福。

跟跟跄跄冲出外园，跨在成德的马背上时，玉格格以为可以就这样从此轻松地消失在黑暗里，可她却清楚地听见了来自冥冥中的叩问："玉儿，你有什么罪过？你该去问清楚。"被这叩问逼迫着，面前的官道越来越清晰，马蹄声也越来越急切。

数月前，玉禄玳在玉犀姑姑眼里，还是值得交心的贵重女儿，虽然言辞间仍然是一副高高在上的语气，但热切的关心还是教玉格格有些招架不住，她送些宫中主子们赏的小玩意儿给自己——只送给自己，她讲些宫外人很难知道的宫中秘事给自己听——嘱咐她与宫中人交往要小心，甚至，连自己性情顽劣她都知道，她冒着与宫外私相传递被人发现治罪的险，寻来最好的活血药给自己止痛，这一切，只是为了结交自己？玉格格开始后悔对她的提防一点点减轻，的确，除了高傲和矜持之外，玉格格很难在这人身上找出什么不讨喜的——上进、直率、细心、缜密、可是，她分明也信口说过："如果是我，一定比卢姑娘过得好，她不配在那个家里，她的日子，是我让给她的。"是她，是她故意那么做的！

夜静更深，宫门早已深锁，听守卫说见着成侍中的马，曹寅料到一定是出事了，直奔延禧宫苍震门来。慌慌张张赶到时，玉格格已经在苍震门外踌躇了半天，宫门才只裂开一条缝，便一把推开守卫，夺门而入，曹寅见玉格格满面怒气，拦阻不住，又怕她无召晋见冲撞了宫人，便一把扯下守卫腰间的腰牌，也跟着往延禧宫来。

"你怎么了？成德呢？这会儿蕙嫔娘娘早睡了，有事明儿再回？我怕你惹出什么乱子，玉儿！"曹寅拉住玉格格的手被狠命一抖。

"我找她问清楚！"

"找谁？问什么？"

"子清哥，成大嫂子，不行了。"玉禄玳忍不住哭出了声，脚步却没停，直冲进延禧宫。

见宫门前比平日多了一层守卫，曹寅心下暗叫不好，快跑两步一把将玉格格揽在怀里，压低声音道："一定是皇上也在，倘这会儿已经安歇了，你再不分青红皂白闹起来，别说宫里的规矩不认人，就是我和刚才放你进来的司传宣护卫也要受牵连，谁得罪了你，你就是算账也得筹算着来，平白地把自己搭进去可是太不值了！"

"横竖是我自己闯进来的，什么罪过，我自去领！你走开！黄玉犀！你给我出来！如今你可满意了，我来给你报喜！你出来！"玉格格没头没脑地叫骂声惊动了正殿前抱厦里的宫人，守卫们也各执兵刃喝令着要动手阻拦，曹寅一面压服着玉格格，一面又命左右侍从不准伤了她，玉格格却气急了眼，三下两把拨弄开了众人，又直冲过抱厦奔正殿来。

值夜的宫人仍在正殿伺候，殿前领班的宫女早听见殿下吵嚷起来，因生怕扰了已经安寝的皇上和蕙嫔，急急报了玉犀定夺。玉犀因为有把柄在钟粹宫手里，这些日子都过得浑浑噩噩，一听自己眼皮下出了状况，来人又说是冲着自己的，登时慌了，衣冠不整地出来检视，正冲着红了眼的玉格格。二人都凝了神，一个满脸写着诧异，一个眼里透着火光。

"玉犀姑姑！"玉格格问候里的寒意逼得玉犀倒吸了一口凉气。

"……"

"给玉犀姑姑道喜！"

"这是从何说起？"

"你的如意算盘打得好呢！"玉格格从袖管里抖出一副满绣腰封，一把掼在殿前的青砖石上："见不得人的手段，我真替你寒碜！她死了，你终于满意了？满意了？！"

曹寅尚年轻，并不认得地上这女人专用的东西，只纳闷苇卿的死跟这两人有什么干系。

"谁死了？"玉犀仍不明就里，却看着自己心心念念绣好送人的东西被玉格格这样作贱，心灰了一大半，俯身拾起腰封，无辜地盯着玉格格。

"你还把哪个当成眼中钉肉中刺呢？骗人骗得滴水不漏，可恨我还当你是好心的，并无半点猜忌，纵然背地里说些大嫂子的坏话，我只当你是心直口快拿我当体己人。没想到竟是真的！什么天妒齐人，什么木秀于林风必摧之，我只当是你把儿时的过节也当成笑话儿说，谁知你竟能下得去这个手，还把我蒙在鼓里，拿我当愣头箭，借刀杀人，隔岸观火，我当真是低估了你，蛇蝎一样的人！"

"原来是这样，你说我送你疗伤的药，是为了使你接近她，借你的手害她，是这个意思么？"

"难道不是？你若不是黑了心肝，怎么会明白我这一层意思？"玉格格越来越坚信自己的推测。

"是了，原本你我也不是真心知己，出了事，你不怀疑我又去怀疑谁呢？原来是我自作多情，当你是唯一能说上话的，是我错了。"玉犀以为的友情，就在这一场自我辩护前土崩瓦解了："我和卢荻的确有些隔膜，这我并不瞒人，任谁都知道，我也不怕人说我小心眼。自幼年时她投奔到我家，我俩的衣食住行都是后娘拿她的家底操办，我呢，只能任由人安排，一面受着不上进弟弟的折磨，一面又要按后娘的意思，在卢荻面前装主子，好不教她轻视了我家，我知道我虽生得比她强些，可她比我会讨喜，又能写会画，人又乖巧，那时我就嫉妒她，咒她没我嫁得好，可偏偏命运弄人，我们俩又是如今这样的了局……"说到了局，玉犀忽又想到那人已是殁了，难免伤感起来："可我从没想过她死啊！我再不堪，如今和她已是井水不犯河水，如何要害她？再者，她又不是纸糊的，怎么说害就害成的？你只把我骂得不名一文，就不想想你有多莽撞？我是说过嫉妒卢姐姐的话，可我那是真心的。她有的，我都没有，她能的，我又不能。可你呢，不是也应和我了吗？你那是真心话吗？"

女人之间的友谊，通常是从对另外一个女人的不满开始的，玉禄玳哑口无言。内心里，她对苇卿的嫉妒早已胜过了玉犀，但那完全是不能启齿的，是一个女孩子内心深处隐秘的角落里，偷偷绽放的带刺花蕾，她从没有厌弃过苇卿，相反，和她在一起，使她能更深切地明白，为什么成哥哥那么依恋她，她感觉到有一种温暖柔韧的力量，从她的眼里流进自己的心里。玉犀早看出来这一点，所以，她不能接受已被视作知己的玉格格的指责，本就不牢固的友情，转瞬变成了冷酷的攻讦。

曹寅听到此，心下虽仍听不出孰对孰错，却对玉格格的心思明白了八九，不免心伤起来。

35 | 宫门玉碎

一

"借口终于送上门来了。"尚且清醒着的蕙嫔，安静地听着外面的闹剧，心里的话一字一句真真切切。

"皇上，臣妾失职，扰了圣驾，请皇上治罪。"蕙嫔故意弄醒了皇上。

皇上打着哈欠咕哝道："治罪还轮不上你，你还是先治治你这宫里吧，没见过这种事。"听见吵嚷声愤愤地起身，以为只是宫人不守规矩闹起来，皇上对蕙嫔治下的能力不满意，自然不想在这延禧宫里多待，坐起来不耐烦地揉着太阳穴。

"是。"蕙嫔已经决定放下平日在皇上面前的温婉，赌一次："外头什么事？拿来问话！玉犀！"因玉犀是贴身的上等女官，侍寝是少不了的，此刻自然唤她，而蕙嫔也正是打着主意要拿她的弊病。

延禧宫里，除了皇上、蕙嫔，居于众人之上的只有玉犀一人，听见传唤，当然无人上前应差，更不敢押解，都低头屏声，看玉犀的行动。曹寅一时也没了主意，只匆忙将抢来的腰牌塞进玉禄玳手里，拉了玉格格随众人一并跪下。玉犀失望地看着玉格格，不等她回话，掷下腰封，整整衣襟回寝室回话。

"回娘娘，是宫外来报事的，因主子安置了，奴才就没回。"

"半夜里报进宫来的，想必是急事，怎么说按就按下了？可知是你专权，合该掌嘴！"

玉犀机械地跪倒，道："启禀娘娘，原是丧讯，怕娘娘伤心，故而未及时通报。来人报说，娘娘的侄媳产后不治，已于日前过世，请娘娘节哀。"

"是这样。"蕙嫔有些失望，心下揣度着，明珠夫妇都是深谙内廷礼仪的，如何把个无品级外戚的丧讯当夜就报进宫里来？因是娘家的事，不好当着皇上的面细问，正不知如何绕开此事再拿捏玉犀，皇上已经穿戴整齐，预备往钟粹宫去了。

"恭送皇上。"蕙嫔没来得及妆饰打扮，只送到正殿下，皇上摆摆手，大步朝阶下去，院子里一众侍从仍跪着叩拜，皇上偏注意起与众不同的玉格格："什么人？抬头朕看看。"

玉格格虽然算是眼界开阔的千金小姐，初见这样的场面，也少不了有些胆怯："奴才瓜尔佳氏，"感觉曹寅在身后轻推了一下，补道，"进宫报信。"说着，双手递上腰牌。

皇上上下打量着玉格格，余光瞥见院砖上的腰封，不觉生厌："蕙嫔，这个怎么说？"

领班宫女是个伶俐的，慌忙拾起送进殿中，蕙嫔一见，勃然大怒："这是哪个奴才的？！"

"是那宫外来人的。"领班宫女指着玉格格道。

待字闺中的女孩儿，内衣为男子所见，是何等不堪？玉禄玳哪里肯认，脱口而出道："不是我的！是……""玉犀"两个字已到了唇边，未忍心出口。

"是什么？！"蕙嫔一心想着往玉犀身上推，也料到此事必然和她有干系，恶狠狠朝玉犀道："你做的好事！"

"是，不不，不是奴才，娘娘开恩……"精致的粤绣腰封，仿佛玉犀的名章，已经不容推脱。

蕙嫔想让玉犀认罪认得明白："拿来我看！"领班宫女送与面前细端详。

凑近不由蕙嫔大惊："这里头又是什么？！玉犀你大胆！来呀，把那来人和引她进来的，给我一并拿了！"

曹寅一听，腿已软了一半，连连叩头向皇上："皇上明察！奴才听闻是娘娘家里的事，怕耽搁了，又与来人相熟，臆料无事，才一时糊涂放人进来，求皇上开恩。"

蕙嫔继而便生了些悔意：那曹寅父子皆是皇上的心腹，岂有当着皇上面责罚的道理，便转意道："外人不知宫里规矩，倒也罢了，但是玉犀你，与外头私相收授秽物，还了得！决不能姑息！来呀！按规矩，拖下去，打二十板子，罚过御花园提铃！"

蕙嫔的判罚很有心思：提铃是专为羞辱犯戒宫人所设的刑罚，受罚宫女需在指定的通道上徐行正步，风雨不阻，高唱天下太平，人声与铃声相应，而御花园正处在延禧宫与钟粹宫之间，想来那容妃自然知道今夜之事，算是给她一个提醒。

谁知玉犀心高气傲，哪受得这份羞辱被外人瞧见，连连求饶，头磕在青砖上咚咚响，蕙嫔却面若冰霜："你们都死了？拿她去！"看着几个内监拉着玉犀下去，又指着玉犀跪过的地方命道："那块砖空了，着人垫垫！"

玉犀已经心灰意冷，见求饶无望，挣开众人，起身直朝宫门外石狮飞奔而去，但求速死，众人愣了片刻，遂呼喊着追赶出去，人多嘴杂，原本的喝止传来传去，竟成了追杀刺客。

延禧宫外紧临的角楼上，今夜正有噶布乐监察，听楼下有人吵嚷："护驾！"探身向下望去，只黑灯瞎火一片，但见南面延禧宫正门直冲出一人来，虽只有一个侧身，但已能分清轮廓，噶布乐急抽出一支鸣镝搭弦放箭，只听一声清脆哨响，其他侍卫便跟着那哨声数箭齐发，可怜玉犀转瞬间香消玉殒，死于非命。

玉禄玳亲眼看见侍卫们从角楼上冲下来，为首的一个见了尸首，只略一迟疑，便进门求皇上示下。

"嗯，虽不是行刺，但噶布乐你反应还不错，赏吧，都下去，朕困了，折腾了半宿，明儿再说吧。"方才护驾的叫嚷声拦着皇上去不得，又不肯见一群女人胡闹，早回身吃茶去了。

　　噶布乐忘了谢恩，便起身亲自抬了玉犀下去，曹寅带着战战兢兢的玉格格溜着边儿退下，又有内侍即刻洒水冲洗石板，稍刻过后，延禧宫便恢复了往日的平静，满月高悬，波澜不兴。

二

　　望楼下，茹儿等小厮急着回府报丧迟迟不见来人，丫头们开始上前为逝者装裹，却被成德骂了几次，再没人敢上楼催，只挨着守在楼门前，嘤嘤的哭声一直持续。曹寅和玉禄玳并肩挤在楼梯上，月光透过狭窄的窗格洒进来，照在玉格格清冷的脸上，经过此夜，恍如梦寐，原本圆润的年轻面庞，竟多了几分枯槁和沧桑。

　　"成哥哥知道了，会不会恨我？"

　　"怎么能怪到你头上呢？生死有命，富贵在天，他能看得开。"看着自责的玉格格，曹寅很是心疼。靠在自己肩上的玉格格，有些发抖，曹寅脱下自己的马夹，轻轻披在她身上："活着的人要好好活，才对得起那去了的。你也心疼些自己，别作践坏了身子。"

　　"成哥哥是个好人，不该这么苦。"玉禄玳哽咽着，"大嫂子也是。"把头埋进曹寅胸前，无声地哭起来。

　　"咱们都是。"曹寅感觉自己脸红了。

　　"我不是！"玉格格扬起脸："我不自作聪明凑了来，保不准也不是这个样子，我，要是不闯宫，保不准……"玉格格想说，保不准也不会再多搭上一条命，何况玉犀死前，还有话没说明白，这让玉格格更加揪心："我没想她死。"

　　"这个，我也嘀咕，我猜，是有人想吧。"

　　……

三

"你不是心狠意冷的人，怎么昨儿这么着了，为一个宫人无心之过竟要逼死她？朕可没想到。"蕙嫔不等天亮，就跪在养心殿请罪，等皇上下了早朝将昨夜的乱子细细回明，却不想皇上先开了口。

"臣妾治下不严，错处已经不只昨儿一处，非要斩草除根才好，皇上若说臣妾心狠意冷，有失妇德，臣妾也无话，只愿领罪；只是若再纵容奸人坏了宫中纲纪，即便皇上不明，不治罪，等到她们得了手东窗事发，臣妾也无颜面对泉下列祖列宗。"

"什么事东窗事发？"

"前日宫中女侍不意在臣妾床笫间，发现了污秽之物，臣妾的内寝，无人得进，料是那玉犀所为。"

"那你就该当时拿人问个清楚，怎么昨夜当着外侍和外戚的面闹出那么一出，朕的面子也挂不住了。"

"皇上恕罪。臣妾正是顾忌着皇家的颜面，才不敢细问，一心除她以绝后患。"

"这又怎么说？"

"玉犀是臣妾贴身女侍，与臣妾一荣俱荣，况且臣妾自信平日待她不薄，宫女中她又是极美貌能干的，前程似锦自不在话下，却不惜铤而走险，臣妾料必有隐情。"

皇上恍然状定睛看着蕙嫔："能是什么隐情？"话语中射出凌厉的箭，直逼蕙嫔。

"臣妾，不敢乱猜，"蕙嫔深知皇上对后宫争宠互斗的事深恶痛绝，"延禧宫中事务，臣妾之前确有姑息养奸之过，请皇上治罪。"

"等等。"皇上皱紧的眉头也让蕙嫔心头跟着一紧："唉，怪不得你命那宫女往御花园受罚，对面就是钟粹宫啊，你是在怀疑容妃？"

"臣妾不敢！宫规森严，那钟粹宫容娘娘又主理宫中事务，臣妾怎敢胡乱猜疑上差？钟粹宫离御花园近，臣妾也是想使容娘娘放心，臣妾再不敢偷懒疏于管教的。"

"我看你也是大胆了些！"皇上明显有些不快："容妃贪婪，朕早提点过她，量她得了妃子之位也该知足了，再做些见不得人的，连朕的脸也丢尽了。"

蕙嫔的心凉了大半，看她不置一词，皇上无心问道："什么污物，找内务府验勘处查了吗？"

"没有。"

"嗯？"

"东西还在，臣妾没有容娘娘的旨意，未敢惊动内务府。"

"你还是怀疑她呀。"皇上叹了口气，他不能理解有什么值得这些女人斗狠到如此地步。

"皇上！若臣妾存心与娘娘为敌，就根本不会将宫人私藏上用元寸的丑事压下来，纵然臣妾有过，真闹出来，娘娘的颜面又往哪儿放呢？请皇上明察！" 说是为了维护容妃，实则是顾忌着皇上的面子，因方才皇上已有暗示，蕙嫔才没敢把维护皇上的话也搬出来。

"什么？！"皇上也自责，蕙嫔怎会不知道那物证为何物就笃定治宫人罪？蕙嫔的理由像一盆冷水，即刻浇醒了这个自大的年轻皇帝，他需要想办法证明自己是开明的。

"不管怎么说，你能这样深明大义，朕很欣赏，如今你的人也短了，朕更于心不忍，看着朕偏着别人，你却从没在朕面前诋毁过人，也是你最难能可贵的地方，朕确实不喜欢人跟朕撒娇，可也不能总教老实人吃亏。蕙嫔听封！"

四

早饭过后，太太的轿子才头一回进了外园，爬楼时还唠叨着："怎么样？可是我说的，无子无福的命吧？还偏偏要自立门户！自己命不济，又生出这么一档子事来，本来是喜，又给冲了，真是，可怜我白操了那些心……"一脚跨进卧室，便又捂着帕子呜呜咽咽地抽搭起来："我的儿啊！怎么就忍心去了啊，你让这老的小的可怎么活……"

成德正石像一样呆坐在床边，听见丫头们报太太进也充耳不闻，倒是太太先放下架子，显得比从前随和得多："儿啊，人死不能复生，听额娘一句劝，回吧，先前只管不听我的话，这会子可怎么样了呢？府里总是不能离的，若是在我眼皮子底下，这媳妇儿，也不至于呀。刚死了人，多晦气，这里不能久待，走吧，给奴才们料理……"

不听此话还好，此番刺耳锥心的话一出口，成德忽地站起来，满腔的怨气、悔恨、无奈、不屑、疑惑都哽咽在喉，竟一时无言以对：怨的是正是因为苇卿并不会矫情，在父母面前不讨喜，二人才被迫搬来外园；悔的是为值扈从的差远走边地，置心上人于不顾，想再团圆已成痴梦；无奈的是，人力终不敌天意，虽有似海深情，此刻也已是天人永隔；不屑则是，几十年的母子情分，怎会看不透额娘的为人？何需在此惺惺作态；疑惑的是，都说母子连心，为何年近而立的自己却与这位人人皆称"恭肃"的母亲渐成陌路？

快被成德眼中的烈焰点着的太太，也由悲戚转而恼羞成怒："你拿什么眼神看我？媳妇儿没了，连额娘也不要了？遇着这样的事，还用得着我亲自来请你？这是哪家的礼？真是越大越没规矩，可知是没人辖制的缘故了，看来还是我寻错了人，日后再为你提一家，管保你改了性情！"

"够了！！"成德一声嘶吼，已经流干了眼泪、又整夜没合眼，此刻双目已经瞪得通红，一屋子人从没见过这样咆哮的主子爷："额娘劳动，是儿子不孝，请额娘回吧，儿子自有主张，求您让我们再静一会儿。"一个"孝"字又把满腔的悲愤咽回胸膛，带着刚才眼中的怒火瞬间沸腾了五脏六腑，成德已经听不清自己说了什么，只觉喉头一热，禁不住"哇"地一口黑血溢了出来。

众人吓坏了，止住泪一齐拥上来，太太也怕了，软语道："合该是我唠叨，你别听不进去，我是你额娘才肯费口舌，旁人谁肯这么教导？我这当娘的一片心哪个能通的？你不念老的疼你，也该为那小的，自己往明白了想啊。"

翠漪因为苇卿受罪枉死本就对太太有气，只是惮于太太淫威不敢发作，此时见苇卿唯一放心不下的成德竟被逼到这样光景，顿时收不住快嘴，一面安抚成德，为成德擦拭，一面嘀咕道："这是什么额娘？人都死了，还对活人说这些戳肺管子的话？不把自个儿说得跟至尊菩萨似的，就当旁人会看低她？再好的心也坏在嘴上，何况本就不是什么好人。"

成德从一片混沌中挣扎着清醒过来，翠漪的气话是听进去了，强提着弱弱的气息叹道："不，不妨的，只是，气血，不归经，坐坐就好。"

太太一心在儿子身上，并没细究翠漪放肆，但多少还是看出这丫头的气势不似当初在府里老实，心下厌烦，正要训斥，忽听蔻儿窜上楼来报说："启禀太太，老爷刚下朝回府就接了旨意，教安管家来报，说咱们家表姑娘刚加封了蕙妃娘娘了！老爷请太太、大爷一并进宫谢恩呢。"

太太顿时喜笑颜开，连声谢天："成德，你听见了吗？咱们家可出了娘娘了，蕙妃娘娘啊！到底老天开眼，这丫头是没白熬，咱们也跟着体面起来了，快，别教你阿玛等，跟额娘这就去，怎么样？能不能走？过来你们两人搀着，衣裳呢？搬出来就没带两件新的？你们怎么伺候的？可知是离了府就不成啊……"

成德已经身心俱疲，仍死命推搡着众人，口中含糊唤着："额娘，你们做得出，这边儿尸骨未寒，我便去了，死了的不瞑目，活着的也不甘心！求您放过我们吧，就说我也死了，就葬在这湖边，泉下给娘娘道喜，向皇上谢恩！"

"说什么胡话呀！"太太急道："好儿子，听额娘话，这里有奴才们料理，额娘还能亏了她？管保办得你满意！你若喜欢这园子，我可听你阿玛说了，还要再另造一处呢，比这大得多呢，咱们得往高了看，往远了看，啊？这份家业，早晚是你的！你要好好的，啊？"说话间，厉目示意翠漪上前。

翠漪也不理太太，只一步一挪地婉转劝道："姑爷，您去吧，小姐与我姐妹一场，横竖我为她尽了这份心就完了，你若有心，能记着她的好，时常想想她，听她临终的劝，珍重自己，善待小阿哥，就是对得住那死了的了……"

"不，苇卿，我不能让她一个人走，苇卿……"几句昏话未毕，成德心力交瘁已是不省人事，只有太太搭着手、叹着气，瞧众人手忙脚乱，那曾经心有灵犀冰魂素魄的一对儿，此刻都已不见眼前的纷繁杂芜场面，也闻不见望楼上弥漫着的混浊气息。

五

病中的成德在晓梦斋浆养，已经有些日子未履职，一直将其视为侍卫中的凤麟而倍加眷注的皇上，也不免问起来，这一问可把明珠夫妻急得团团转，几次三番催王太医加紧医治："既说无大碍，怎么还走动不了？几时企过这么长的休沐，大补的药可都用了？"却从不细问成德心里怎么样，倒是曹寅，几天来总借着为老爷太太道贺常来探望安慰，同是不放心成德，玉格格再来时，曹寅却总要躲远些。

颜儿自听说府里出了一喜一悲两件大事，揣度着成德必定饱受煎熬，却心知自己上不得前，说不得话，只一味又扛起抚育幼子的重担，怎奈这孩子生来失慈，天性怯人，进了府就没断了哭闹，扰得颜儿更脱不开身，跟着孩子日夜流泪。说来也怪，只听采莲报说大奶奶的灵柩已安厝完毕，这孩子便止住了哭，安静下来，众人都说这孩子懂事，知道心疼娘亲，颜儿则更喜欢了，说与太太听时，却不见太太动色，只不知是经什么人教唆，说这孩子克母，要寻个命硬的干娘才镇得住，偏生玉禄玳在侧，就顺从地听了太太的话，认了义子，还议起名字的事，本来太太更喜欢地道的蒙语"富尔敦"，玉格格知道成德向来喜欢汉人的做法，就也按照规矩，顺着长子福哥的"福"字排下来，取了"福尔敦"三个字。但这些，对成德而言，似乎都是身外事，病中沉吟的他，只记得一个人的名字。

颜儿甩开了孩子的羁绊，心急如焚来晓梦斋看望成德，却踟蹰在廊下迟迟迈不动腿，门前的帘拢紧闭着，像一双手远远伸出来拒自己于千里之外。

"姨奶奶怎么不进去？"是蔻儿外头办了事来回话。

"嘘，"颜儿示意蔻儿噤声："下面也没个人，谁知他歇了没有？这几天我抽不开身，正巧你来了，他怎么样了？"

"知道姨奶奶有苦衷。身子倒是好些，大夫说，急火攻心，血不归经，要浆养着才好，只是不可忧思过甚，日后若做下病才难了。可是，大爷的为人您是知道的，这些日子，没听他说过一句话，连眼神儿都怔怔的，奴才们也不知怎样开导才好，只等着姨奶奶来了。"蔻儿是个识时务的，不肯提一句先大奶奶的话。

"你做什么去了？"

"小的刚从外头回来。"蔻儿凑上前，小声道："先大奶奶停灵的地儿择好了，小的就是去交割这个的。"

"还用选什么？老爷不是老早就在朝阳门外大阳山下择了块寿地做祖茔的？"颜儿十分诧异。

"您还不知道？"蔻儿压着嗓子回道："太太说长辈都在，小的却没了，又没个封号，断断没有先入葬的礼，又怕这样显得府里头势利，就只说祖茔那片地是新选的，没完工，教先在外头择了庙，暂且安厝了，往后再慢慢打算。"

"既是太太定的，倒也说不出没理的话，只是到底是在哪里？我和大奶奶到底一处厮混了这些年，孩子绊住脚，也不曾送送她，怎的那么个好人，就……"颜儿说着流下泪来。

"姨奶奶快别问，那地方忒偏僻，阜成门外有一处二里沟，再少有人行走的，山下便是寺了，叫双林禅院。小的跑马足有一个时辰才回来。"

"朝阳门是东城门，阜成门是西门，老天拔地的够不着，怎么选了那么个地儿？"

"我也说不好，只听翠漪姑娘说起，什么自家的地方，不用看人家眉眼高低的话。"

"自家的？原来这样，这个丫头，也太心细了些。"

"还不止这些呢。据方妈妈说，那禅院原是大奶奶出门子前就捐下的，和寺里的尼姑都交好，算她娘家的产业，不是嫁妆，翠漪姐姐这一去，打定了主意不回来的呢。"

"回不回来哪能她自己做主？"颜儿越听越纳闷儿。

"她赌气说，原也不曾卖给府里的，自来就是自由身。慢说是情同姐妹的两个人，便是二十来年的主仆情分，生时既得一处伴着，死了更没有相弃的理，竟真的带发修行去了！如今我才想明白，为什么在府里奴才们都敛声静气的，唯独那丫头底气那么足，从来不在人前服软的。原来，她们主仆早就铺好了后路。只可怜先大奶奶，没福气受用了。"

"是啊，只是这样的安排，太太可知道了？"

"地方是太太同意了的，只是翠漪的事还不知道呢，小的一回来就奔这边儿来了。我想着，咱们家大爷跟先大奶奶，好成那样的一对儿，临了，竟都没送成，想想真是可怜，这事虽然爷也作不得主，知道个大概也是应当应分的，就先过来这边儿回一声，好让爷放心。姨奶奶怎么说？"

"还能说什么呢？到底先前自己留了个心，我就说，看先大奶奶那与世无争的样子，凡事又都看得透，来去都是有算计的，当真给自己留了个局，换了旁人，别说府里不能立足，便是有人惦记也是不能了吧。"

"不是小的多嘴，这事咱们府里，可真是，唉，当初三求四告地抬了人过来，就这么人走茶凉了？"

"快休胡说！阖府都庆贺蕙妃娘娘的事呢，偏你多嘴！"颜儿厉声止住了蔻儿。却不妨身后"扑啦"一声，帘栊被打起来，成德战栗着扶着门，怒目而视，一时语气凝噎，止不住咳起来，身后初莲慌忙递上来帕子，再收回来时，又见一口鲜血，叫了起来，颜儿两人大惊失色。

"备马。"成德声音中分明带着颤抖。

"爷说什么？您这样哪能走？"蔻儿不放心，更怕方才的话成德听着不受用。

"备马！"成德断喝一声，从肺腑里冲出的一声吓呆了众人。

六

"皇上口谕！"曹寅领着执事太监大步流星进了明府庸庆堂："皇上口谕：闻听明府凶问，朕心亦戚，尤挂念成侍中，爱妇告殂，实令悲感，念其服劳谨慎，恭敬守值，今赐御用药膳若干，望静心调养，不日复初。又，热河秋猎在即，望界时入值，聊以少倾之欢娱，抚慰愀然之忧思，切切。"语毕，请身后太监将食盒送上。

明珠跪谢了旨意，却高兴不起来，只打赏完，便请随从人等下去用膳，留曹寅叙话。

"伯父如何这般？如今蕙主子得宠日盛，府里正是可以大展身手的时候，怎么皇上有这样的旨意，反倒愁眉不展呢？成大哥可好些了？唉，人已往生，也要节哀啊。"

"这话谁听不进去，偏偏那个痴人！唉，子清啊，不瞒你说，这几日阖府里因为他呀，真是闹得不可开交，他额娘先还只是气得饭吃不下，觉睡不着，这几天也不知怎么，竟索性撒手不管，赌气聚了几个娘们儿摸骨牌混乐起来，除了那孩子的事还能教她上点儿心，是万事不管，唉我真担心。"说着，明珠重重叹了口气，朝堂上剑拔弩张的时候他也不曾一筹莫展。

"大哥哥他？"

36｜谁伴清风

一

双林禅院因地处低洼，秋意来得更早些，簌簌落了满地湿润的黄叶，氤氲的浓雾缠绕在素静的院落里，一片萧索。正殿大门敞开着，殿下不时传出幽远的钟声。

"先只说她慧根深种，却不知道原来早就与这佛门净地结了缘了，如今想想，真个是我错了。"成德双手合十，挺身跪在佛前，喃喃自语，脸上的泪痕依稀可见。

"成哥儿风华正茂，前面是大好的前程，无须如此伤心，卢姑娘是行善之人，积了功德的，凡间诸事烦恼，皆因没有缘法，今已圆满，此一去，本是往诸天修行，乃是福气啊。"住持的木鱼声轻轻住了。

"无缘法？是了，人道情多情转薄，而今真个悔多情。缘分虽为天定，也要用心修行才得圆满，倘若当初我知福惜缘，也不至将既定的缘分耗尽，如今后悔也无益了。先只说相亲相爱，终究只能眼睁睁看她离我而去，挽留不得，先只说年少志高，仕途进益的话，有经世之心，而今看来，所做诸事哪样是正经？看来，无非蹉跎岁月而已，谁又能奈何这缘法二字呢？"

"万事万物，皆是修行，在天是修行，人间也是修行，姑爷何苦在这里苦着自己？"已经是一身居士打扮的翠漪劝道。

"她要修行去，我替她陪她，如何就不成了呢？不是说好相携始终的吗？圆满也要一处才好。"成德哽咽着，又对着佛像道："春风一样的人，世间且不容，你自己寻得这清静地方是你的造化，我是俗人，没这个福气，留下陪陪你，助你早日飞升仙界，总是我们应尽的情分，只是，你果真超度了，留我一个浪荡魂灵，如何挨过？"说着，成德又是泪流满面："对，我就留下陪她修行！生死已隔，可我的心没死啊，我们是有缘的，有缘的啊！"

看成德哭得恸心，翠漪也滚下泪来："与其白白伤心，不如善自保养，到底你还有牵挂呢。"

"没有她，哪还有什么牵挂？不过混日子了，今后要怎么样，不敢想。"成德已是万念俱灰，双目失神。

"人不在身边了，就不能再牵挂了么？"曹寅在殿外高声道，手里拎着竹笼，盛着草原上带回的那只小獭。

"成德，"曹寅低头看着与昔日神采飞扬的神箭手完全判若两人的成德，难免心酸起来："到底想开些，哪能就都撂开手了？"

"这些话，他们府里来人不知说了多少遍了，唉，没用。"翠漪叹道，回身接过曹寅的笼子，不知是何用意。

"你不在乎已有的功名和大好的前程，也该想想你们的孩子啊。"

"那是她送给她们的，她们逼着她送给她们的。"成德心生厌恶，使曹寅不解。

"这是怎么说？那是你的骨血，你们太太喜欢得跟什么似的……"

"可那孩子要了她的命！"成德又嘶吼起来，这一场变故使他近乎疯狂："从前她就抱怨过，为什么进了那个家门，就成了专司生孩子的，我还嗔怪她任性，如今，果然是这件事断送了她，我以为搬出来，就能过起清静的日子，没想到，还是忽略了。"

"唉，这也是想不到的啊，如今府上媳妇儿没了，你这个儿子再不露面，教老人家怎么过？府里说，伯母为你不回去，很不受用，你一向仁孝，怎么想不到这个？"

"子清，连你也拿这话支吾我。你知道，这些年来，虽总是如众星捧月一样，可是，如人饮水，冷暖自知，我明白那是软枷锁，我身上的担子重，却只能扛着挨着，我并不是没有上进的心，先前还奢望能入选翰林，为生民立命，为往圣继绝学，可家里却拿'从武职上进益快'来摆布我，我无法，只能依着，做这么个尴尬的侍卫，我恨不能立刻就建功立业，了了这一世的业障，可是苦海无边，连助力都没有，我有多孤单你知道吗？我以为这一生就这样浑浑噩噩地过了，不承想竟能遇见她，我说我们是有缘的！只有她，只有她啊，是真心体谅爱护我的！我低落时，总能安慰我，我得意时，也只有她还不忘提点我，连我私下救助朋友的事，知道父母看不惯，她都暗暗帮我，人生得此一知己，子清，我真是知足了！"

"可是，她还是走了，她是把应尽的一例都做到了才走的，你说额娘心里不受用，我却知道，那是她以为我心里只有苇卿，她的分量不像从前那么重了，她向来只想把我拴在她手里的，正因如此，才越发地看不惯苇卿，处处为难她，这些我早就明白，你以为我为什么凭白搬出来？她连苇卿那样没心机的人都容不下……"成德没再往下说，譬如柳絮儿的死蹊跷、譬如乔氏被逼得贪得无厌、譬如颜儿那样良善之人也少不得被额娘左右做些不体面的勾当，"我虽想不出府里到底有什么苦衷，可只一样，那个家，我是回不去了，不想再回了！"成德越说越激动，愤然起身，夺过翠漪手中的竹笼，重重摔了出去。

笼子棱角分明，颇不禁摔，一角磕在殿下的石阶上，便开了，那小獭叽里咕噜跌出来，连滚带爬钻进了阶旁的林子里。

二

夜色阑珊，秋月已经转为下弦，颜儿特特地命人将河灯、香纸、冥蜡等物送至成德的外园："唉，可怜大奶奶，偏去的不是时候，府里头赶着庆贺娘娘的事，也就把这一起先压住了，今儿是中元，我猜着他不愿回府，也该来这儿，就把这些东西送过来，借他的手，尽一尽礼罢了。"

　　曹寅和玉禄玳也是白白替苇卿抱怨，到底还是谢了颜儿，跟着一同候在楼下。

　　"子清哥，成哥哥是不是真的信了你的话呀？真想入非非可了不得！"望楼下玉禄玳不无担心。

　　"我当真是为了哄他回来，才骗他说了那些谎话，料他也是半信半疑，这些日子，你听他满嘴都是些什么'因果''转世'的话，他素来是个博闻强记的，别是真的顿悟了才好。"曹寅因为向成德说起"回魂"的传说，值此中元之夜，成德竟真的把自己反锁在楼上，任谁唤都不理，一心欲会苇卿的芳魂。

　　"怎说是谎话呢？"成德从来没有如此认真地抄写过晦涩的佛经，纸上已经留下深深浅浅的墨迹，可那些艰深的梵文在成德眼里，却只是一个含意："情不知所起，一往而深，生者可以死，死者可以生。"桌上的灯火极微茫，是成德特意剪短了灯芯，他想，太亮了，她的魂魄会不会害怕。昏昏的夜里，成德不知自己抄下了多少经文，熬了几个通宵，日渐瘦削的脸已经惨白，眼前也渐渐模糊起来，几次以为要睡过去，仍然强挣扎着写下去，生怕一觉错过了那个美丽的面庞。

　　……

　　远远从湖面上飘来的荷叶清香在午夜的望楼里氤氲散开来，是熟悉亲切的气味，一如这满室的纱影，柔美而舒展，这惬意反倒使成德清醒了许多，刚觉出有些凉意了，又被一股暖流揉搓得似梦似幻。

　　"这么晚了，怎么还不好好安置，仔细着了凉，又要犯咳了。再说为了读书才熬夜的谎话，可别怪人又要罚你填新词！"仿佛那个柔软的声音在身旁，带着淡淡的笑意。

　　"这是梦？不不，不是梦！"成德欣喜得语无伦次，伸出手来抓，那声音却又远了。

　　"你这个人！人生不过一场梦，哪里是真，哪里又是梦呢？"

　　"有你在，就是真，没有你，我宁愿相信是梦。"成德拨开绕在眼前的纱影，努力寻找。

"又胡说！"那声音扑哧一声笑了："不怕人笑你痴？"

"我本痴人，偏巧就有你来渡我，你还不来见我么？"

"我哪里能够渡你呢？佛渡自渡者，你竟不知道？"

"我不明白。"

"成德，我这一生有你，有我们的孩子，已是圆满了，自然无须再在尘世煎熬，你却不一样，还有事业未完呢，你忘了吗？"

"我知道，你就是为提醒我这个才回来的？真真难为你。"成德又嘟起嘴撒娇，像从前一样。

"难道是嫌我唠叨？"那声音也嗔怪起来："好啊，那我就从此离开，两不瓜葛。"

"不！你别走！我不是有意的，你知道的！"成德慌了："别走，我都听你的。"这软语是屡试不爽的，成德才不在乎在她面前服软："我只求你别躲着我。"

"说你是个痴人，再不错的，我何时躲着你？从今往后，我大可以守着你，你一抬眼，不就见着我了？"

"一抬眼。"成德不解。

"你推开窗。"

成德便顺着那声音推开窗朝外看去，周遭静寂，弦月空悬，"我不明白。"

"那年对诗，我可是拜了下风的，如今补上，可使得？再好我也不能了。"

"亏你还记得这个，洗耳恭听。"成德觉得此刻幸福极了，撑住窗子，举头笑看着月色。

甜美的声音又羞涩地笑了："我说了，你可要去歇息了，不然我不依。"

"睡着了我也要梦见你，不许你走开。"成德赌气道。

那声音沉寂了片刻，道："衔恨愿为天上月，年年犹得向郎圆。哎呀，不好不好，你不许笑我……"月色消融，那甜美的笑声已是渐行渐远。

"你别走，别扔下我一个孤鬼，要去带了我去！"成德嚷起来。

"扑啦"一声，窗子打下来惊了成德一跳，这才醒了。一片篆烟残烛中，抄下的佛经飘散一地，成德挣扎着张开泪眼，却见自己正躺在床上，颜儿抱着孩子坐在身前，也泪眼婆娑地望着自己。

"梦醒于人，原来也有痛彻肺腑的。为什么偏留我在这里呢？"成德怅然起身，像是能看见远方，却把眼前的人事看淡了。

"我知道你过不去，我也不多劝你，只一宗，你若能绕过去，我便再也不管你的事。"颜儿一把将孩子塞进成德怀里："看着这小脸儿，我也不落忍，由你这做父亲的开发吧，你若果然能舍，便是真的开悟了，也是他的造化，咱们也从此撇干净了。"

踱下楼来，曹寅和玉格格早候在外头："成德，你可出来了，礼也尽了，跟我们回去吧。"

成德拂脱出手怔怔道："子清，她真的来过了，可还是走了，我去送送她。"

成德用经文点亮了冥蜡，俯身放出荷灯来。湖边霜浓风凄，渌水亭孤零零矗立在水面上，漫布在枯叶间的点点荷灯萤火般闪烁，和着痴情人的希望和祈盼漂远……

"手写香台金字经，唯愿结来生。想鉴微诚。欲知奉倩神伤极，凭诉与秋擎，西风不管，一池萍水，几点荷灯。"

三

热河的木兰围场，还是在去年皇上下恩旨开辟的。所谓"木兰"，即是"哨鹿"的意思。远远看到了鹿群，就令一名侍卫举着假鹿头，穿鹿皮衣发出"呦呦"的鹿鸣声，引鹿群过来，然后将其猎取。只是此时的围场里，猎物不同于圈养于别处的，仍是野性十足，警惕有加，因此，八旗子弟们的骑射功夫并不能立即全盘展现出来。

折腾了小半天，君臣收获仍平平，开围初时，那旌旗猎猎，鼓角齐鸣，八旗子弟呼喝声不绝于耳的场面，气势竟减了大半，皇上也不免感叹起来："春蒐，夏苗，秋狝，冬狩。当初说要设这处围场，就有人说，朕远路行围，劳苦军士，他们哪里知道，太平日子过久了，这些武备上的功夫，竟都荒废了！平三藩这才几天的工夫？竟这样大差了，可见是训练不足之故，今后朕还承望着这些人拒罗刹、平台海？自今儿起，这样的行围一年要设两次！凡八旗子弟十五岁以上男子，要下马能牧畜，上马能攻战，每次行围，朕都得见得着你们手上的进饷！再有藏在富贵乡里不思进取的，朕一定办他！"

"皇上英明！"众臣工齐声奉承。

"赶到这会儿，鹿群也累了，收网吧！"皇上是不达目的不罢休的，终于下了死令："佐领噶布乐！"

"奴才在！"

"领你正蓝旗的人从东面包抄！"

"嗻！"

"正白旗佐领曹寅，从西面合围！"

"嗻！"

"纳兰成德！"

……

"纳兰成德！"皇上有点不耐烦。

"启禀皇上，成侍中正服休沐，还，未归。"曹寅硬着头皮回道。

"他果真没来？！"皇上显然不悦："朕不是让你带话了？你怎么传的？"

"是，奴才带到了，只是，成侍中，他尚在病中，不能应主子的差。"

"还没大安么？这个成德，当真是纸儿糊的，说来说去，还不就是个女人？有好的，朕亲自指一个给他，哪里就天塌地陷了？这么儿女情长，能成什么大事！"

"皇上！"噶布乐因为玉犀的枉死，一直耿耿于怀，对成德的气也愈盛，便添油加醋道："别是像前番蒙古草原上那样，纳兰成德又要大发善心，怕来了杀生吧？"众人都想起那时奚落成德时的情景，大笑起来。

"皇上！成侍中确实病着，几次挣扎着前来赴旨，大夫都止住了，说是脉象不好，又兼气血凝滞，血脉挛缩，怕是急火攻心，寒邪复发，几年前就是因此误了殿试，如今不敢耽搁，来了又怕败了主子的兴，故而不曾前来，请皇上恕罪。"

"皇上，曹寅这是包庇！没的皇上主子给面子，他都敢不来？寒邪？大老爷们怕什么寒不寒的？说矫情是轻的，奴才看他这就是抗旨不遵，该治他的罪！"

"治不治罪，还变成你们说了算了？"皇上冷语道，噶布乐才噤了声："成德身上不好，朕确实放不下心，只是他这样一直拖着也不像。再者，唉，朕刚说过，富家子弟，最不能一味沉湎于安逸，他这样纵情，有心的倒真说成德是故意抗旨了。朕倒有心袒护，可毕竟朕的贴身侍卫，因私事误了公务，军纪法度上着实说不过去了。"

"皇上！成侍中好学上进，怎说是图安逸？便是病中，他也书不离手，片刻不曾懈怠，况且，自入值以来，兢兢业业，从不放纵，皇上是看在眼里的，再者此番家中陡生变故，任人都受不住的啊，又怎能轻言来此求乐？求皇上明察！"曹寅求得嗓音都变了。

可这样一番话却触了皇上的心伤：丧妻之痛，几年前自己也是品尝过的，在凄风苦雨面前，身担一国之君的重任，又面临着三藩叛乱的危局，只有夜深人静处，独自一人舐拭刻骨的折磨，这苦楚，怕永不能为外人道。此刻成德的心事，想皇上是能明白的，只是，如他般深情，如他般脆弱，雄视天下的他，是不能容忍的，他对他来说，是另一个自己，有倾世的才华，有远大的抱负，却不能有柔软的情思和片刻的犹疑。他要给他一个教训。

"他还有心思读书呢？读些什么书？"

"这？"曹寅不敢撒谎，他知道皇上这个人，一向要打破沙锅问到底的："奴才听说，近来成侍中在读，呃，奴才也不知，只是那日，听他提起一句什么，'以世界轮回取颠倒'的话来，奴才也不懂，不敢胡说。"

"佛经？哼！他是看破了是吧？肯为些许小儿女情思折了壮志？朕不信成德能放下他大好的前程，朕也不忍心总以爱才之名把他绑在身边。朕看他也确实应该躲躲清静，洗洗脑子了。"

"皇上！"曹寅几乎从马上跌下来。

"成德本来并无大过，难施奖惩，就，就着他往，唉，上驷院吧，宋连成！"

宋连成应了一声，皇上沉着脸叹道："传口谕下去，御前三等侍卫纳兰成德，恃才傲主，性情乖张，不宜久留朕身边，然朕爱其才，不使其折翼，暂留五品衔，贬为上驷院副都管，按七品俸禄，降级察看，以儆效尤……"

宋连成不敢抬头，只一字一句细细记下，待听到"恃才傲主，性情乖张，"时，惊得一顿，待斜眼瞄曹寅，曹寅已是瘫坐在马背上，不敢作声，只得垂首听宣，听罢，领旨下去宣诏。

"回来！"宋连成赶紧掉头听着："传给上驷院管事，凡事不可为难了朕的弟弟！"

"弟弟"两个字，皇上咬得尤其重："自渡本不错，渡人亦是积善，成德啊，要看得远些啊。"

"皇上！"曹寅听出皇上爱才惜才之意，像抓住了救命草，滚下马来再次央求道："皇上眷顾骨肉，守着这样的主子是奴才们的福分，求皇上再给纳兰成德一个伺候的机会，更显皇上宅心仁厚，求皇上开恩吧！"

"曹寅！你没听见皇上的话？再有不思进取的，皇上必要办他！狩猎行围乃是侍卫分内之事，纳兰成德托病不奉旨本就是罪过，有看闲书写歪诗的空儿，却休沐不归，更是欺君，你还护着他？你们是一气的！"

"噶布乐这话重了！成德一向恭谨，哪来欺君之说？"皇上瞥了一眼跪着的曹寅："不过，曹寅既然与成德交好，也该时时提点才是，怎么由着他沉沦？"

"啊？奴才？"曹寅满腔的委屈不知如何答话。

"怎么？朕说错了？你们是发小儿，他不思上进，你就袖手旁观不成？"

"是，皇上教训的是，奴才不够朋友，奴才领罚！"曹寅憋了一肚子气，心里不知把成德埋怨了几百遍：我上值伺候皇上这么个天神，一时一刻不敢掉以轻心，下了值给你个公子哥儿当跟班，你们两个有个闪失，每每还把板子打在我身上？！真是有冤无处诉！

"哼，这才像话，那朕就给你一个够朋友的机会，"皇上似乎是故意在戏弄他："他去养马了，朕的猎狗也要有个稳妥的人看管才好。"

"啊？！"曹寅一屁股坐在地上，眼前闪过众人得意的马蹄。

四

京郊十里外的南苑草场上，深秋的风景已经早不似春夏一般水草丰美了，成德和曹寅并辔而行，迎面的秋风夹着森森寒意撩拨着他们的脸，可有知己在身边，两人又似乎都不觉得冷，比起往日御前的严肃来，此刻反倒轻松了许多。

"这回，咱们是一同被贬，也算同病相怜吧。"曹寅叹道。

"是我连累了你，害得你也被人嘲笑，也不知你家里怎么说你。"

"嗨，管他们做什么？我愿意就成。只是，按说皇上也没错，我没能拉你一把，看着你这么着，我也不落忍，要我说，你便不去应那个差，也不至于就少了坐纛旗儿，凭什么因为这个贬你？还不是气你颓唐，主子是指着你做出个好样儿来给那些说三道四的看哟。若是真心弃你不用，依着他那个性情和手段，如今指不定怎么着了呢。"

"我何尝不知道他们的心思？只是，此番变故，把我好强的心摧折得一分也没有了，子清，你是个聪明人，不能像我这样自暴自弃起来，也该早些上进，不能久居人下啊。"

"我原也是从内务府里起家的，倒是交下了几个人，狗监里的人，大抵知道我的来历，并不敢小看我，所以我的日子还好些，我倒是不放心你呀，你的性情，又被开发到这里来，上不着天，下不挨地的，保不准要受那起奴才们的气，我应了差，也不能时时溜出来看你，你要小心才是，想惠妃主子也不会放心你在这里，你只耐心熬上几日，咱们定能东山再起！"

"我也不承望离了这里，只是，玉儿那里，"成德意味深长地望着曹寅："先前有苇卿，她还有借口常去我们府里串串，如今听说她闯了宫，她阿玛也动了怒，再不许她多走动，她家的日子又不好过，我不放心她。我知道你喜欢她，本还想像当年帮见阳那样帮帮你，可如今，唉，你就替我多照顾照顾她吧，等喝你们喜酒时，我这个当义兄的，一定好好谢你。"

"我？成德你别逗了，我已经死心了。"

"这是怎么说？"

曹寅失语片刻，嘻哈道："我呀，我可比你有志气，我等着皇上给咱赐婚呢！"

诚如曹寅所言，成德在上驷院里的日子果然并不好过——上驷院兼管事务大臣，即院堂陈其林倒还是个老实憨厚的，只是左副都管刘明琛却将成德视做了眼中钉，肉中刺，事事作对。原来，陈大人是个快告老的好人，按常理，自然是唯一的副都管上位接管上驷院的差事，谁知半路杀出个成德，还是钦命派下来的右副都管，正是自己仕途上的拦路虎，怎会不恼？偏成德是个糊涂人，只知道一心为公，恪尽职守，对这些官场倾轧的事从不上心，自然也不知背后有冷箭射来，况且，尊贵如成德这等人，总以为马曹般的差事，怎能入人的眼？哪知这样的蝇头小职竟也给自己招来了不大不小的麻烦。

37 | 城府难测

一

这日，刚刚履新的成德，带着陈其林指下的几个主管司辔、司鞍的郎官下草场巡视，兼检视新贡的御马。成德是侍卫出身，日常职司自然少不了骑乘内马，如今入了上驷院，更有为皇上亲自遴选御马的义务，虽然已无心仕途，但以成德素来对任内事务的谨慎和负责态度，仍少不了仔细监视检查。

草场上闲逛的马群正由十几个阿敦侍卫来回交替着溜，散漫中倒瞧不出和普通战马有何不同，尤其百十来匹骏马，毛色不一，强弱也参差不齐，成德这样见惯了健美齐整的大内御马的人，心中不免暗暗生疑，辗转巡视了相邻的几处草场，便旁敲侧击地从几位郎官口中了解了一二。

"几位兄弟今儿跟我出来辛苦，本来陈大人派几位下来只为看看就回去，不想竟一鞭子走出这么远，回头我请兄弟们吃酒去！"有一搭没一搭地问些任上的常例后，成德便开始拉拢起来。

"哪里哪里，陪成大人履职是属下的本分。"年轻郎官们都不知成德的来历，只一味奉承。

"看你们，还说是本分，我这右副都管虽说分管遴选御马，可不过是当个名分，并无一点才识，又不懂相马，你们帮衬我，我自然要领情的，只是如那左副都管大人一样的人，又老练又能干，哪里还用你们费心？怎知不是我讨扰了你们？"

"大人说刘大人？呵呵呵……"几个郎官都窃笑起来。

"怎么？我是新来不久，不知道这里的故事，你们说与我听听？"

"没，小的们没甚说的，都是奴才，长官们有吩咐，小的们应差就是，没甚故事。呵呵"一个机灵些的司鞍抢先应道。

看出一些端倪的成德，哪肯就此罢休，到底连拉带扯着请这几个下属吃了酒才罢。因几人都未受过上司这般礼遇，只说不敢，成德无法，便在南苑六厩中的御马苑饲廊里设了小桌，请了随从中无品衔却食饷的一名司鞍、一名司辔和一名司鞍长，算是凑成一席。

酒过三巡，菜过五味，才从几人口中探听着马匹质次的内因。

"他也是年纪一大把，快回老家的人，养了半辈子马，临了，还只是个副官，咋回家见父老乡亲？咱们养马的，和驻防的八旗兵差得远，一个副都管，连个把总都比不上，俸银十二两，薪银二十四两，总共才三十六两，蔬菜烛炭银、灯红纸张银一概没有，官儿升不上去，银子又攒不下，少不得多寻些外落了。"前番抖机灵的小胡子司鞍心思多，连长官的俸禄也记得，不由成德朝他会心一笑。

"那就克扣咱们众人的粮米，中饱私囊？我说咱们压根儿没必要怕他，还替他说什么好话？大人，不是我们背地里嚼说上司，实在是这个人太能算计，你说他一匹马，怎么也能多省下几钱银子来，他攒下来，多少给兄弟们匀着点，至于咱们不给他卖力吗？"司辔的黄发小郎官酒量不足，难掩气愤。

"哎！你小子灌几口黄汤就满嘴跑马，少胡吣！"又是那个机灵鬼儿拦下来不许说。

成德倒不解："省下多少银钱还是小事，那马匹选上去不合规矩，不是要落埋怨？"

长些年岁的司鞍长早看出成德年轻，不知自保，好意劝道："大人，这您就得自个儿留个心眼儿喽！咱们这儿，老规矩，是他刘大人分管充厩，就是从下面收马，您才是管往上头递呢，咱们都知道您这右副都管不好做，都换了几茬了？没几个做长的！他这么干，有几处好：一来他总能骑在新来的副都管头上，自己威风啊，咱们都恨他牙根痒，可是没办法；二来好处他得了，新来的气走了，坏事又都能推到那走了的头上，他落得一身干净！"

"可我怎么记得，是左司察核京城内外马厩、牧场的马驼牧养、议定赏罚。右司才分管稽察草料和官员的俸饷呢？这样的分工不合规矩呀？"成德更不解了，丝毫没有觉察，仍然细问。

"嗨！姜是老的辣呗，院堂大人只求安稳，事事不操心，都交与左司协理，那姓刘的知道自己上了年纪，晋升无望，就把着手里的实权，一味捞银子，净拣那肥差做，什么人缘儿、什么官声，全不顾了，哪还管什么规矩，什么埋怨？"小司瞥眼里，这左副都管竟是个一无是处的。

听到此，倒教成德不禁忆起不久前与这左副司的一次交锋——

二

按常例，为防病患，远来的贡马未经兽医验收，不得混入内马厩，分管收讫和接管的左右副都管应出上驷院衙署而亲往口外草场接收，来回就要十几日光景，成德与刘氏便率百十名随从扎营外场，因是公事，官饷又不丰厚，众人都不敢奢靡，连粮米菜肴也相应从俭，几天下来，腹中油水不足，便都各自动起了脑筋，有讨扰近处牧民，强买强卖肉奶的，有打起贡马贡驼主意，调唆蒙古大夫放水杀马的，成德是新任副司，又知道这些下属各自的难处，只教导着不许为难乡民，不许损公肥私的话就放开不管了，听说这话，那些得了手的，便呼朋引伴地聚拢来打起牙祭。偏刘明琛眼里不揉沙子，直骂那起拣羸弱小马小驼下手的小厮混账，叫嚷说那些瘦马拿豆子喂了，仍是壮硕可用的，又可以因之不合标准而压低收买价格，又嗔那凑钱从牧民手中买肉买奶的，说这里远离京都，刁民自然漫天要价，既然小的们有钱，索性下月的分例暂扣下也无妨，成德看不过，劝说两句，却落了个白眼。

这日天刚蒙蒙亮，不惯野外露营的成德，早早地又犯了嗽疾，无奈披衣出帐，吸几口新鲜空气，正酝酿着几句新词："曾记年年三月病，而今病向深秋"，忽被扑棱棱一阵嘈切之声扰了兴致，循声望去，却是刘明琛正在帐前烧水烫野鸡，成德不由窃笑：原来也是个口是心非的，不知这吃食的来历如何，不如上去揭穿他，免得他再为难人。想到此，便装作偶遇样凑了来打招呼。

"哟，刘大人！起得早啊！怎么杀鸡这样的小事，也不交给下头人做，自己动起手来了？"

刘明琛自然没想到有人早起撞破了自己，抬眼见却是成德，素日的过节不免又使之醋意大发："呵，我是操心劳力的命，哪像成大人你，衣来伸手饭来张口伺候惯了的。"

"呃，呵呵，刘大人犯不着这样自苦嘛，早起的鸟儿有虫吃，虽比人多受些辛苦，好歹还有口福，我等就只能望梅止渴喽。"

刘明琛本就嫌成德碍眼，听这番逗趣儿的话更觉面上无光，便拉下脸来讥刺道："成大人才是妄自菲薄吧。别说一只野鸡，您在家里什么没有？依我说，何必在姆们这儿受这份罪？在下也不敢说投靠在成大人门下，指着成大人您给向上疏通，可您自己总该看明白些，只一味在我们这堆儿里胡混也不是法子，院堂大人的位子坐得稳，再等几年也未必就轮得着你，要我说，您有明相这样的老爹，还是赶紧动作，别跟这儿耽误您的大好前程。"

几句话噎得成德面上通红："刘大人此言差矣，成德并不以出身为傲，况且自知是家声严谨，更要珍惜羽毛，靠着老子出头，难免被人指摘，再风光也不算出人头地，这个道理我还懂，说到底不过是一口吃食上斗嘴，刘大人何必拿这个取笑？！"成德本想开句玩笑拉拢，却不想招来一鼻子灰，心下着实厌恶这小人，索性拂袖而去。

"呸！羽毛？老子就拔你的毛儿！"刘明琛气呼呼捋了一把刚从热水里拎出来的鸡，下手狠了些，烫得一激灵。

……

三

"这般不堪，想必有些缘故，还要把话说开才好，不然，上驷院的马匹只为上用，充充门面也就罢了，若是耽误了补充军用战马，事可就大了。"成德玩弄着酒杯心下暗想。

左思右想后，成德还是找到院堂陈其林的后堂来，想着借交讫之名，将已收贡的马匹分类挑拣，统计可用之数，若亏空大了，再作商量，兼探听陈大人的意图，正盘算着，后堂一个笔贴式走来，这小吏知道这位新任右司是严于律己宽以待人，人缘极好的，从来不以皇亲的身份炫耀，便好意告诫，谨防背后有人算计，成德诚意谢过，仍径直往后堂来。

却听得有人正在后堂向陈大人奏事。

"大人以为，他一个三等侍卫，怎么就发配到咱们这儿了？"

"宫里来人不是说了吗？恃才傲主，性情乖张，准是在圣上面前说错话，皇上一气之下就发配下来的呗，你不是一向老道的？连这个都想不明白？"

"依我看，可未必。"

"怎么讲？"

"皇上面前，那么些言官，说起话来刺耳的多着呢，哪听说过就贬了哪个？他一个侍卫，连说话的份儿都没有，真让他说，那是巴不得的，哪里就能说错了？"

"难道皇上褒贬人还用遮掩？我却不信。"

"那要看是什么事！下官可是听说，宫里的蕙妃娘娘，和这个成侍中，关系可非同一般哪。"

"这又怎样？他得罪了皇上，不是照样开发了。"陈其林不以为然。

"我不是这个意思。风闻，正是他二人走动得频繁，皇上才动的气！"

"嗯？有点意思。"

"您想啊，这事儿搁谁能大张旗鼓地发落，不是自个儿给自个儿大耳刮子？皇上是圣人哪，更要做得滴水不漏了。"

"你是说，皇上这算远远儿地打发了完事？"

"完事？！完不了的事！若是旁人，会怎么样？这叫夺妻之恨，哪能完呢？"

"那要怎样？借刀杀人？！"

"下官可不敢说，不过，依下官的拙见，大人要是心明眼亮，先办了他，这可是大人大显身手的好时机。"

"太冒险了吧……万一不是？"

刘明琛见陈其林仍举棋不定，便转了个弯，道："若不是也不打紧，他一个皇亲，犯的又不是什么大罪，在咱们这儿待两天，新鲜够了自然要走的，不如咱们明里暗里帮着催催……"

"反正你小子就是容不得人的人！"

……

成德早已按捺不住，方欲进门理论，却想起临别时曹寅的嘱咐，愤愤而去。

四

萧瑟的深秋转眼过了，御马放养的次数较先时少了许多，内厩里的差事也随之清闲了些，成德便偷偷找些闲书来看，只是御马的色相要求自然非寻常马匹可比，要膘肥体壮才算合格，知道"马无夜草不肥"的道理，成德又要每日夜巡，监视草料豆米的饲喂，因有这样晚归的借口，成德便一直寄宿在西安门内的上驷院衙署而未归家——那个家里可留恋的已经不多。

这夜因心中有事，匆匆巡视回寝舍，从枕下抽出一封远书，是日间蔻儿托郎官带进来的张纯修的信，还附着寄给自己的一首《浣溪沙》：

薄宦天涯冷署中，相思人隔万山重，泪痕和叶一林红。

鹿鹿半生浑似水，飘飘两袖自清风，浮云遮莫蔽寒空。

成德举着信笺，想起往昔与曹寅三人携手笑春风的故事，半晌沉寂，历经友人生离，又逢知己死别的成德，眼底已经存不住泪，又从这词中读出，昔日正直清明的张见阳，并未被官场浊风冲噬，欣慰之情洋溢于形，颤动着的纸角上几叶风兰稍刻就被氲得皱起来，墨色却更黑亮了。

五

忽有主事来报："成大人，礼部来人查勘御马，还带了一位内务府慎刑司郎中随行，气势有些大，陈大人已经过去了，请大人自去接见。"成德微微一笑，自言自语道："来得够快，走，迎接！"收起信札便随主事出来。

当然刘明琛也得了通报，只是他并不解其中之意，兀自纳闷儿：从来没什么礼部的人来，怎么突然就驾临了，按朝廷属领，内务府和六部分管事物本不相干——总领皇家事物的内务府下设三院，其一便是这上驷院，只掌管宫内所用之马匹骆驼等坐骑，而分属六部的礼部，则只为内外朝政事服务，即便是兵部偶有不足，确需从上驷院调用，可想几年前三藩之乱那样的情势下，都未见兵需奇缺，看眼下并无战事，调度之用哪里轮得上礼部？又有慎刑司的人跟着，慎刑司可是内务府下设的七司三院中分管内宫刑事的要紧衙门，正是拿捏人的地方！这刘明琛心中有鬼，生怕出破绽，一时慌乱中，急命只开一处内厩，把平时待旨上用的优等马匹给上差察看，其余一概掩蔽，刘明琛心下只赌这一局，料想自己与陈其林这个有名无实的上司是拴在一起的蚂蚱，出了纰漏他也会帮忙圆满过去，便佯作镇定也随了出来。

这兵部的来人并不傲慢，可那随视的慎刑司郎中却是面若冰霜，径自走在众人前头，冷语道："几位大人也不必多问，原是如今四海升平，皇上圣恩隆重，眼下正是年了，命礼部主管调拨御马，为的是赏赐满汉王公大臣及外国来朝使臣，事关咱们大清的脸面，咱们内务府要办好，马匹要准时备妥，品相好不好的，请这几位大人定夺，陈大人，有什么难处么？"

"呃，不知多早晚来提，要备下多少？"陈其林求那礼部来人一个示下。

"这个？"这郎中微微递向礼部官员一个眼神，那执事官便胡诌道：

"三百？"

"咳，咳，"郎中掩口思忖道："定数嘛，要看你们上驷院的储备，若是有了，只管报上来，由着他们挑也就是了嘛，眼下秋狝也完了，宫里头日常用的马匹都是有定数的，算来也不过两三百匹，这不用查账也瞒不住我，下剩的可不净可着这些外事来了？方才在下说了，咱们内务府，要办好！"那神情仿佛他才是此行的关键人物。

"哦，是是是。"论官级正三品的陈其林比这郎中还高两级，可毕竟是顶着圣旨来的，陈其林哪敢不低头："呵呵呵，成都管，给这位大人报上来听听。"

"是，"成德上前，忍住笑低头报道："眼下京城十八个内厩里，紫禁城内三厩，东安门五厩，这西安门三厩，饔山一厩，连南苑六厩，充厩的御马共有七百二十匹，两厩为驾车骒马，一厩骆驼，此外，走马三百匹，小马一百四十匹，内养马两百匹。外厩盛京大凌河牧场骒马一万四千匹、察哈尔牧场三万匹、另有商都达布逊诺尔牧场的八万匹。"

听成德振振有词，陈其林心里稍稍有了底："上差，依在下看，京中不够使，盛京的近些，不如……"

"暂时不用远调，鞭长莫及嘛，只把你这衙署直管的，先抽出四百匹，选同种同色的，每八匹一乘，备齐鞍辔，凑出五十乘，把外国来使的赏先支了，即刻分拨下去，再者，衙里的，总比外场的好些，是不是？"郎中的语气明摆着带着挑衅。

"呃，这？"刘明琛却沉不住气了："大人，内厩里的马虽不全用在宫里，可毕竟是内马，您知道，这些都是千挑万选的，都提了，以后我们的差不好办了。"

"哼哼，千挑万选？有点意思，我今儿正想见识见识，难道内厩里的马匹是没有定例调拨的？若是军需战马需要补充，难道你也这么回？"

"嗯？"刘明琛不禁有些脊背发凉，奇怪为何这上差的口气竟与当初成德如出一辙，不禁不怀好意地望向成德。

成德忙道："大人息怒，大人说的没错，两月前蒙古的贡马已经接收完毕，每匹马都是烙了印记的，如今按数，各厩都满，对吧，刘大人？"

"是，是，满。"刘明琛已经开始擦汗了。

成德却在身后窃笑，早命各厩的厩长私下里将所有三处内厩尽开了。

郎中先支开了陈其林去陪礼部来人往后堂叙话，自己则甩开众人直奔内厩，与成德擦肩而过时，会意地瞥了成德一眼——犹如瓮中之鳖的刘明琛哪知曹寅此行正是为朋友解难而来。

内厩里的马，日子很是滋润，每匹马都有单独的食槽，缰绳放得也长些，可以围着马桩来回散步，这会见来了生人，一个个都紧张起来，不断踏步喷气，使马厩前被曹寅、成德二人夹着的刘明琛隐隐感到危机四伏。

"刘大人，这马身上的烙伤，怎么还没好？两个月还不结疤，您这马，怕不壮实吧。"不懂相马的曹寅瞧了半天，不知如何找茬，还是与成德偷换眼神，见其一直盯着马身上的烙印给自己使眼色，才胸有成竹开了口。

"这？刚入冬，气候不好，所以伤口不愈合。"

"胡说！"等得不耐烦的曹寅就等着刘明琛早点认错，见其顶嘴，难免急躁："蒙古的气候比咱们这儿还冷得多呢，你唬谁？这马品相这么差，分明就算不得上等，你当我眼瞎啦？！"

"刘大人，曹大人也是自己人，有什么你就说吧，若要人不知，除非己莫为，不是有真凭实据，曹大人会诬陷你？"成德把肩顶了顶刘明琛，这一下足以激怒他。

"纳兰成德！是你！我就知道是你！你血口喷人！这就是数月前接收的蒙古贡马，今年蒙古草场雨水不丰沛，马的长势自然也不好，这也不奇怪，有什么可拿来说的？大人您是不当家不知柴米贵，我们这上驷院虽说只跟马打交道，可这里的门道那是多了去了，您别听成都管乱说。纳兰成德！你才来几天，就敢找我这老把式的弊病？还知不知道这里的规矩？！"

曹寅怒道："放肆！你还抵赖？这大半夜的要不要牵出几匹来溜溜？让你死个明白？！"

成德咬了咬牙，压着火儿没发，拦下曹寅，要过马鞭，绕过马桩，双鞭出手左右开弓，拴住一匹马前后两蹄狠命一抖，那马嘶鸣了一声，瞬间被掀翻在地，马腿突突地蹬，成德拿鞭指着一只马掌上的洞质问道："你看仔细了，分明是挂过掌的乡下驽马，难道每回调来的马匹是没有交讫的？"

"咱们一同去接收的，马匹质高质低，你难逃干系，却在这里指我？！"

"若不是跟你一同去，我还不知道你私下的勾当呢！"成德扔出早备下的账册，原来早在外场时，为了有所对质，成德就单找蒙古大夫和来朝的蒙古人签了字画了押，全部贡马登记造册，如今马匹被偷珠换玉，刘明琛自然赖不到成德身上。

见刘明琛瞠目结舌，曹寅抑制了喜色，佯怒道："你到底中饱私囊了多少？来人！将犯官刘明琛先关起来，等替他算清账目再往慎刑司发落。"

"大人！我冤枉！谁敢动我？你们没证据！陈大人！去找陈大人！我冤枉！纳兰成德，你混蛋！你冤枉我！"刘明琛虽仍嘴硬，但却知道"慎刑司"衙门是有去无回的地方，登时吓得魂不附体。

礼部来人本是受曹寅之意而来，听说内厩里闹起来，自然随声附和，又不肯惹事上身，匆匆别去。曹寅以为敲山震虎之计已成，留下几句淡话唬住了陈其林，又佯向成德正声道："那小子还不承认，一定要咬陈大人，家丑不可外扬，咱们内务府里的事，能压就压，别让六部看笑话。如今，连我也不便出面告发了，只是这事到底非同小可，成都管你要抓紧办，上头问起来，可是要回明白的！"一面抽身而去。

陈其林一听被拉下水的话就皱起眉来，又听说这位曹大人特特地指了成德处理此事，心下即刻掂量起来，低头诺诺着，要送曹寅出去。

"不必了，陈大人您请留步，有成都管相送就是了。"曹寅见陈其林面露不解，眼珠一转，旋即笑道："实不相瞒，我与成都管乃是故交，这是咱们两衙门交好，我才跟您交个底——我与他一直效力什么人，谅陈大人也有所耳闻，我此番来也并不当慎刑司的职，您可明白？"陈其林自然以为是皇上身边人的曹寅专为宣旨而来，点头称是。"此番放他下来任职，正是器重贵院，"曹寅压低声音，凑近道："在卜可是听要紧的公公提起，有从上驷院的马官里往兵部里提人的意思呢，"又站直叹道："没想到竟闹出这么一档子来，您可提着神儿吧。"

"是是是，在下一定办好，还请大人回事的时候美言几句，咱们感激不尽。"

"那是自然！"曹寅笑着向成德使了个眼色，乐颠颠出了上驷院。

笑岔了气的曹寅被成德扶上了马，成德却心有惴惴："亏得你这么大胆，圣旨都造得假？真替你捏把汗，也不是君子办法，太不光彩了。"

"我说你是太一本正经了些，对付那样的人，哪还什么君子不君子的？这是你自己的事，就缩头缩脑起来，当初你为张见阳怎么就那么大胆敢得罪你家表姑娘了？你呀，也该多为自己打算了。"

"能怎么打算，这里的毛病不是一两日了，哪是办了一个刘明琛就利索得了的？"

"你又痴了不是？解了你自己的围就是了，哪管得了那么多？你只安心过几天消停日子，令尊为避嫌不肯出头救你，可如今皇上又肯正眼瞧咱了，回头等我想个法子去求求蕙妃娘娘，没有不了的！"

六

院中的内厩里，陈其林早私下溜进来探听刘明琛的动静，听刘明琛苦求说"念在往日为院堂大人四处打通财路，没有功劳还有苦劳的份儿上向上差求情"的话，就料定这是棵靠不住的摇钱树，便一扫往日的和颜悦色道："你说你，也是不知天高地厚，跟他斗什么？事既然闹出来，你先撑着，等我慢慢想办法。只有一条，你若是连我也咬出来，看谁捞你！"刘明琛身陷囹圄，不置可否，只好如砧板上的烂肉一言不发了。

陈其林早知成德是个心善的人，便将刘明琛的家事向成德抖了出来，原来，刘氏家里过得拮据，老母病卧在床多年，老婆早年跟了个为自己母亲治病的土郎中跑了，只有一个弟弟，为了能有个人照顾老母，想方设法给弟弟攒钱娶媳妇，靠朝廷俸禄不够用，只好做了见不得人的事。

"刘明琛虽然有错，可他也是一片孝心，连朝廷都要旌表善孝之行的，况且他为咱们院出了这许多年的力，没有功劳也有苦劳，曹大人也说家丑不可外扬，我看还是压下的好，这样！他欠下的债，我替他找补回来，弩马的事，成都管辛苦一下，好歹混过去……"

成德自然看出陈其林的不耻嘴脸，只是想着若是拔出萝卜带出泥，把事情搞大了又要牵出曹寅矫旨的事来，只好放过陈其林这只老狐狸，偏又不想把做好人的机会让出来，便先勉强答应了，又独自找到刘明琛处来。

38 | 蛟龙鳞动

一

"这事传扬出去，你半辈子的老脸往哪儿搁？兄弟们还都当你是个大哥，对你又敬又怕，如今你这样，今后还如何自处！若要细查，别说这些年你克扣下头的粮饷，就是这几十年的俸禄怕是也要拿出来充公！你若命大，留口气回家养老，若是无福，只怕收了监，连你老娘一面也见不得。你可怎么说？"

刘明琛听说陈大人已经将自己的底泄给了成德，料到陈其林是着意要拉拢成德牺牲自己了，吓得面如土色，头磕得如捣蒜，声泪俱下地讨饶。成德见他这般恳切，又着实可怜，免不得软语道："你也是太贪得无厌了些，娶个媳妇能花多少银子，居然动起了御马的主意，如今这亏空可大了，怎么描补？少不得老老实实把你赚下的银子如数交出来，饶这样都不见得按时交上马来。"

"怎么说都是我拿的？都是陈大人！"

"轻声！"

"陈大人是明白人，你请他来，我便说！"

"你如今还觉得那陈大人能救你？实话告诉你吧，他早把自己撇干净了，连慎刑司的人都只信他的话，还说差我来理你的旧账，你若不死心交代清楚，我也只能顺着他的话说！"

"什么？他放屁！他陈其林不点头，我哪有能耐指挥动这许多人？哪回不是他坐镇，指派我出马？抽出来的利，我只收些零头，说出大天来，我也不过是他一把捞钱的耙子。不过这回收贡已收敛多了，只抽了四百匹的……”

“只抽了四百匹？”成德把“只”字咬得特别重。

“就因为有你横在当间儿啊，前脚你带着马队前导进京，我，我就在后头截下来一半，把事先从周边乡下收来的驽马顶了上来，账你都记下了，我就不多说了。可这都是他姓陈的默许的！”

“行了！你且说说把那些良马贩卖到哪里去了，看还能追回来多少。”

“追？怕是追不回来了，接货做生意的是进京朝贺使臣带来的人，也是蒙古人，嘿嘿，咱还说一边得了他们的马，还拿这马赚了他们的钱呢！”

“少嬉皮笑脸！蒙古如今内乱不断，土尔扈特部和准噶尔部势不两立，眼下打得正酣，朝廷对待他们的遣使都要三思，事关外交大事，哪里就成了你的笑话了？”

“是是是，说正经的。因朝廷有令，最多只准两百人进京，超过的只能在张家口那边贸易，生意做成了，他们主子也该打道回府，来时，倒是听说带着些貂皮、猞猁皮、狐皮什么的贡品，回去都是轻骑简从，这会儿，估计已经回到本部了吧。”

“到底是哪个部的？”

“这个我也说不好，只听那行商说自己是叫什么阿拉尔拜的手下。”

“阿拉尔拜？”成德大惊，一把揪住了刘明琛的领子道：“你糊涂！你被银子灼瞎了眼么？！”

刘明琛不明就里：“我，我说的都是实话啊。”

“就在前两年，准噶尔的噶尔丹曾觊觎过青海的和硕特部，意欲进兵，朝廷命甘肃提督整敕军队严加防范，又敕谕噶尔丹不许扰民，那时噶尔丹虽有野心，但还有所忌惮，才未敢与朝廷正面交锋，后来，又遣使索认博硕克图汗的封号，朝廷早看出他的虎狼之心，回了他的请，他必定不肯善罢甘休，听说，又私下勾结了罗刹，不惜牺牲自己祖宗的土地和牧民的利益来拉拢罗刹，其意就是与大清抗衡，那阿拉尔拜，正是噶尔丹的亲信！"

"你是说那行商是咱们的对头？不会不会，他们主子是来朝贡的！"

"你脑子就只认好处吗？朝贡？你说他们的贡品不过是些兽皮金器，这就对了，你就不想想，他们守着草原，骏马良驹无数，为何还要高价往回买呢？那是战备物资啊！不久前与土尔扈特部一战，虽然他们占了便宜，可损失也不小，如今缺的正是这些。听说准噶尔部已经在甘州一带耀武扬威了，朝廷如今刚平了三藩，正是养精蓄锐的时候，不肯给些颜色，可早晚是必有一战！"

"这？我哪能看得那么远？"

"远？那近的呢？你们这么干，连着把那些爱玛克人也坑了，他们原本被噶尔丹的囚民之策压制，才冒险进京来朝，希求保护，如今他们进贡良马的事若是准噶尔那边知道，日子能好过？如今你们身上，卖国一宗罪，祸民一宗罪，以权谋私一宗罪，监守自盗一宗罪，砍十回都难赎哇！"

刘明琛吓得面色惨白："纳兰……哦不，成大人，您是个好人，也明白，您知道这事儿不是我主谋的，我也没拿大头哇，我，我冤枉啊我！"

"冤不冤，待我察明白再说，你且记着，这几天你的吃食，只可以接我的人的，记住了？"

刘明琛捣蒜般点头答应了，几天下来却又惊又怕瘦得形销骨立。

二

因朝廷顾及边势，上驷院一案只按私贩御马监守自盗之罪，将院堂陈其林革职查办，上驷院不可一日无主，成德谋事有功，理应接替院堂之职，奈何其苦辞不受，却一心开脱从犯刘明琛，并替其还上了亏欠的银两，又以刘氏谙熟院务，仍可小用的理由，举荐其兼理上驷院事务大臣。得以无罪开释的刘明琛自然对成德感激不尽，只是却不知道成德因此惹得其父明珠恼火，直气得捶胸顿足地叫嚷："既没个上进的心，何苦捅这么个娄子？白白搭上银钱不说，主上也怪罪没出息，连个正三品都担不起来，机会这东西，那是转瞬即逝，再想出头，哪那么容易？！以为朝廷是围着你一个人转的？真是个愚木脑袋……"。

转眼就是节下了，听不惯父母的唠叨，成德只在家挨了一日，大年初一，顶着漫天的烟花快快回上驷院，在成德看来，即便跟道不同不相为谋的刘明琛对饮，也比无端在家人面前奉承来得舒心。

三

"在下知道，成大人志不在此。"被成德从生死线上拉回来的刘明琛，自信猜透了成德外冷内热的性情："早在您刚下降到此地，在下就看出来您是明珠暗投，埋没在俗人堆里了，但看您神采澄明，眼藏精华，在下料定必不会久困于此啊。"

"呵呵，怎么？院里良马充不上来，你没马可相，就拿我取笑，相起人面来了？哼，我早已无志于仕途了。"

"哎！英雄不可气短哪！成大人，在下听说去年就是在秋猎的事上，您惹得皇上不痛快，才迁了咱这上驷院副，这回皇上出行盛京，咱们院里护跸的职上，我就打算点了您的将，天予弗取，反受其咎，君子相机而动，您崭露头角那是指日可待啊！甫谢甫谢。"

"行了！你费的什么心？还提什么出行护跸？你好歹也兼着院堂，不为凑不上御马着急，反扯起这些来，我问你，如今京中试骑过的驯马才不到一千匹，还有没挂辔的闲马，可单往盛京檀场祭祖这一件，太皇太后、皇上的卤簿就要摆出几百号来，加上长途行跸更要好马，你这数够么？怎么不知道上火呢？"成德不想继续听刘明琛跟自己念叨别的。

"你看你看，还说无心仕途，我看你啊，还不是想得妥妥帖帖操心的命，唉，这头把交椅真得你来坐……别走啊，我还没说完呢，哎哟，这大年下的，用不着巡察！那御马的亏空我早有法子了！唉！"任刘明琛如何唤，成德仍不以为然，嗤笑着自夫了。

刘明琛嘬了口闷酒，嘀咕道："这么个人，可惜喽。"

四

成德身为上驷院首席执事，率刘明琛等众官驱马恭送圣驾，眼见皇上出行的法驾卤簿摆满了十里长街，随着一声铙歌鼓吹，队伍徐徐行进，成德也长出了一口气，回望刘明琛思忖："请得神也送得神，真想不到刘明琛这个老滑头还有点能耐。"

正想着，忽从身后分列在正阳宫门前东西两侧甬道的仗马中，传出一声莫名的嘶鸣，叫声本不响亮，却惊得马队骚动了起来，此时正值仪仗中龙凤车在阶前驶过，听同类惊叫，那文马便登时乱了阵脚，凤舆上明黄缎的垂幨也跟着摇摇欲坠，车中的太皇太后张口要叫来人，又恐失了威仪，强撑着自行下辇探视，慌忙中却忘了，这龙凤车虽高九尺五寸，却为尽显皇家气派，加了两层穹盖，只余下三尺来高的舆门，框上横着四尺长的黄柏门檐，太皇太后上了年纪，加之有些身量，纵身一挺，正磕在门檐上，"哎哟"一声传出凤舆。太皇太后卤簿前后，皆是步行持旗驾伞的侍卫与宫女，见状唬得都失了态，八杆销金龙凤旗倒了三四杆、九凤伞、金龙扇也乱了阵脚，侍女们的尖叫声被凤舆中的太皇太后听去，更加怒不可遏，气急之下竟随手把手炉掷出去，高声喝道："乱什么？！"，更不期金香绣凤炉正砸在车前的文马身上，散出的炉灰还未熄灭，溅在马臀上，痛得那马立起来嘶叫一声，拉着龙凤车奋蹄向前，在仪仗里乱闯起来。

因法驾卤簿中佩刀大臣、豹尾班执枪佩仪刀侍卫、佩弓矢侍卫只在舆后随从，奔马跑得快，一时哪里追得上？听见身后人声吵嚷，那马反倒更疯了，带马的驾驭拉扯不住，又躲闪不及，眼见就被撞翻踩踏。幸而俯伏于送跸的人群中闪出一人，一个箭步屏气上前，竟纵身徒手拦下了惊马。其身手矫健，英姿飒爽，除前人有"狡捷过猴猿，勇剽若豹螭"之语，竟再无好句形容此时此景此人，看得众人瞠目结舌，唯刘明琛暗暗赞叹："纳兰成德，我果然没看错他！"

听说后头出了乱子，皇上早不顾近侍的劝说，下辇往祖母处来，见牵着马的正是成德，皱眉道："是你？"

成德一窘，勒住惊马交给驾驶，急急拜倒驾前，低头道："微臣驯艺不精，惊了太皇太后圣驾，请皇上治罪！"

"是成德啊！"太皇太后颤巍巍探出头来向外扫了一眼，见辇下光彩照人的成德正跪着，面露喜色，喘道："怪不得！你再晚来一会儿，老身子骨儿可散了架喽！快起来，你哪来的罪过？"

太皇太后身边的近侍抹着顶戴上的帽纬急急凑上来，向皇上说明原委，皇上才释然道："是这样。"

"是啊。也不算什么大事，只是远祭还没出门儿，就有这种晦气，也够扫兴的了，不知祖宗要如何怪罪呢。"太皇太后抚着胸口叹道。

皇上本不想兴师问罪，奈何是个至孝的人，听这话的意思，不免正气道："正是，等孙子查明，定办他几个，如今兴得面子上的事也办不妥帖了。"

成德担心地回头望一眼身后，道："启禀太皇太后，皇上，微臣也知这畜生作的不是时候，可是如太皇太后所说，正值祖祭，将之套上个不吉之兆，未免大煞风景，失礼于祖先。依微臣看，与其说不吉，不如将其看作大吉。"

"这个怎么说？"皇上听出成德是说好话，故意留个台阶。

"古语从来就有仗马寒蝉之喻，这仗马向来都是借指那起白白坐享俸禄，或惮于时政而不敢言事、或庸碌无为而懒于担当的国贼禄蠹，而我朝政务清明，皇上广开言路，敢作仗马之鸣的自然也大有在，而古时御用马厩又有麟、凤、龙之名，如今上驷院的马匹更是千里挑一的良驹，这马偏偏又在皇上和太皇太后面前叫起来，怎说不是吉兆呢？"成德不喜说这些巧话，已羞红了脸，扭过头去朝远在身后的刘明琛狠狠瞪了一眼。

"哎呀成德啊，算来你到上驷院也有些日子了，还是这么巧舌如簧啊？

这心思也是越发的细了，只是不知性情好些了没有。"皇上被哄得很开心。

太皇太后却急了："什么？成德去上驷院了？他不是你的近身侍卫么，这是多早晚的事儿？这个蕙丫头，嘴也太严紧了些，竟没教我知道。孙儿啊，这么一块好钢，不留在身边，怎么当生铁用？如今他又立了一功，总不能一直窝着给你养马呀。"

见皇上有所动容，太皇太后又近前低声吩咐道："别的事犯不上我管，只是你身边知轻知重的人多些，也教我放心不是？听老祖宗的话，没什么大错处就调他回去吧，他也算你远房兄弟，别生分了。"

听"兄弟"二字出口，皇上有些发怔，继而堆笑道："老祖宗说的是！原也不是因为别的，他媳妇儿殁了，他自然不自在，孙儿是顺他自己的意思往个清静地方去散散心的，"皇上不肯承认是因为成德任性驳了自己的面子才发配了他："孙儿也早有调他出来的意思， 这不一直没抽出空儿来，呵呵，"一面搭手向太皇太后，一面转头："成德啊，朕瞧着你也养得红光满面了，正好有些话问你，你打点打点，跟上来随行吧。"太皇太后这才唯唯点头上了龙凤辇。

"是。"成德也恭谨退回原处，直送到法驾卤簿远去，铙鼓之声已绝，转身拉了刘明琛寻一处背人地方细论。

刘明琛却先笑道："也不知皇上有什么吩咐，但您这鼻头放光，是必有喜事啦，下官先恭喜成大人！"

成德不解，骂道："你这厮合该作死，好好的，又惹什么祸？弹那畜生作什么？今儿我是拦下来了，若不能又不知怎么样了，你自己不自在，也别拉兄弟们垫被，若是太皇太后有个什么好歹，哪个能跑得了？！"

刘明琛先是赖着不认，成德薅起他的右手："这会子当什么缩头龟？扳指呢？我都看见了，你还不认，不是你是谁？"

刘明琛奈不过，叹道："也不瞒你了，咱也做回明白的好人。我身上不干净，这个马官儿，做不长的，何况还是兼着的，节过完了，我也该回家了，我知道，不是你，这条命早没了，就想着临了也拉你一把，成大人，我再劝一句，儿女情长可以，英雄气短不行。得了，不多说，没别的，我这么干，就算还你个情……"不等成德推辞，抢声道："唉？领不领是你的事儿，我良心过去了，就成了！"

望着刘明琛摆手远去的背影，成德突然想起一事，高喊道："你放着官儿不做，回老家拿什么养老娘？"

"有我这亲儿子在身边儿，不比多少银子都好用！"刘明琛头也没回。

五

祭祖礼毕，皇上就急急密唤成德进崇政殿议事。

"朕没大办上驷院那个案子，你没想到吧？"

"想到了，可是毕竟事关重大，我不能不报。"

"嗯，听听你的意思。"

"那个案子，原本可以只以贪腐定几个奴才的罪，但若是连根拔起，打草惊蛇，牵出了准噶尔来使打着进贡的名义挖朝廷墙脚的事来，必会使噶尔丹察觉出，我朝已经在提防他这只披着羊皮的野狼了，便有可能促成罗刹和准噶尔的联盟，从而势力继续壮大，而我军刚经历三藩之乱，尚须养精蓄锐，大举清叛纵然得胜怕也要大伤元气，于我军不利，于朝廷荡平蒙古草原的大计更不利。"

"你可以啊！身在马圈，心系天下啊，啊？"皇上的赞赏似乎别有用意："不过，唉？你怎么知道，朝廷一定想着动武呢？打了这些年，朕的老三都会写字了，朕想安稳安稳了，不成吗？"

"微臣也为人父了，知道身为人父任重而道远，皇上君临天下，不仅要为子孙开辟出个盛世，更要为天下留下个太平。说句扫兴的话，皇上心里的安稳，怕是只能留在下辈子了吧。"

"哈哈哈，说得好！像是你纳兰成德说的话，你说得对呀，想歇是歇不了喽！你也甭想歇！人家也不许咱们歇啊，罗刹在东北又犯事了，杀了边民，劫了财物，前儿宁古塔副都统萨布素来报说，雅克萨城，丢了……"皇上的表情凝重起来。

"啊？！再往南，可就是大清的龙脉了。"

"卧榻之侧，岂容他人安睡？何况已经打到祖茔了，朕可等不到把虎狼养肥！"

"皇上是想先办罗刹？"

"你以为我在小乌喇的水军是做什么的？"

"可如今东北兵力不足，靠近黑龙江到乌苏里江的水路我军更知之甚少，况且'知己知彼，百战不殆'，雅克萨之所以失守，恐怕也是我军战前准备不足、对敌军实力没有判断的缘故。"

"朕正有这个意思……"

六

"纳兰成德升二等侍卫衔，率五百侍卫及护军，尾随护军参领以行围猎鹿为名，从陆上沿黑龙江行围，直抵雅克萨城下，一路上秘密勘察当地地址形势、水路和陆路情况，如遇敌军，不必开战，即刻率众撤回，务必将侦察所得消息详细带回，务必隐藏我军实力……"成德带着皇上的期许和信任，悄悄将人马驻扎在京郊怀柔，为严防消息散出，对外只说是游牧逡巡，以此掩人耳目，花了半年时光厉兵秣马，只坐等城中来人派出的北地行军粮草辎重一到，便策马北上。秘密保守得好，连近在京中的民众也不尽知情，成德也拿保密为由对家人守口如瓶，庆幸无人扯后腿，却仍未料到，"没有不透风的墙"，成德到底在秋意盎然的草场上，欣喜地迎来了久违的故人。

"成哥哥！"一阵欢乐爽朗的巧笑乘着的笃的马蹄响起来，像悠扬的歌声在清晰的节奏里飘，曹寅在玉禄玳的身后，与边上的一位先生催着马说笑，身后又跟着福子、蔻儿和曹寅的跟班，两只机警健壮的猎狗也撒着欢跟在后面。

成德却先注意了那人："孙友先生？！"故友重逢的惊喜将成德脸上许久以来的阴霾一扫而光，"子清好本事，打哪儿把孙友先生请到的？先生前阵子是到哪里躲清静去了？当初任我怎样留都不肯，如今竟教他搬来？"

"请？我身不在京都，心可是一刻也不曾离开，这回可是多方打探才找了来的！"严孙友笑道，曹寅也跟着应和："孙友先生是特地来帮你的。"

"帮我？如何帮法？"

"呃，"严孙友笑着点着成德道："亏你当我是有交情的，得了这么体面的差事，到了要立功了，反把我忘了？怎不带我去？"

"先生又说笑，我怎么不明白？我，这差事功劳倒建不大的，却劳苦非常，我虽然算是个武职，拳脚功夫也没有荒废，怎奈近些年寒疾时常要犯上来，黑龙江苦寒之地，想想都觉此行艰难，先生一介书生，倒说起要随行的话？如何挨得过？"

"挨不挨得过你且别管，我只问你一句话，我离开府上时留给你的那几幅山水，你细看了不曾？不知你是小看我，说我不配随军做个参军校卫，还是你已另择了高明画工，去给你描摹敌军的地形图？"

"地形图？对啊，该死，我是糊涂了，怎么竟没想到这一层，亏得先生提起！如此说来，真是帮了我一个大忙呢，这真是天助我也。"

"唉，此行还有一事……"严孙友话未说完，玉禄玳已经晾在一旁受不住，嘀咕道："这位先生果然神通，成哥哥心里又装不下旁的了，你怎么不问问府里的境况？亏你狠心，连干妈也瞒得死死的。"

成德脸一红，尴尬笑道："我，我这不是有难处？你回去，也要等我们走了才好告诉的啊。"成德害怕远行的消息传回去，颜儿要流出不尽的眼泪，更不知额娘是何反响。

"哼，我偏不替你骗人！"玉禄玳坏坏地笑，成德只好撇开曹寅二人，又来哄她。

曹寅故意放慢了脚步，拖着严孙友落在后面，听着成德和玉儿的说笑愈行愈远，心也越来越怅然若失……

七

"成哥哥，"见成德心不在焉，玉禄玳摇着胳膊道："我大老远地跑来瞧你，怎么不愿理我？好像我就是巴巴地为来讨你的嫌。"

"哪有？你来别人知道么？"成德依然有一搭没一搭。

"我是偷求子清哥带我出来，并没告诉旁人，连阿布也不晓得，可到底只是出城来这里，还不打紧，成哥哥你可不一样啊，要我说，你也太小心了些，家里人总要知会一声吧，你头一回出这么远的门，她们怎么放得下心？"

"说的正是呢，你们女人，眼窝子到底浅些，先知道了，背地里舍不得，淌眼抹泪儿兀自伤心无益不说，若实在放心不下，非要扰得人心急些误了正事，岂不是我的罪过了？我不想害她们被人说'妇人之见'，所以才瞒着，左不过这一时，我阿玛哪有不知道的？到时自会缓缓说明，不必我操半点心。"

"嗯，说的也在理，不过你说女人都这样我可不服，要是真心喜欢你，干吗不放你呢，何况还是去做自己喜欢的事儿？路远怎么着，好男儿志在四方，成哥哥，我知道，你等这样的差事也不是一天两天了，只要你喜欢，我是一定站在你这一边儿的！我打赌你一定立了功受了封赏回来！我来，一则是为你送行，二啊，是提前给你道喜！"

这暖洋洋的话像是磁铁引得成德仔细端详面前的玉禄玳，却被炽热的目光注视得有些不自在，微微笑问："你先大嫂子说，你喜欢骑马？"

......

"她们告诉过你，你穿这件翠绿的衣裳真好看吗？"成德夹了马紧跟在玉儿身后，大声道。

玉儿一路欢笑，脸涨得通红，喘得上气不接下气，却仍骄傲地大声笑着："我穿哪件不好看？"

草原上原本如珍珠般撒下的热闹羊群，此刻不知藏进了哪里，天际处浓密的野草被照耀着翻卷着，泛起一阵阵火红的浪，将要落下的夕阳在两人的身影上，嵌了夺目的金边，像此刻两人的心气，熠熠生辉。

……

毡帐前的篝火影里，成德只顾自己说话，不知何时累坏的玉儿听得发睏，枕着自己肩头睡着了。成德轻叹一声，抱起她走进自己的帐篷，小心放到榻上，正要转身离开，熟睡中的玉儿却抱着成德的胳膊不肯松手，成德只好又拿个枕头塞进她怀里，为玉儿掖好被角，走出帐外，嘱咐丫头福子道："草场上晚风大，别让你们姑娘着了凉。她是心强身子弱，小小年纪把身子累坏了也不是闹着玩儿的。"

39 | 边地风雪

一

"明天，就要出发了。"成德没想到白天来押送辎重的是噶布乐，两人少不了的一番唇枪舌剑成德倒是不在意，只是不意间从他口中得知的曹寅已经被指婚的事，教成德吃惊不小，也使即将整装待发的他多了一份担心："你在京中多保重，我知道你心下不乐意，那李家姑娘是怎样的人？"

"素未谋面，哪能猜出子丑寅卯？原也只是因为两家大人的同僚之谊才求皇上结了缔，说起来，到底是难得的恩典，我没什么的。"曹寅嘴上说不在意，却不正眼看成德："咱们不是说过，这也是早晚的事儿？只可惜，等你回来，我已经到南边儿赴任去了，不能亲自给你接风，其实原不想告诉你这个，教你高高兴兴出行，以后总要再见的。谁知蛮子那人酸溜溜的劲，偏谁也不肯放过，你知道了也好，了了我的心事。"

"事已至此我也不知该如何劝你，只是这些年咱们兄弟的交情，纵是隔山隔水，也割不断的，等我回来，一定想法子找你去，咱们还要在一处的。"

"哈哈哈，留着你这些甜话、腻话，说给那找你撒娇的人吧，咱哥们儿耳根子软，受不得这个！如今咱也是有媳妇儿的人了，哪个还跟你泡在一块儿？"曹寅笑骂着，放肆地跑在寂静草原上，一身墨绿的绸褂展眼融化在沉沉的夜色里。

二

从北京到黑龙江的漫漫千里路，行程之艰难超乎成德的想象。过了长白山，正是这里最寒冷难挨的季节，大风雪肆虐起来的情景，使从未面对过这样阵势的京中兵马心惊胆战——明明还是正午时分，灰蒙蒙的苍穹却已经如盖顶般倒扣在苍茫的雪原上，天地已经分不清界线，凛冽的北风像是从地狱里喷出来的冰焰，夹着凌厉的雪茬，从冻得如生铁般僵硬的积雪上呼啸而起，狠狠地抽打在脸上，周遭一片混沌。漫漫雪野，哪里是路呢？脚下的雪踩上去是实的，想来这里已经许多年没有人走过了，即便偶尔有生命踩出些痕迹，这弥天的大雪，也能转瞬将足迹清扫一空，成德带着马，走在艰难行进的队伍前头，突然身后一声惨叫，蔻儿连人带马深深陷进了雪里不见踪影，成德心头一紧，立刻命后面的人结了绳索俯身下去拉，行前曹寅送的两条细犬也摇着尾巴上来帮忙。原来，这迎风处的雪偏又是新落下的，松散难测，陷下去几尺也是常事，不即刻拉上来，转眼就会被新雪压住，活活埋葬在这里。成德不敢有丝毫懈怠，风雪越大，向前的力量必须越强，这里，一刻也不能停留，他知道，在这样的天气里行走，是在赌命。

成德注意被雪埋住的桦树露出来的大半树冠隐约排出整齐的队列，便命人沿树而行，后人再踏着前人的脚印，能省些气力。走出暴风雪已是傍晚时分，军士们眉毛、睫毛上都挂了霜，围在口鼻上的围巾也被呵气厚厚地涂满了，但至少是在冰天雪地里趟出一条路来而没有什么损失，此时，人马才开始感觉出身上的倦意。得到休整的命令，军士们开始一口干粮一口雪地大嚼起来，成德接过蔻儿递过来的干粮，皱了皱眉，又扔了回去，独自带上猎狗跟跄着登高望远。

这里是一处平缓的高地，正前方阳面坡下是块几人高的断岩，岩下，近处有一片稀疏的落叶松林，远处仍然是绵延起伏的雪丘，那些雪丘不知是被仅存的天光还是月色反射，泛着银光，透过渐渐深沉的夜色，雪丘深处一点微弱的红灯隐约在眼前跳动，使成德心头忽然一亮，这惊喜却被身旁两只猎狗出奇的安静抑制下去——周遭怪异的气息凝固住了，成德听到从脚下的断岩处扑棱棱飞出一只肥胖的松鸡，会心一笑——原来是它，心下刚要慢了，转念一想，为了这个狗怎么会匍匐不前？不好！——"啊！"成德失声惊叫起来，批手抽出腰中的雁翎刀，却仓皇地后退了几步，与从正面坡下突然蹿上来的一头硕大的野猪面面相觑。这野兽像是被惊扰了，发出不耐烦的低吼，长长的獠牙被倒竖起来的黑亮鬃毛反衬得寒意森森，脚下两只蒙古细犬，素来以善猎著称，此时却被吓得呜呜地叫，趴着动弹不得。人兽对峙了只一瞬，张开的血口亮着银牙已经直奔腰身过来，逼得人来不及逃开，成德机械地抬手迎，以为这宝刀可解燃眉之急，可是一刀剁下去，刀柄把虎口震得发麻，刀锋却只重重地弹在这野兽的天灵盖上，未见血色。毕竟是磕在头上，野兽也唬了一跳，发了懵，哼哼两声，红了眼仍要冲上来——逃是不能了，身边没有半棵树，手里的家伙又用不上，成德心凉了半截，只怔怔擎着刀，不知所措。野猪也似乎瞧准了机会，弓身猛然一蹿，正要腾起，却不知怎地折了前蹄，扑通一声被翻倒在地，雪沫四处飞溅，那兽像是被什么厉害东西咬住了，立即哀嚎起来，发狂般地扑腾。

成德定了定神，正要上前补刀，身后却闪出一人，喝道："别动！还没死呢，也伤得了人的！"说着，那人一个箭步上前，高高举起手中的冰镩，对准野猪的心窝，狠狠刺下，那畜生只伸伸腿，便不动了。

"多谢好汉！"成德诚意的道谢没有换来回应，那身穿虎皮夹袄的黑脸汉子怀疑地上下打量着成德："军爷？"

"不敢，过路的，不知这坡下可有人家，供借宿一夜？我们不扰民的。"

"不怕你们扰，没几户了。"汉子哼了一声，径自朝死猪走去，三下五除二卸下一个猪腿来："下剩的匀给你们吧。"

汉子的"家"就在那几盏明灭着的灯源处。那本是一片精巧的木制民房，放眼望去，足有二三十家，地基都钻在厚厚的雪层里，露出地面只有半人高，外墙上钉着厚厚的兽皮，该是保暖之用，有几户门前，零星散落着烧火用的木柴，一些被新雪覆盖，但仍然能看出来，是不久前才被丢弃的。一些规格稍大些的民房，外围竖着木栅，可也参差不齐了，是被冲撞过的，木屋大多黑着灯，钉在窗棂上的兽皮被凛冽的北风撕扯成一条条乱尾，扑啦啦在风雪中挣扎。成德跟着茹儿的火把随意进得一间房，见当地的炉灶上空空如也，灶下烧到一半的柴草被抽出来，散乱在灶口，只说屋里像样的物什都被搬走了，却未留意灶旁倾倒着打破的陶罐，一脚踏过去，油腻腻地滑了一个趔趄，猜想着罐里原本盛着猪油，被匆忙的主人遗忘在这里，除此之外，这里已经没有半点生气。

"就这里吧，多谢好汉。"成德低头直踩那柴草来擦靴底，回头向蔻儿道："收拾收拾就安顿了吧，有人用的，告诉他们别乱动，借宿一夜，明天开拔，别出乱子。"

"好汉留步！"猎人不耐烦地转过身等成德发问，他一见这队官兵，就自认他们不是来邀功，就是来裹乱，再次，也许是打秋风？猎人不敢想，也不屑问，只求多一事不如少一事，打发了这伙人，再细细盘算自己的日子。

"这村子是出什么事了？人呢？"

"军爷不是冲土匪来的？"猎人乜斜着成德，借着官兵刚点上的油灯，细细瞧清了这个身着正黄旗全副铠甲的年轻武官：刚摘下的盔缨擎在手里，神情里稍显几分倦怠，许久没有打理的面容，使他看起来比实际沧桑了很多，但眼中闪烁着的一丝忧郁气质，还是把他显得太与众不同，"这我就放心了。"

"什么意思？有土匪？我们冲着谁来，你是有算计的？"成德只是随口问一句，他记得临行前皇上的命令——"不张扬，不生事"，可是成德偏偏就是那样一种人，与生俱来的高贵，只一举手一投足，就显得那么鹤立鸡群，尤其是面对心有隔膜的陌生人时，那种态度，心气不足的人看来，简直就是轻蔑，是傲慢，是拒人千里之外，这一点，成德自己并不知道，所以从不刻意伪装热情和殷勤。

"我不算计，就是怕你们惹事，我们就更难挨了。"猎人是个狂傲的人，有在崇山峻岭间维持艰难生计的本领，这是他傲人的资本。

"你这莽汉子，说话好没道理！我家主子已经说了，不叨扰，哪里又给你们惹什么事？真是无理！要不是看你方才在坡上也算出手帮了点小忙，我——"蔻儿急赤白脸地数落他，可那猎人并不正眼看他。

"你这样说，我倒要细细问问，你这样不惧怕我，看来咱们是能聊到一块儿的了，不如这样，你是此地的坐地户，又出手救了我，我是外来的不懂规矩，就索性听你讲讲，如何？"成德兴致益然，令下士们支了篝火烤肉，胸有成竹拉着猎人吃酒，他料到这村镇里这样萧瑟光景，一应用度之物是早就匮乏了，打猎为生的人，又必定善饮，自己辎重配备齐全，那猎人见了自己的好酒，自然好说话。

那猎人果然喜笑颜开，不屑的神情也少了许多，放肆地和成德对饮起来，酒一下肚，话匣子真的打开了。

三

这猎户人称高亮子，可这高并不是姓，因其人高马大，声如洪钟，性情又直，所以得了这个混号。说来这高亮子在这一带也算是个传奇人物，自幼生长在熊窝里，十来岁上才被乡里发现救了出来，抚养成人，仗着力大无比，又粗中有细，自悟了许多打猎捕鱼的本领，吃用不完，就送与邻里，在乡中口碑颇佳，加上小村民风质朴，其乐融融，高亮子前几十年过得着实滋润。

"自从后山来了这伙人，好日子就没了。"高亮子长叹了声，把碗中的酒一饮而尽，"也不知从哪儿来的这么一群野狼，偏看中了后山上的好风水，可说的是呢，山上有树，水里有鱼，春秋都有野味儿，怎么也吃不完哪？可他们还不足兴，村上开出来的那么一点子地，也被他们看上了，辛辛苦苦种点花草和人参，指望夏天过去换些银钱，各家日子过得光辉些，都被抢去了。先只说是过路的土匪，谁知竟放了话，入了冬又要来，不备下些年货就不教过年！你说这年谁还过得下去？！这不，你也看见了，都搬走了，能抢的都教他们抢光了，人还要活呀，就都逃难去了，不逃，就要被抓上后山，跟他们一样，当土匪，原先山上估摸只几十个人，如今也壮大了，少不了百十人喽。"

"百十人就把威风逞到这等地步？村上的人呢？"

"官兵都奈何不得！老百姓能有什么法子？你当这些人是吃干饭的？说得轻些，可是比野猪厉害多了！本来，我是个野人，没地儿逃去，安顿了闺女，我也上山当土匪去，可是拿了人家的手短，你这顿酒，我不白吃，跟你先报个信儿，明儿我前脚送走闺女，后脚你们也赶紧走了吧，记住，绕开后山，越远越好。"

"你看出我想躲了？"成德饮了酒，红着脸不屑道——他身体里流淌着的，本就是饱满的热忱，只是不经意间被忧郁隐藏起来。

"不躲怎么着？你们还想硬碰硬？"高亮子再次将成德和身后的蔻儿端详仔细——蔻儿正悄悄在身后用腰刀柄轻轻碰成德。

高亮子微微笑道："你那刀，给我瞧瞧。"

蔻儿递过去，高亮子冲成德点头道："是个好东西，你的那把更好吧？可怎么差点就把小命交待了？"

"你取笑我，是我一时手拙，才让你看了笑话。再者，我身后还有几百精锐！"成德还是虚荣的，不肯承认未交锋的对手高出自己一筹。

"哈哈哈，他们的家伙比你的强些？别惹事了，"高亮子被雕刻得棱角分明的脸笑出了皱纹："别小瞧那伙土匪，你们人多也未必降得住他们！他们穿的不是铁甲，却比铁甲硬十倍！瞅着虽然没你们这身儿轻巧好看，但是刀枪不入！"

"什么做的甲这么神？"蔻忙儿忙不迭地问。

高亮子不言语，只把腕子一转，拎起蔻儿的腰刀，往杵在炕边的那只猪腿上一剁，只听刺耳的"刺啦"一声，眼见单刀卷了刃——这样的佩刀，可是号称铸铜的！成德倏地想起，先时曹家供奉的号称二十万两的劣质铜，如今竟派上这样的用场，不免心生感慨。

"你们主子已经领教过了，就是这野猪皮。夏天里养得最好——野猪身上要是刺挠，就在松树根子上蹭，蹭上一下子松树油子，再往沙子堆里打滚儿，又粘一层沙子，再蹭树根，再粘沙子，来回几趟，那猪皮就比铁甲还硬，今儿要不是我早下的夹子绊住那头野猪，如今你们主子早没命了。别瞎算计了，甭说你们对付不了，就算真摆平了，现在他们服软儿了，等将来你们走了，难保不再回来，那我们找谁去？"高亮子是打心眼儿里寄希望于这些官兵的，可是，他们太年轻了，恐怕没打过仗，他心里没底。

"老人家且放宽心，既然要扫匪，我决意是要斩草除根的。"

"我看出你是个有主意的。怎么除？"高亮子眼里放了光。

成德没有接话，缓缓转过头，眼光落在摇曳的微弱油灯上，眼角闪出一丝笑意。

是夜，荒凉的小村里正为一场即将上演的好戏酝酿着布景，无人入睡。

四

天还没有大亮，跟随官兵忙活了一晚上的蔻儿实在累得难挨，随便摸了根木桩靠着打盹儿……

"醒醒，小心冻掉耳朵！"迷迷糊糊的蔻儿被踢醒，睁眼一瞧，眼见一个小脸冻得红扑扑的大眼姑娘正朝着自己笑。

"这就是那个什么亮子的闺女吧？他长那样，又是个酒鬼，怎么生出这么个标致闺女来？"

"你少瞎白话！告诉你我是他闺女来？"姑娘很是不饶人："他是我爹，可我不是他闺女，不管他叫爹！我叫春丫。"裹得像个包子似的姑娘把手中的木槌往地上一戳。

"是我睏迷了？这叫什么话？原来你们父女不合？怪不得他喝得五迷三道的也不见你来寻他。哎哟！"蔻儿原本还想细问，猛然想起村外正忙活着筑城的兄弟们，拎起脚边的木桶就要往前冲，可桶早就冻在地上，里面的水也结了一层薄冰。

"不差你一个了，都浇得差不多了，不信你自己去瞧瞧？"姑娘朝村外一指。眼前呈现出两山相夹的一条曲曲弯弯看不到尽头的河道，小村就是沿河而建，后山与村庄就隔着这条河，入冬后，河道冰封，土匪就可以如履平地过河抢掠，夹道最狭窄处，原本是一处断墙，是过了河往村上走的必经之路，现在，断墙已经不断——几百官军，把断垣顶铲平，里外两边拍上沙子，高亮子拿出镩冰打渔的本事，在河面上打出冰眼，众人打上水来，将这断垣从上往下浇水，一夜之间，用河水浇出了一座冰城！

"嘿！真成了！哎？那你还钉这栅栏做什么？"蔻儿诧异着一个姑娘竟这样能干。

"这是障子，防狼用的，大雪泡天的，山里没吃食，狼就下来找吃的，狼总比人好防些。乡亲们总要回来的，该做的打算得做。"春丫说着，手里却不得闲，一锤锤地砸下去，呼出的气息像一团团白色火焰，脸颊泛着健康的红晕，鬓边的红头绳随着臂膀的起伏一抖一颤，"活像个红娘子。"蔻儿坏坏地想。

五

冰城筑成几天，小村里如前般寂静，将士们有耐不住性子的开始报怨："费得这许多事，就算完了？合该咱们大老远地来修工事啊？土匪们架子大得很，还得请不成？别是那老猎户骗咱们？白白为他们守着这些破屋子？"

"别胡说！借他两个胆子也不敢耍咱们，成大人是吃素的？"

"那咱们这是等什么呢啊？"

成德也坐不住了，却仍要佯装镇静，可他的心事瞒不住蔻儿，成德的担心通过春丫传进了高亮子的耳朵。

就在连严孙友这样从不过问行军事宜的随军画师都不免发牢骚时，春丫满脸焦急地冲了进来。

"什么时候的事？！"成德得知高亮子失踪了，吃了一惊。

"昨儿晚上，我只以为是他又吃多了酒胡说，谁知今儿早上已经不见了人影！"

"他怎么说？"

"他说，咱们世世代代在这儿过活，凭什么给别人倒地方？我不走，我得看着他们完蛋！"

跟高亮子一起失踪的，还有那只野猪的头。

六

土匪们到底奸狡，与高亮子言语不通，不敢完全相信高亮子是来投靠并引路的，认定村上还另有人，遂将人绑了，山呼海啸着溜过冰河，见了工事更笃定了先前的推算，扯开嗓子叫骂起来，嚷着要回去宰了那假意投诚的。

远远得到哨兵来报，春丫被蔻儿求着，站在冰城子上两眼冒着火冲来人大喊："大王老爷们辛苦！乡亲们早给大爷们备下了年货，都收下吧！"话音未落，冰城子上便扔下来几十个油纸包，土匪性贪，又见城上喊话的只是位妙龄少女，更不加防备，纷纷打开来看，却是浸了猪油的黑炭。正待纳闷时，两百多名军士正分成几股小队，沿着冰椽子攒过的脚窝窸窸窣窣地往冰城子的缓台上码，一眨眼的工夫，百十来个挑着油纸的箭镞就闪着寒光驾在冰城子边儿上，成德身影矗在城边，不无得意："诸位，来——得——好——啊！"说着，举着令旗的右手重重一挥："放！"引燃火苗的箭呼啸着蹿了出去，工事下顿时燃出了几十个火球。

火势渐强，军士们沿冰城垛纵身滑下，乘胜追击。几十个出头的土匪除两个严重烧伤无可救药外，其他悉数被俘，成德指两名校尉押解一个小头领去寻他们的老巢，不想那一众出头的土匪中还留了垫后望风的，知道坏了事，立即回山寨报去了，等成德的人到了一看，早已人去洞空，却在离老巢不远处，找到了已经冻僵的高亮子，原来，土匪们嫌他碍手脚，逃得不方便，便在半途将仍捆着手脚的他砍了两刀扔下马，以致又是伤又是冻，奄奄一息。

对匪徒的巢穴，成德命令除乡人可用之物外，俱皆烧毁，又令军医为高亮子医治，却得知其伤甚重，虽可得救，手脚怕是不保，今后生计堪忧，春丫得知后一改平日对这位粗鲁又酗酒的养父的鄙夷，发誓不离不弃。因村中已无人可依，成德不忍弃之不理，加之这对父女熟悉当地风物，女儿又有故人可投奔，那故人恰住在宁古塔城外，遂不顾累赘，带此二人共同上路。

七

雪后行军，天地如洗，宽广的江面游龙般在天际蜿蜒，莽莽雪原被玉树琼枝装点得犹如仙境，轻风不时送来冰雪特有的清冽香气，行者们的心也像被这雪洗净了一样，不说话，只用力在深厚的新雪上踩出起伏的声响，春丫仍旧一身大红袄，像火焰一样燃烧，身后是几百金灿灿的甲胄，这支来自天子脚下的队伍，像一块刚刚锻造出炉的精钢，在沉沉的冰天雪地上，烫出一道重重的痕。

八

路总归是远的，山总归是高的。北国的深冬就是这样，天光还大亮，弦月却已经挂上枝头。成德觉得有些口渴，想要水来，春丫却俯下身，拂去脚下的浮雪，捧起底下干净的，痛快地往嘴里送："翻过眼前这道岭，就是宁古塔了，将军衙署我也知道，这条路从前我是常趟的，天黑前准能到。"

"人家姑娘家是大门不出，二门不迈，你可是把道儿都趟熟了，这么野，谁敢娶你？"行军无聊，蔻儿又使坏，拿憨厚的春丫取笑。

"你急什么？我又不嫁你！"春丫一点儿也不示弱，倒惹成德见蔻儿窘迫而发笑，"刚想的好句子，被你聒噪乱了。"春丫还真的思忖起来。

"你还会填词？！"成德很是好奇。

"涉雪尺余登顶，霁阳斜照高林，洁白世界非凡尘，不到此时谁信，琼树任凭枝杈，银花乱了蓝锦，自由自在野山深，无虑无忧无尽。"春丫自语着，回头望向成德："可使得？"忽闪忽闪的大眼睛泛着温润的光，让成德忽觉似曾相识。

"当真使得！想不到竟也是个小才女！谁教你的？"

"我爹，他是个才子！"

"……"

"你们不认得他，他，他是个罪人，不许我跟人提起他。可我认得他这个爹。"春丫的声音慢慢低下去。

"……"

"他是个好人，是被冤枉才从南边发配到这儿的。"

"……"

"可他有骨气，他不认罪，他说他的朋友不会忘了他，会救他回去的，他说，他是他家乡的凤凰，良禽择木而栖，这里留不住他，他早晚要飞回去的！我信他！"

"家乡的凤凰？你说的是吴兆骞？！你是吴兆骞的女儿？！"

"……"

"来时还妄想着能大海捞针，打听着信儿，没想到天下竟有这样巧的事，看来那个顾虎头心思不会白费了……"成德记得此行的任务，并不回答春丫疑惑的表情，可不知怎的，忽然眼眶发酸，想到这吴兆骞居然将这样聪明伶俐的亲女送与他人抚养，料他这些年的日子不会好过，因又多了一份重任，跋涉的脚步立刻坚定了许多。

九

将军衙署算是宁古塔地界最大建制的工程，原本封疆大吏的府第，应是按一品大员的成例，奇的是，除了门前的影壁，门侧的石狮，以及正门上的"宣威布德"匾额外，看不出半点豪奢的派头来，看似年岁尚小的一对门童也不喝号，远远见成德的人马来了，下了台阶挥手示意来人下马，也不言语，上前便卸了成德兵器，又前后检视了一番，打手道："护军参领以下，西门！"成德所率皆为护军和侍卫，自然按例入此门，蔻儿试探问道："这是二等侍卫成大人，怎么不开正门？"门童顿了一下，仍道："护军参领以下，西门！"成德知道这小童之所以不多问，定是知道京中来人的行程，这样的怠慢，稍有不悦，缓语道："是，只是动问尊驾，我还带着个伤员，是前日打流寇时立了功的，府上可否安置？"

一个小童眼睛立刻睁大了一圈："流寇？前儿来人报说老黑山上的土匪窝被人端了，是你们打的？你等着，等着！"另一个小童一溜烟儿跑进去，稍儿，衙署正门洞开，迎面大步流星走出一位英武的将军模样的人：身材魁梧，威风凛凛，浓眉虎目，鼻直口方，紫黑的脸盘泛着金属般的光泽，披盔挂甲，气宇轩昂。

"来人在哪里？"到底是将军，还要来人主动问候才好。

见门童行礼，成德拱手道："御前二等侍卫纳兰成德，率亲兵五百，奉旨来见。"

40 | 河冰跃马

一

"这样说来，算你赚了个便宜！"萨布素将军哈哈大笑揽着成德，又如前般大步流星地穿过大门内三进的厅堂和公廨庑堂，来到建在正中高台基上的将军宅第，"我怎么就没想到，诱敌深入啊！我说呢，说是前几天就该到的，怎么挨到今儿？到底是在那儿绊住了！哈哈！"萨布素拍得成德肩膀生疼："咳，老黑山易守难攻，北面的山坡更是鸟儿都飞不过，往山后的路，不是山里人都摸不着门路，难保不中他们的埋伏，我的兵个顶个儿都是千金不换的，舍不得冒险，驻扎进村又太显眼，所以竟把我难住了，只好先动员老百姓撤出来。"

"我猜着这么一伙小贼，不至于成了气候，不是有村上的人帮忙，我也无可奈何，所以一路带了来。"和萨布素洪亮的大嗓门比起来，成德的言语更像个书生了。

说着话，成德被萨布素亲自领着，穿过正房与配房的走廊，来到书房。抬头望去，成德不禁哑然：迎面挂的非花非鸟，非人物非山水，却是一幅塞外绝域浩瀚莽原的北国风光，虽只是无名者所作，其笔力之遒劲，泼墨之潇洒，功底仍可见一斑，悬于中堂，雄浑气势油然而生，正堂左右侧幅"万里壮龙韬旌鼓生风气自壮，三军雄虎节箹角晓鸣天为高"，正上方高悬匾额"经文纬武书房"！书房不大，也无甚装饰，却藏书颇丰，粗粗望去，足有几百卷。

成德被萨布素拉着，挨着丈余的红松卷头平纹桌案坐下，低头看去，桌上正铺着地图，看来是时常摩挲的，图上圈圈点点已轻微卷了边，地图边上是已翻开的兵书，"凡夺者无气，恐者不可守；败者无人，兵无道也。"成德不由自主轻声念道。

"哦，闲来无事随便翻翻。来，坐坐！"萨布素拿起桌角上的杯子，向侍者命道："换……你？哦，换茶来吧。"杯子从身边送过去时，飘来一阵酒香。不等成德开言问，萨布素先笑道："没个人对饮，着实寂寞，喝的都是闷酒，别笑话。你一路行来，有什么心得？咱们边喝边聊。"

"成德初次来此，又是奉旨随大人调遣，所以不敢妄言。"

萨布素一愣，哧笑一声道："我还当你是个爽快人，原来竟这么扭捏！亏你前番还出手平了蝥贼，那到底是不是你打的，啊？说！"

成德接过侍者递上的茶，呷了一口，酽得发苦，不由皱了皱眉，萨布素会意，笑道："我这儿这东西不地道，不习惯吧？还是上酒吧？"成德猜这将军府里，酒一定是比茶更常备的，上酒倒比上茶麻利得多。

成德将酒擎在手中，侃侃道："我经此番跋涉，深感在冰天雪地长途奔袭之不易，黑龙江流域距我东北腹地遥隔数千里，纵有精锐甲兵，也是鞭长莫及，而同罗刹周旋，单靠达斡尔和索伦的少数守兵显然是孤军奋战，难御强敌，故而前番失守，原也不算过失。"

萨布素盯着地图默默不语，神情中似有不甘，猛然将杯中物一饮而尽。

"如今大人手下精锐无数，却用不上气力，焉知不是接应不及之故？只要有所需，钱粮上的事，朝廷自然没有异议。为此，不如沿途建立一些驿站和粮站，开辟水陆交通、筹集船队和车马……"

"嗯，你看看这个。"萨布素赞赏地点点头，掷过一册书贴，是撰写到一半的奏折，"你跟我想到一块儿了，只是先前丢了地，不好开这个口，有你的话，这主意就更有理了。你好好休整，回头咱们再议。我带你沿江好好看看，从这儿到江边儿，可有的走呢。"

"如此最好！只是，还要借大人的这图——"成德细瞧了地图，的确是黑龙江一带的图，可惜示意图例不多，看上去粗糙了些，不由成德又把出口一半的话收回来："呃，这图？"

"啊，放心，我生长在这儿几十年，这里山山水水都在我脑子里哪，唉，只可惜咱是个粗人，只是心里有数，说不得！"萨布素一摞那图，叹道。

"看来我又赚个便宜？"成德神秘笑道："我有会画的能人给大人用，换大人这好酒赏我的人，如何？"

"哦？太好了啊！我找这样的能人可不是一天两天哪！"萨布素大喜，道："既然上头有话，要行围猎之事，少不得打些野物掩人耳目，回头从江上回来，热酒暖暖身子最是应景，不劳你说，回来你把地图给我，我拿高丽参泡的上好老酒谢你！"

"回来？好！"

二

明府后堂里，众人听说成德早已不在京中，近日传回家书，竟已至关外，不由乱了阵脚。太太淌眼抹泪，喋喋不休地数落着明珠："我一个妇道人家，出不得门，你怎么也蒙在鼓里？我偌大年纪，只这么一个指望，他从小到大，什么时候走过这么远的路，那黑龙江是什么地方啊？终年苦寒哪！他那寒疾这几年刚好些，怎么熬得过？我说你到底往没往心里头去？难道竟不是你的骨血？也不知你一天到晚都忙活些什么？"

"哎呀，真是妇人之见！这差事皇上连廷议都绕过了，连我也并不知道，可见儿子是多得皇上重用！是大大的好事啊，眼下你只管这样，又换不回他来。况且塞外是龙兴之地，是宝地！哪里就像你说得那样？"

"干妈别着急，既然已经得了信儿了，就是说成哥哥一路平安，再者，成哥哥是皇上钦点的从上驷院调出来才出的关，这样的体面哪里是人人可得的？干妈更该高兴才是！"

"我也猜着了，他连这样的事情都不跟府里打招呼，是把我连带着这个家都烦透了，"太太越想越委屈："我哪一样不是为他好，怎么就连句话都换不来？虽说儿大不由娘，可也有'父母在，不远游，游必有方'之说啊……"

"干妈这说的哪里话来？成哥哥孝顺是出了名的，他有苦衷而已。"

"就是，你别胡乱猜疑，坏了儿子名声。"

"我猜疑？你就不能体会我的心？先前媳妇没了，他这关就过不去，宁可去守灵也不愿意回府来，这都多少日子了？统共也没回来几回，回来也没个好脸，不知是摆给谁看的？坏人都是我做，你总唱红脸。"

"啧，这说的哪里话来？咱们谁跟谁，都是一样的嘛。"明珠有些不耐烦了。

"你别不爱听，如今儿子和我不是一条心，难道不是你挑唆的？"太太像是坏了脾气，话也多了，竟不顾一旁的玉禄玳，自顾自唠叨起来："当年主婚，我就说不是本家儿的姑娘，没根基不如不要，你偏说没根基有钱财也是好的，他不知底细，只说你眼光好，自然念你的好；带了嫁妆进了门，人死，钱却花完了，人只说是我这个主事的贪财，可你摸摸良心，那银子都花在我身上了？今儿觐见娘娘，明儿拜见诰命，哪一件是为了我自己？何况都在明面儿上摆着，也不只我一人说了算，你外头行里得了宝贝，一高兴了就送人，哪来的钱？不也是动的这一处？"明珠自以为事情做的隐秘，不为人知，不料竟被拆穿，脸色已经很难看，太太却说到兴处，仍不停口，语气更愤懑了："还要我当个恶人，硬编个没封号不下葬的瞎话混过去，我这心里也不安！昨儿还梦见我那短命的媳妇儿跟我抱屈啊，可我的苦又向谁说？扒心掏肺地侍候你们这爷俩儿，到了一个都交不下。如今我把他得罪个彻底，你又能落什么好儿？"

颜儿本因成德远行挂念不已，又听太太一番心声，想到自己尴尬的处境，不免也跟着落下泪来，顾儿殷勤地安抚着太太，嘴角掠过一丝事不关己的淡然。明珠却早听得厌烦，甩下句"唯女子与小人难养也"拂袖而去。

瞧太太越说越气，泪落如豆，颜儿碍于身份，不得细细安慰，扶了顾儿的肩，两人退了出去。

玉禄玳告退不得，勉为其难开解道："我说是干妈多心，哪有人说什么呢？您又何必这样自苦，纵然说先大嫂子未下葬有人说道，如今成哥哥已经升了二等侍卫，先大嫂子自然也跟着有了封号的，干妈要让那些人闭嘴还不容易？看先大嫂子有了归宿，成哥哥自然也就放下了。"

玉禄玳因为苇卿的枉死一直介怀，起初也对太太寡情心存芥蒂，听太太不顾体面的一番哭诉，也同情起来，便出了这样的主意，岂知这话却揭了太太的短：一则府上并非穷到此等地步，不过是太太另有盘算，等着成德再次大婚，定要置办得体体面面，扭转被人说占媳妇便宜的坊间传闻，二则得知双林禅院与苇卿生前关系密切，便推算这乖女子必另有心思，虽然本人已然驾鹤西去，留下的体己人物如翠漪方氏等人也能略知一二，纵是不肯拿出来贴补主家，出殡发送的钱也该拿得出来，这样府里又可节省些。既然有这样的打算，所以太太一直迟迟不肯开口主事。现在被玉禄玳迫到无路可退，难免有搬起石头砸脚之感，帕子掩了哭红的眼半晌无语。

偏有曹寅打听得成德家书已至，下了值特特来听信儿："给太太请安！玉儿也在？刚伯父怎么像是不大自在？哟，太太这是怎么了，是信上说什么了？"见屋里二人神色不乐，曹寅自然想到了远方的成德。

"你倒来的好，我正为这个生气，成哥儿一切都好，劳你们惦记着。只是你哥哥远行，怎么你竟也不来报一声，我也是白疼你了。"太太面露愠色道。

曹寅瞧了眼玉禄玳，玉儿正努嘴儿做鬼脸，便笑道："原来为这个，儿子这不来讨罚了么？太太若生气，只管拿我开发舒坦了才好，若是气出皱纹儿，等成大哥回来不认得额娘了，才真是我的罪过了。"说着，重又行了个礼，逗得太太扑哧一声笑出来。

"哪个跟你这臭小子逗闷子！既然来了，少不得也跟你议上一议。唉，茶呢？"

玉禄玳见无人在旁伺候，便欲出去唤人送茶，曹寅笑说不敢劳烦，玉儿笑道："多亏子清哥来得及时，我来了这半日，净听数落了，都没得茶吃，偏你嘴甜，是我借你的光儿呢！"说着调皮地回望太太，扭身儿出去。

太太在身后笑骂："死丫头，挑理挑到干妈头上了，偏不给你吃！"又拉了曹寅坐下，叹道："玉儿可真是个好的，都是早年就没了娘的，我家成哥儿媳妇偏是个没福的人。"说着，又举起帕子拭泪。

"好端端的，怎么想起这个？"

太太即刻又放下手帕，若有所思道："这不成德也擢升了嘛，我便想着，他媳妇的封号也该有着落了，正盘算着进宫跟娘娘讨去。"

"是这样。只是讨封的事，主上若没意思，咱们自去说，总是不大乐意的。不知太太怎么想？"

"按理，是该一并敕封的，许是上头忘了也未可知，这会子我也顾不得这许多。媳妇儿在我家伺候这几年，竟比我亲闺女还亲，我这一辈子，不都是为了你们这些当小辈的？就是惹恼了娘娘，我这心也没有不甘的了。"

"太太可算是天底下一等一的婆婆了，真是可惜先大嫂子没福。"曹寅跟着叹息起来。

"嗯，只是我愁的不是这个。"

"再没别的了？"

"说句造肆的话，到底舍出我这张老脸，娘娘不该不依的，成德如今封了正四品，媳妇儿少不得也该赐个淑人。既能赐号，少不得按规制行礼才不让人笑话。按礼，淑人停灵，只可一年的，再不安置，逾了期，便是僭越了，若是这样，可是怎么说怎么不是了，连带着他们父子遭人诟病，我就更担不起了。"

"太太想得倒是周到。可有什么难处？哦，成德回来可还有些日子呢。"

"嗨，甭指着他啦！爷们儿家家的，哪里懂在这些事上操心，再者——"太太把"他如今势头正盛，这样的事，没的教他沾了晦气"的话咽了回去，"再者，正如你所说，他回来还有些日子呢，呵呵。"

"是，是。"

"可偏我这身上一直不好，场面上的事儿怕是应付不来，再者白发人送黑发人，想想总让人伤心，如今正为这事儿发愁。"

曹寅："太太说的极是。先大嫂子的事儿一日不了，怕成德大哥哥的心一日也放不下，不如请个强人帮忙料理一下。"

太太："哪里去请这样的能人，肯出这个面？"

曹寅："玉儿不是向来跟府上走得殷勤？"

太太："她？我还当你少年老成，是个能商量事儿的呢，竟这么不着边际！她一个没出阁的姑娘家，能长了三头六臂？竟为这种事儿出头？我若是她亲额娘，也断不叫她出来的！快休提了！"

曹寅："太太休小看了她。她认您作干妈，却连她的本事您并不知道。我也是听御前行走的侍卫们闲时聊起来的，说瓜尔佳大人这么多年来未续弦，把一大家子全交给了个闺女，小小年纪竟能举重若轻，偌大的府第，教她料理得井井有条，一丝不乱，还说，不知以后哪个有福分的，攀了瓜尔佳大人这个高枝儿不算，还白捡个如花似玉的女总理。"

见太太不言语，又拿不定主意的样子，曹寅接着道："这两年两府里走动的频繁，家里大小事，她都知道，上下人等又都知道她的脾气秉性，加上她是外人，哪有不惧怕的呢？即使不畏惮，外头的脸也是要顾的，不然，太太岂能饶了他们？"

太太："虽这样说，外头的人看着也不像啊。"

曹寅："外头的亲眷，多半也是相识的，大家行事出身，礼上料也不会出什么差池，纵有一时不到的，太太指点也就是了。"

太太："你这么一说，我倒是想起来，上回我府里做寿，原说家里冷清不做的，后来都是这丫头，又是下帖子，又是摆戏台，说是全为孝敬我，足足热闹了三天才散，不知道的还只当是我的亲闺女呢，连夸她好，又说我有眼光，如今你提了，少不得我掂量掂量。只怕若是喜事倒还好，这白事上的她家里不肯，开了口若被驳回，岂不难堪？"

曹寅："瓜尔佳大人素来是古道热肠的，两府走得又这样亲，料也不会推辞的，不过依我说，太太定要先问了玉儿，她答应了才好，太太有所不知，那府里的事，瓜尔佳大人和咱们家老爷一样，向来是不问的，又是凡事都宠着，闺女定下的事，他必依的。"

太太顺水推舟得了这个主意，又屡屡以"多早晚把这份家私交给个你这样的人才教我放心"的半真半假的玩笑话逗玉禄玟，惹得玉儿推脱不是，应承也不是，半推半就筹措起苇卿的殡仪。

三

雅克萨城在左岸隔江相望，不远的从前，那是当地打虎人的生息之所，是黑龙江上游最繁华的贸易口岸，现在，却俨然成为一个军事堡垒，高耸的城墙隔断了原本通畅的视野和人心。对沙俄人来说，这里只是个据点，所以，守城的军民人数并不多，使得孤零零的小城显得更无生气。萨布素和成德的兵马都被雪白的披风掩盖着，二人像两尊塑像屹立在临江的峭岩上。说脚下是江，其实冰封的宽阔江水早已经被厚厚的积雪覆盖，只江心一带被北风扫得平整如镜，雪粒在江面上扶摇流连，像横亘在两岸间一柄利刃上闪过的寒光。一路行来，指导严孙友将沿途陆路上的地形一一记下时的兴奋已经不见踪影，萨布素的脸上，只剩下深深的斧凿一般的痕迹。

行军队伍的大旗，是离开雅克萨城很久后才展开的，萨布素的话匣也是队伍走在不见人影的茫茫雪海里才打开的。沿江的冻土上，结了薄薄的冰壳，铁蹄砸在上面，噼啪作响，队伍呼啸着驰骋，偶有路过的边地百姓荷网向官军招呼，少有人注意骑技不佳的寇儿——两条猎狗随马队跑得累了，四处找水喝，竟溜到江上去，那不远处的江面上，早有当地渔民开凿出的冰眼，返上来的江水又冻出薄薄一层冰，猎狗养得肥，这薄冰不禁重，转眼其中一条就陷下去，留在冰上的呜呜地叫，寇儿见唤不回来，便掉转马头去捞，谁知冰眼周围也开了缝，高头大马一踏，人马顷刻之间翻了进去。听见呼救声，成德也慌了，下马来救，才跑了几步，就被萨布素在身后喝止住，俯在冰面上一动不敢动。

将军止住众人，自己麻利地卸下铠甲，小心翼翼地溜着前行，只勉强走出几步的距离，脚下的冰就开始咔嚓作响，将军抬眼细细检视面前的冰层，狠命一跃，铁塔一样的身躯重重砸下去。虽浸在刺骨的江水中，将军反倒更精神焕发，挥舞开的双臂每划一下，就有冰被落下的双拳砸碎。成德早呆了，随军将士们却不急着上前，原来，跟着的人都知道这萨布素将军谙熟水性，尤善冬泳，只是一般无缘得见其身手，今日凑巧有机会目睹将军风采，所以都兴高采烈地叫好助威。

一场风波过去，行军更快了，将士们都谈论着方才的精彩场面，只有萨布素觉得成德一直沉默，兴致也不高，以为少些军人的热情："宁走封江一寸，不走开江一尺。眼下算是好时候，咱们已经少受不少罪了。"

没来得及开口回应，一口北风呛得成德咳得厉害，萨布素冷冷道："我原以为，你不过是皇上身边的近亲，到我这儿不过是镀个金，现在看来，还是我小瞧你了？"

"对面并非主力，我军几千人马，足可轻取。只是其一，我军沿江无驿站，无粮站，边防线不完整。既战，准备就要充分，粮草接济是重中之重，其二，战后防守不可小觑，倘一时疏忽，敌人卷土重来犹未可知，须谨防'用兵不已，边民不安'，不能留后患。"成德所答非所问。

萨布素微微一笑，像看着一个初出茅庐的孩子，他的态度令成德很无奈，但却是从未有过的轻松，以至在无眠的暗夜里，仍然能忽略寒冷带来的咳疾，忘情沉浸在回忆深处无法自拔，他再次梦见她的身影，消失在雪夜里，直到凌晨时分沉沉睡去，错过了开拔的号令。

"朔风吹散三更雪，倩魂犹恋桃花月。梦好莫催醒，由他好处行。无端听画角，枕畔红冰薄。塞马一声嘶，残星拂大旗。"他想，她最好永远这样温暖地围绕在自己身边，合上眼，就能感受到，忘记寒冷，忘记身上的沉疴，无意识地夹在队列间在马背上颠沛时，他不时这样想，被马牵引着冥想着……

四

　　萨布素体谅成德雪地行军为难，又垂涎严孙友的才能，带了画师绕了远路勘察宁古塔周边地势，留成德小队直奔主城，睡梦中的成德得到这样的安排命令多少有些惭愧，一路上总惴惴不安，直到一袭红袄闪过眼前，跃然消失在几户萧索人家时，成德才被蔻儿的惊呼唤回神："那是春丫？咱们快进城了！怎么她一个人偷偷跑出城来了？真够野的！"

　　"对了！"成德恍然："果真是她？！真真该死，竟把这样的大事忘了，那该就是她说的她爹吴光骞家！跟她过去！"说着，翻身下马来，"哎？大爷！人马呢？"蔻儿急问道。

　　"你带回去！"踩着积雪"咯吱咯吱"响，成德头也不回地去了。

　　蔻儿却更急了："那，那哪儿成？不跟个人能了得？"见成德已经不放自己在心上，踩着脚道："又上来那劲儿了，啧，兰翎长！带人回去，安顿了来此回明！"那被唤作兰翎长的应和着掉转马头去了，蔻儿则紧跟着成德奔那一片大雪盖顶的矮棚来。

　　远远望去，几座木棚上积累了多年的雪顶像极了一丛丛巨大的野白菇，不是屋顶与雪地之间还有一道狭窄的缝隙，几乎看不出这是一带民房——一户人家最是惹眼，雪已经埋到了窗棂下，只在一扇被长短不一的破旧木板钉满的蓬门前，略略清出一条仅容一人行走的小径，即便如此破败，那门框上仍然挂着匾额，粗粗地刻着"秋笛馆"三字，"馆"字已经被剥蚀得字迹不清，那匾额钉得不牢，风过处摇摇欲坠。

　　成德苦涩地笑了笑："该是这儿了。"猫着腰，拍开了蓬门。

　　屋外风太大，里面人并未听到门响，成德兀自进得门，暖洋洋的气息扑面而来，当地的火炉上坐着沸水，炉子下的灶坑里，炉灰是新拨出来的，半掩着一个巴掌大的纸包，成德以为，那该是供吃食的东西，可冲进口鼻的

怪味却逼得成德屏住了呼吸，原来，离火炉咫尺之遥的，竟是一个鸡窝！窝
是土坯砌成，顶上盖着块厚约半寸许的平整木板，板端已经被熏黑，板下传
出清亮的咕咕叫声，这外间屋里除了鸡窝旁戳着的一个敦实杌子，并无半点
陈设。成德环视着这外间屋的"墙壁"——那只是一层层斑驳的树皮，成德
想，这块板该是这家里最像样的家当了。右手边还有一间小屋，隐隐的光线
从门上挂着的补丁摞补丁的棉帘边穿出来。

　　成德听见小屋里隐约有人言语，又有人轻声叹道："怎就看绝了？我看
倒是一日好似一日呢，你看，她气色不比前几日红润了许多？你那日送来的
鲫鱼，我看她倒能克化得动呢，再过几日，许就大安了。"

　　又有女声道："正是这样！先生这么说，我再把外头得的糕饼取来些，
有正经吃食，倒比那苦药汤子来得好。"

　　"虽这么说，你可哪里淘来？倒没的难为你了。"

　　女声突然遁了，良久道："一声儿也没叫过，做点子事没谁说什么。"
语罢，棉帘子"扑喇"打起来，正是春丫，看见成德，怔了怔，强道："我
说过的，他是冤枉的，他是我爹！"春丫把最后一个字咬得很重，恨恨地。

41 | 绝域傲骨

一

后脚赶来的蔻儿被春丫的怪异神情唬了一跳："你怎么了？大爷正是来看你爹的，还不唤他出来见？"

"谁在外头？"微微打颤的话音未落，一只修长粗糙、青筋突起的手缓缓打起了帘子，帘后的人并不细看两位来人，只略略瞥了二人的装束，便怠慢道："你们回去吧。在下先前说过，教，我是不推辞的，只是你家小爷既想读书，就该有个读书的样子，我已经一把年纪了，再风里雪里老天拔地上赶着你府上伺候，怕不等你们主子厌烦，我自己先咽了气也未可知，话已说定，我便不再啰唆了，请。"说着，一甩袖，做出个送客的架势，挑帘便往回去，一身烟灰色破旧土布棉袍两肘和袖口打满了各色补丁。

"吴先生！"成德热切的一声唤，是吴兆骞多年没有听到过的，几十年来，更多充斥在他耳畔的，是下里巴人的冷嘲热讽，是好事者的刨根问底和边关军士特有的粗声大气的喝令，即便也有热情的乡里偶尔送来最纯粹的温暖，也没有人亲切地尊称他"先生"。

"吴先生，顾，不，虎头兄，托我来看你！"

吴兆骞颤抖着再转回头时，沉静沧桑的脸上，深深凹陷的双眼已然噙满了泪水，像贫瘠土地上两眼清澈的泉。

……

春丫把警惕抛到九霄云外了，跟着蔻儿欢欢喜喜进城打酒办席。听说吴家来了贵客，左邻右舍的乡亲都来瞧热闹，那情形许是过年时节都不曾有过的：有特特拎了冻鱼冻肉前来道喜的，有得了信儿只为插手瞧热闹的，有惦记着吴家的鸡，旁敲侧击着，说主人若是真回南，这家当也不值得带去，不如留下自己照看的，吴兆骞一一应承了，或热情道谢，或细心介绍远客，抑或只冷冷赔笑，不多言语，因实在办不成像样的酒席，便只诚意邀请其中一位留下陪客。

那被留下的名叫杨越，也是蒙冤流徙宁古塔的江南人，在戍所与吴兆骞毗邻而居，为人豁达慷慨，又颇通文墨，而吴杨这样的流人虽是刑余，却尚且自由，因此得与吴兆骞有深交。

极度窘困的吴兆骞，腾不出屋舍款待成德，就在里屋炕上扯了道白帘，将炕里炕外隔开，帘外设了杨越从自家搬来的粗木炕桌，又置了三个粗碗，其中一个上了细釉，却是镪过的，吴兆骞将外间屋火上坐的开水拎进来，分别倒了，只当算是茶，余下的水正要送出去，恰巧春丫随蔻儿已经采办回来，顾不上摘下白貂风帽便接了铫子出去添雪，吴兆骞见春丫小脸冻得已经通红，不忍再支使，推让再三，春丫笑道："先生怎么了，又不是头一遭。"说完扭身儿顶着大风推开门去了。蔻儿心不在焉地布了席，想起火炉旁的柴火不多，便告退下去劈柴。一时间，里间谈笑风生，外间屋里噼啪作响，沾了雪的铫子坐在火炉上，刺刺啦啦地沸着，炉火也越烧越旺，小小的秋笳馆顿时热气腾腾起来。

二

春丫飞快地从炉灰里拨出先前埋下的纸包，是几块香喷喷的糕饼，捧在手里止不住吹："真香，咱们就来这个吧。"

柴劈得累了，蔻儿早饿急了，顾不得吃相，嬉笑着埋头大嚼起来："唔，好吃，哪儿来的？"

"喏，"春丫向里间一努嘴："杨先生家做的，他家大娘手艺可好了，人又好，总给吴先生送这些。"

"你不是说他是你爹吗？"蔻儿早就纳闷她对吴兆骞这样称呼。

春丫神情复杂："他，他不愿意人家知道我是他闺女，是怕连累我。"

"怪道呢，竟把你送给那个猎户养。"

"也不全是，你也看见了，这个家养不活我，他才将我送了人。"春丫不愿多说，拍拍手上的渣滓，拾起块断木继续劈柴，蔻儿也不便多问，默默接过她手里的斧头。

三

"成大人没见过这样的席，好歹算是乡野人的意思了吧，可别嫌弃。"吴兆骞坐在炕里尽地主之谊。

"吴先生说哪里话？晚生此行又不是专为吃酒而来，能得见您一面，回去向顾兄也有交代了。"

"虎头？可有年头没见他了，只信上说好，他如今到底怎么样了？"

"他，他还好，只是为先生的事一直悬心，这些年四处奔走，人是沧桑了许多。"

"唉，真难为他了……"想到故人为自己奔波为难，吴兆骞不免动容。

"是啊，这么多年来，顾兄碰壁无数，却从未言弃，成德也深为折服，只是不知这样的高情厚谊是如何得来的呢？"

"呵，想来，我们二人的交情是有些年月了，当年一起闹过的笑话儿也够说上一夜了……"

原来，尚在总角时的吴兆骞，就已经个性倔强难服管教了。这日清晨，兆骞贞观与一众学童正在学堂里受讲解，偏有教书先生的泼皮娘子闯进来叫嚷："你个书呆子，只管埋头卖命，也不抬眼瞧瞧行情！"

先生生性懦弱，不敢回嘴，只好听那娘子接着向座中的众学童数落道："你们的学问都读进狗肚子了？知不知道今儿是什么日子？八月二十七！你们孔圣人的日子！你们出去看看，哪家的教书先生不是收礼收到手软啊？甚或那有钱人家的子弟，给人家先生送银子、送车马的都大有人在！偏你们这些穷鬼投胎的，一人花上个十文八文就能饿死不成？让我这给教书先生做娘子的出去可怎么说？脸都丢尽了……"

座中的孩子们早被骂得一声也不敢吭，先生听得脸红耳赤，手把戒尺敲着桌案咕哝道："唉，真是有辱斯文，别叫人笑话！"

听得此话娘子气性越发大了，扯下油布包头巾往地上狠命一摔，一声断喝："我不怕人笑话！斯文？斯文能值几个钱？你有本事拿回钱来堵我的嘴！"先生实在难为情，挡着脸躲了出去，留娘子一个人讪着，事不如意更把气撒在孩子们身上，肆意辱骂不堪入耳。其中一个年纪稍大些的孩子知趣，猫着腰拾起了扔在地上的包头巾，回身小声和学弟们商量凑些小钱给师娘赔不是，可轮到顾贞观却犯了难，看着学长手里包头巾上刚集来的十来个铜钿，直往后躲："我这两个小钱，是我娘省下来给我打点伙食的，我，我不给。"见小贞观死死攥着手里的铜钿，师娘又腰骂道："呸！下流胚子，合该回去穷死！你们家里丢人现眼成这样，你还来上什么学？明儿起不许再来，接着给我收！"

在一旁冷眼观瞧的吴兆骞早看不下去，哼了一声上来抢过包头巾，扭身儿往外跑，众人不解，纷纷凑到窗口瞧，只见这强小子躲进角落，背对着众人窸窸窣窣鼓捣了一阵，不知搞什么鬼，片刻后，抖了个机灵便又拎着那鼓鼓囊囊的头巾回来，一把递于师娘，坏笑道："给，孝敬您老的！"

师娘心满意足接过来计数，这一打开不要紧，一泡童子尿热气腾腾地溅了一身，满室的腥臊气冲得众人直捂口鼻，学堂里顿时笑闹作一团……

成德和杨越听罢，也忍俊不禁。

"那日我被打了几十手板，又去罚跪，没的饭吃，虎头拿着他娘给的那两个铜钿买回一块定胜糕来，说等咱们学成得了功名，再也没人敢欺负了，那块糕啊，真是好吃……"

看着吴兆骞眼里闪烁的泪光，二人都收了笑意。

吴兆骞解围道："我原没想到竟能再见关中人一面，今日见了，也算了了一桩心愿，不再求别的。"

"不，吴先生，顾兄在京中一时也不曾忘了对您的许诺，只是，只是赎归的事尚需等待机会。"成德未提及筹措不足黄金便赎归无望的话，是想给吴兆骞一个希望。

"什么赎归？！"杨越听罢变了色，放下茶碗愤愤道："不就是花银子买张赦令？"

吴兆骞起初未细想成德的话，听杨越的意思，顿时明白过来，也失望地叹道："是这样，你们竟是为了这个奔波？那么，我看不必了罢。"

"吴先生何出此言？"成德不知自己哪里说错了。

"成大人，我忍辱求全几十年，不是为了苟且偷生，我吴兆骞一生没做过亏心事，他清廷里但凡有一个明白人，也不至于我蒙冤受屈，贿赂考官的罪名我至死也没认过，这么些年我白吃了这些苦，白受了这些罪，我更不能认！"

"吴先生说的何尝无理，只是乡愁难捱，莫说先生在这冰天雪地已有年月，便是晚生我，这才离开京中几天，心也早就飞回去了，先生何苦再自己过不去。此计已有望，先生只宽心等就是了。"

"唉，几十年了，做梦都想家，老娘盼我回去，眼泪都哭干了，我怎会不动心？只是，没个明白说法，那这罪名就是坐实了，纵然回得去，我也百口莫辩，我不能让你们花银子给我买个贼名！"

"说的对！"杨越与成德相对，盘腿坐在炕稍，听吴兆骞一番话，拍腿笑道："老吴是个有骨气的！"许是人长得壮硕，盘坐得久了发麻，炕又烧得热，便索性撇开一条腿，叉在炕上铺的毛毡上，又伸手将炸得发亮的豆子扔了一个在嘴里，大嚼着道："要我说，别看我们是流人，要真说自由自在呀，我看你未必比得了我们哪！"

"杨先生的意思，您是把根扎在这儿，不打算回去了？"成德原想着既然吴杨二人同命相怜，听说一个有机会回去，那一个哪有不羡慕的呢，未料想杨越竟是这样的态度。

"不回!"杨越答得异常干脆:"你说着了,这儿就是根了,人哪,飘到哪儿算哪儿,在哪儿咱都不弯腰!咱自己的名声,好了,那是靠咱自己行得端做得正换来的,不是谁写张纸儿封的!坏了,也由他们说去,谁还堵得了谁的嘴不成?我们这样一把年纪的人了,还能有多少日子?活得自在些比什么都强!"杨越说得硬气,眼里却泛起了泪光。

吴兆骞见杨越不言语了,缓声向成德道:"他如今的名字,是后来才改的,正取故乡的意思。"说完,偷觑了正摩挲着膝盖兀自叹气的杨越一眼,也沉默不语。

杨越装作没听见,猛一回头,不教那两个看见眼泪,又端起面前的粗碗,细细喝起来。

成德生怕杨越的论调把吴兆骞说通,再次试探着问道:"可这里天寒地冻,道路又不通,我此行一路上所见,无非一片蛮荒,先生在这儿能做什么呢?"

"成大人,天地不可怕,可怕的是人心!"杨越眼一亮:"不过你说到蛮荒,这倒也不尽然,热闹的你是没见着!你没听说?"又转向吴兆骞道:"上月往会宁府集上去的人,有拿一本旧书换一头牛的!"说着,带着满脸的憧憬。

吴兆骞已有些醉意,红了脸嗤之以鼻:"啧,又是你那套!我说你呀,真忘了自己是个读书人了。"

"读书人怎么了?也要吃喝嘛,太清高你小心饿肚子。我问你,洛阳纸贵是怎么回事?你既然都开馆教书了,还不知道老百姓求学若渴?要我说,咱们从中做些贸易,既给自己添些进饷,又是助人为乐造福一方的好事儿!哎,将来你真回去了,记着留意些好书、古籍,对,字帖!字帖最好!又不贵,人又最缺,啧,唉呀,"杨越撸起一节裤腿,露出长长的腿毛,舒展地叹道,"你信不信,老吴,大有可为!"

"行,行了,你真有辱斯文……"吴兆骞恨恨瞪着杨越,笑骂着,又呷了口酒，向成德道："你不知道，先前他还好些，因水性好，前些年充了棹卒，谁知从江上回来，就变了个人，真真俗不可耐。"

"你看你看，说你酸你就喝醋，你这眼见得归乡有望的人了，为老朋友做些打算总算应该的嘛！"

"正是正是！"成德忍俊不禁道："吴先生还要细细思量，以先生之才，埋没了岂不是罪过？我此来，其实还有句话要向先生建议，先前巡幸小乌喇时，皇上曾欲封祀长白山，只可惜长白山这样偏远，寂寂无名，古往今来，并无像样的词赋或祭文可用，先生在此几十年，想必深谙此地风土人情，如果先生肯向朝廷献上您的大作……"

"哼！困我于此二十余载，如今你却要我替他们歌功颂德？！我不做！成大人，我乃一介布衣，受不起朝廷这样的抬举！"

"这？不瞒先生，私下里晚生确实提起过您，"成德不得不撒了个谎："我听说皇上的意思，并不以您流人的罪名斥责，反倒出了这么个题目请先生一展才情，我方才正是怕先生多心，才没提，先生再想想？"

"他这些年文采都被冻住了，变不出来了，又放不下面子，只好这么说，成大人别信他。"杨越看出成德为难，因深知吴兆骞的秉性，便使出了激将法，边撇嘴边向成德使眼色。

成德会意，笑道："哦，原来是江郎才尽，成德不知，难为先生了。"

"你们！哼！"吴兆骞气呼呼放下筷子不言语。

三人正僵持着，白帘那头传出一阵微弱的嗽声："老爷！"吴兆骞赶忙转身掀帘进去，成德惊了半晌，向杨越示意，杨越低声叹道："兆骞内子！多少年啦，一直病着，原本因这病可以免于流放的，硬是撑着一个人跟了来，日子过得苦，病也不好将养，这两年更甚了，竟………"杨越放低了声音凑近道："竟有些下世的光景了，这白布正是他卖了旧褂子才备下的装裹。"

"是了，进来时确有言语的，我一时疏忽，竟没在意，罪过罪过。"成德甚是自责。

正说着，帘内又是一阵干咳和呜咽，半晌才有吴兆骞怔怔地蹭出来，一字一句吐道："我写。"屋子低矮得很，吴兆骞站在炕上，几乎顶着棚顶，虽低着头，却像比初见时还高了些。

成德没想到，外间屋里鸡窝上那块平整的盖板原是书案，没有像样的纸张，仅有的那块白布便被扯下来平铺着，油灯有些暗，吴兆骞便凑得极近，花白的胡须垂下来，随着笔触在布上抖动，与其说是在写，不如说是雕刻，将这凄风苦雨的几十年光阴，一笔一画地刻在这一片雪白底子上，刻出一幅雄奇壮丽的江山："长白山者，盖东方之乔岳也。晋臣袁宏有言曰：东方，万物之所始。山岳，神灵之所宅。我国家肇基震域，诞抚干图，景历万年，鸿规四表……"

四

夜深时分，从灯影摇曳的秋笳馆出来时，成德已经是酩酊大醉。蔻儿不放心春丫同行，春丫却执意不肯留下，随蔻儿强挣扎着扶成德回城去。拉扯中，谁也没在意揣在成德怀中甲衣深处的书帛已经扯出大半，倒是成德自己迷迷糊糊地一掖再掖，索子甲胄极硬，踉跄行了一路，成德就掖了一路，连着右边围裳也一并收起来塞进甲衣里，下肚的老酒太烈，烧得成德心里滚烫，丝毫觉不出冷。

五

蔻儿安顿了成德和衣睡下，又径自来到后院东南隅上的马号里，为成德的绝地宝马添草料，却见春丫早已在那里等他："我爹说，他们回去就在这几天了，我猜着你放不下，一定来的。"

"嗯。"蔻儿点点头，不住在马头上摩挲，马也像看懂了什么，目不转睛地看着蔻儿，把鼻子往手里凑。

"你后悔了？"春丫道。

"没，我没有！"蔻儿辩解道："我，我就是舍不下。"说着，竟拿袖子拭起泪来。

"要不，你还是随他们一起回吧，说到底，你还是皇城根儿底下的人，跟着你们爷，将来出息，留在这儿终究不是个事儿，我，我不想牵绊你。"

"你说的真心话？"

春丫无语。

"我不是为了出息才跟着大爷，眼下留下，也不怕谁来牵绊我。"

"那，我呢？"

蔻儿调皮地笑着："我要是说，留下也不光是为了你，你生不生气？"

"要说这人哪，都是活个奔头儿。从前跟着大爷读书时，我就是跟班儿，跑前跑后没个闲，可是有奔头啊！今儿乡试中了，明儿殿试中了，要说我们大爷，那是真出息啊，跟着他，我们这些做奴才的，得了多少体面？知道我们是成大爷的人，满城哪府里的敢不给我们笑脸儿？大爷待我们也好，有一回，我们太太发狠要打死我，大爷听说，都把他亲妈顶撞了，我就发誓，只要爷不厌弃，我就跟着大爷一辈子，不指着什么出人头地，就当跟班儿，小时是小跟班儿，老了我就是老跟班儿！那时候，你想啊，白白净净一老头儿，无牵无挂没心没肺，晃晃悠悠得意扬扬，闲来无事摇着扇子跟街上那么一走，哎，我，哎，又一老头儿，就捧着茶壶垫着帕子跟在他屁股后头，'爷，您这边儿请，''哟，爷您留神！''爷，这家馆子新开的，咱去溜溜？'嘿，那日子得多舒坦！"蔻儿比划着憧憬着，表情复杂地笑着。

"可咱们说了不作数，日子怎么过，谁也看不到头儿。自从上次因为你爹的事大爷背着老爷求过皇上一次没准，老爷就开始不大放心大爷了，几次命我看着他，不许他不待见的人跟大爷走的近，那顾先生就是他逼着我赶走的。按说老子看着儿子，本也不是错，也是怕碍了他的前程，只是大爷有他自己那一套，跟老爷是越发疏远了，老爷那个人，是再摸不见底的。我怕老爷，可我说什么也不能再给大爷添堵了，这样的事做多了，迟早有一天，大爷要恨我，要是因为这些，我倒也不怕他恨，可依着他那个性情，真逼出个好歹来，我是万死也难赎啊。反正留不留下，他都要恨我，不如就来个痛快的，但愿经历这一遭，以后他能凡事留个心，谨慎提防着些。"

"这些事，你们大爷都知道吗？"

"不说了，到底那是爷儿俩，打断了骨头连着筋，再因为我周全不来伤了情分，我罪孽就大了，正像老爷说的，要不是我这个奴才从中调唆，没准他也听话些，呵呵，原来是我的过错。"

"所以你就躲了，宁可当这个逃兵了？"

"你真没良心，没有你，我会留下？"蔻儿说着玩笑话，却不觉落下泪来，"老爷料事不会错，你爹回乡的事，不是我说丧气话，就算大爷再有能耐，我看也是难的，索性我留下来照看照看，就当替他最后办回差。可是，我，我可怎么跟他说啊……"

有春丫陪在身边，蔻儿觉得可以哭得放肆些，就呜呜咽咽地出了声。马号外的雪地上来来回回留下了杂乱的足迹，被风吹得清醒些的成德还以为自己是在梦里。

六

是夜成德就放出话去，三天后率队返京，可是第二日正午时分，几百人的队伍就不声不响地撤出了宁古塔城。等城外戍所旁的鸡陵山上，正打雪仗嬉笑的蔻儿远远望见时，人马已经迤逦在天际。

"臭小子，你先在这儿替我好乐吧。"成德大笑着，把手里的正黄旗舞得上下翻飞，侍卫们都以为这是在卖弄技艺，加之数月颠簸，终于踏上归程，众人难免兴奋，都奉承地喝彩，叫好声绵延开去，响遏行云。

七

这年的冬天比往年都暖，双林禅院里，各色桃花出人意料地绽开了，满院子的碧桃粉嫩娇艳，间或有千瓣白桃和洒金点缀其间，那繁盛景象，竟使人误以为时令正好，春意盎然了。

玉禄玧在曹寅的陪伴下，好歹说通了翠漪肯以俗礼为苇卿送殡，了了一桩心事，与曹寅步出禅院时，心情大好："先前我只说翠漪这丫头古怪，寒冬腊月的，这满院子的桃花哪里能开？她却偏拿这个来说，说什么请先大嫂子赏了这花再走，我只满心说她故意刁难，谁知这花竟真的开了！可知非但不是她刁难，更是大嫂子成全我，阿弥陀佛！"说着，双手合十又念了几声佛。

"你也跟着他们太太学的这样。"曹寅笑道："这里三面环山、藏风聚气，桃花开得早本不足为奇，只是亏得她照料得这样尽心，竟比宫里暖房里养的还精致呢，瞧着花开得真热闹。"曹寅心里是七上八下，深以为怪，嘴上却应和着玉儿，哄着她高兴。

"子清哥！你盯着我看什么？"

"没，没什么，只是我见你平日最喜欢的衔月钗，怎么不戴了？"

"哦，那个，"玉儿支吾道："不喜欢，搁丢了呗，偏你总在这些事上留心，比我们女孩儿还细。如今万事俱备，这几天就择日子，办妥了，好向干妈交令，哪还在这样小事上费心的？前儿你请的那位主文相公发的墓志，我看不懂，还劳烦子清哥给把把眼……"

"敢是你胡诌的吧？"曹寅不等玉儿打岔，先打断道："那一样不喜欢，别的也不戴了？看你，通身上下都冷冷清清的，虽说招摇了不好，可也不必这样俭省啊，这些日子你操持着他家的事，太太也不管你？不打扮得伶俐些能压得住人？你那样聪明能干，怎么想不到这个？竟忙成这样，混忘了不成？"

玉儿平素喜欢打扮得花枝招展，可这些日子却总清淡妆饰，曹寅当然留心，此刻问起来，玉儿却执意不肯细说，甩开曹寅径自要去，曹寅生生唤住道："玉儿，我要南去了，也不知多会儿再见，我有一句话。"

"子清哥！我知道你的心思，我，我对不起你。"玉儿没回头。

"我知道，我不怪你，只是不放心你，玉儿，须知人上有人，天外有天，人人心里都有自己的算盘，今后无论如何，要记着对得起自己，多心疼自己，好好待自己。"

八

入了居庸关，便是故土了。可不知怎的，成德心中的望归之情反倒淡了许多，千里跋涉，人马也着实疲乏，恰有成例，出关回京的队伍应驻军请旨，令到才得入城，暮色已然低垂，成德索性下令暂在关内驻扎，修整一夜。

干酪和肉干的腥气令刚从剧烈的咳嗽声中挣扎过来的成德反胃，像样的晚饭不得吃，憔悴的双颊早被漫长艰辛的羁旅苦楚折磨得微微下陷，并不熟悉的侍从偶尔也有无关痛痒的问询，毕竟是陌生和冰冷的，成德心里说不出的孤单，索性裹着黑绦氅衣踱出帐外。傍晚边关的冷风并不伶俐，拂面而过时夹带着些许雾气，天边落日仅剩的一抹残红被更浓重的雾气笼罩着，使那红氤氲开来，看不出有光亮。又一阵风送来湿润的凉意，成德打了个寒噤，紧了紧衣领，走进风里："又要下雪了。"

夜幕来临前的雪，总是最深情的，静静地散，悠悠地飘，星星点点、缕缕片片、影影团团，把千般意趣和万种情思，都细细密密地织进洁白的丝绒里，再舒展地铺开来，铺满天际。没有狂风逼迫，借着最后一缕天光，飘在眼前的雪花显出形态各异七彩的光影，看去摇摇欲坠，可待伸手去接时，却又调皮地闪躲开，也有痴痴地被抓住的，在手心里融化成晶晶亮亮的一滴清露，美丽，只在刹那之间。这样的雪，不像柳絮轻浮，不像芦花汹涌，那就是一场纯净的雪，点染在迷蒙混沌中间，把阴沉的苍穹拉远，把厚重的山川夯实。等朗月高悬，冷雪初霁，则大地澄明，周天一洗。

　　没有侍从围绕是好的，难得的清静。成德也自知，心下的寂寞和孤独远不是简单的陪伴可以慰藉的，有时，即便近在咫尺，心也远隔天涯，"那许是更苦痛的孤单吧。"成德这样安慰着自己，向身后长长的背影喃喃吟道："非关癖爱轻模样，冷处偏佳。别有根芽，不是人间富贵花。谢娘别后谁能惜？漂泊天涯。寒月悲笳，万里西风翰海沙。"

　　"许久不曾听到这样的好词了。"几声缓慢沉静的掌声在身后响起。

　　成德循声望去，惊喜之余，指着那人一字一顿道："顾虎头！"

　　那顾贞观由严孙友领着，正立在下风处朝成德笑着摇头，成德放开衣襟，大步上前，托手笑道："你是驾了筋斗云，竟找到了这里？"

　　原来，按清初法令，汉人无旨不得出关，这居庸关已经算是平民所能及的最远处，而先前顾贞观为筹措赎金已经远行至福建，今见友人为自己接风竟远行至此，成德不免感动。

42 | 翻云覆雨

一

烛火融融的大帐里，谈笑风生。

"此行着实辛苦，竟比先前清减了许多呀。"顾贞观轻通了通茶炉，军中轻骑简从，没有像样的器皿，可壶里是从遥远的八闽之地带来的建莲，正飘散出缕缕甜香。

"快休提这些，呵气成冰啊！你问他！"成德向炉身搓着双手，笑向严孙友。

"哎，我可是主动请缨去的，还好，还好。"严孙友连连摆手，可到底南人北行水土不服，途中又手不释笔，指尖上早结了冻疮，却拄膝站起来，操着乡音故意粗声粗气向顾贞观道："就是东泊的将军老吓人，伊哪能嘎都嗓门？！格里！格里要画桑，兹压块，要清爽些，哎，侬索性留下好嘞，吾要重用侬！噢哟，伊交关厉害，与老福一个样子呢，吾吓要吓死哉！"严孙友圆瞪着两眼，学着萨布素将军的神情，活灵活现的样子逗得人发笑。

笑声未住，成德便又猛咳起来："不知怎的，远在关外时，一根筋绷得紧，病痛也忘了，一回来，反倒比先时重了些。"

"先时不见你如此，如今回来，合该细心调养，只是，容若，怕还要仰仗尊夫人之贤惠了，哈哈……"顾贞观以为是玩笑，却见成德眼里里一闪而过的光亮，愣住了，寄居明府时，如顾严二人般的落魄汉人，颇受成大奶奶多方照拂，如今物是人非，不免唏嘘，又怜挚友失爱之痛，少不得一番慰藉，又知成德是长情之人，未必不沉湎于旧情而不自拔，便又百般开导。

"人生百年，哪能真就巧到携手同去了呢？先去的一了百了，在的当走也该再走一步才是，成德已然时时纪念，其中之意世人读来皆涕泣不已，也算情深意重难得的了，若一味的痴情不续，岂不有妨大节，更让父母总悬心，落个不孝之名，令先时去的更不安心了。"严孙友早看出成德心底凄苦。

"话是如此说，若只为行孝续弦，虽得了人，却落得个同床异梦，我纵然能心如止水，岂不是辜负了别人？曾经沧海难为水，茫茫人海，知己能有几人？我有幸得遇一人，已是冥冥之中的大造化，哪还再敢奢求？"

"先夫人诚然是难得的，可未必就再难遇一知己，容若谙熟《楞伽》佛经，怎么竟连往生轮回之数也忘了？况且，缘分二字原就虚空难定，也要世人悉心追求渡化才可得，你只一味逃避，若是将既定的因缘错过了，不知还要再修几世，成德，人生苦短哪。"顾贞观已经是游走八方，眼观浮沉的人，他的话击中了成德的心，一直以来，成德守着那份清冷都是因为幻想着爱人重新走进自己的世界，"她不喜热闹。"冷僻的角落里，常常隐藏着成德渴求的目光。

"便是无红颜知己陪伴左右，有绝色佳丽红袖添香也是乐事嘛。"严孙友坏笑道。

见成德失神，顾贞观试探着问道："我此次上京路过会稽时，倒是听说一位才貌双全的佳丽，芳名好像叫沈……"未及顾贞观说完，成德已经黯然神伤，一句也听不进去了。

"虎头，你怎么没问吴先生？"成德猝然问道。

"嗯？"被打断的顾贞观有些尴尬："我，我不是不放心你。"和远在关外的故友相比，成德虽近在咫尺，在顾贞观眼里，到底与自己还是有距离的，所以，难免掩藏一些。

成德会意一笑："我知道。他很好，你放心，我会尽力的。"

二

时值腊月二十八，慈宁宫内外洋溢起来的喜气比别处都来得早。原来，太皇太后率后宫女眷在自己宫中赐家宴与京中有品级的外戚，用膳之余闲话家常，以尽人伦之情，皇上知道太皇太后是好热闹的，又极仁孝，自然也带着侍从摆驾凑了来，为这样的家宴添彩。

说是家宴，宫内宫外人等却仍要遵从规制，设皇帝御筵于宝座前，外戚人等如容妃之父员外郎盖山、定妃之父郎中拖尔弼、成嫔之父员外库卓奇、端嫔之父员外郎董达奇、德嫔之父护军参领威武等几十名文武京官的宴桌按各自品级，分别由先皇后之父国丈索额图、惠妃表兄太子太傅明珠带领着，列于左右，直将前殿布得满满当当，御筵屏风后里间里，面北设了太皇太后宝座，惠妃与容妃分别引各妃嫔于左右依序设席。

因后殿上看不见宫檐下陈设的乐舞，太皇太后就只与众宫人听个热闹，又不时赏菜给前殿上的宗室外戚："咱们里头的娘们儿平日里是常聚常乐，倒可怜儿这些亲戚们，一年到头难得进来见一面，虽说也是为了朝廷，可到底都是自家亲戚，来到年就都歇歇，团圆一会子也是应该的，我老太太做个东，请大伙啊，在我这儿聚聚，你们各宫里的大小主子，也不用拘礼，有什么话什么东西，就只管传出去，好歹是个意思，也免得家里人惦记。"

惠妃下坐行礼道："老祖宗开恩赐了家宴，骨肉能得团圆，足见得咱们皇家天恩深厚。这一年到头，皇上太皇太后赏下来的数都数不过来，我们再赏什么也比不得的。"

"嗯，他赏的是他的，你们的，说的是自个儿的意思，平日宫里规矩严，今儿不一样，只管行吧。"

众宫人听说，便都将先前已备下的各色礼物盛了盘命各自的宫女端出去，分别赏了各自家人，唯索额图亲女已逝，太皇太后特意命宫人将难得的几样时鲜菜肴用黄釉金龙盘盛了赏与索相，索额图自然感恩戴德。不时又从后殿里传出报菜声，道："太皇太后赏，凤尾群翅、龙凤柔情、莲子膳粥、龙衔海棠，给亲戚们加菜！"众外戚起身，恭敬谢恩。

这样的宴会，皇上需要应承的太多，难免有些心不在焉，听说后殿上众妃嫔有赏打下来，不由好奇，命呈上来一一看过。宫人所有的物件，无非是日常皇上颁赐，金玉如意之类居多，无甚稀奇，唯独蕙妃赠与明珠之物，是一部手抄《楞伽阿跋多罗宝经》，皇上见此不由笑道："还是蕙妃有心，行事大方，又不落俗套。"话传到后殿，蕙妃却一怔，回望太皇太后，谦道："皇上这是替臣妾掩饰呢，延禧宫里的所谓宝物，哪一件拿出来能和众姐妹相比？我是怕出丑，故而如此罢了。"

"哼，装什么穷？谁不知道蕙妹妹家势如日中天，宫里宫外，吃的用的都是一等一的，至于这富贵怎么来的，呵呵……妹妹不是穷，是怕露富吧？"

蕙妃被抢白得脸红，又不敢当着太皇太后辩白，正此时，听得殿下司传宣小太监报："侍卫纳兰成德奉旨进京，已至安定门。"

"嗯，好啊，回来的正是时候，宣。不过，安定门？"皇上略一深思："打了胜仗再走此门不迟，让他们从朝阳门进来吧。"

三

朝阳门，是"内九外七皇城四"的北京城最热闹繁华的城门，年二十八岁的成德，一身金甲在漫天飘飞的大雪中，率一众英武将士，鞭敲金镫回朝。虽无喜乐，人马的欢喜神情仍然使得道路两旁的行人纷纷仰头，投来敬仰的眼光，孩子们并不害怕，穿梭于队伍中间，人们都想摸摸沾着边塞雪片的战马，在除夕来临之际为自己沾沾喜气。人群里议论纷纷，有的问："这是哪位将军哪？得胜回朝吗？"有的答："瞎说，谁听说又打仗啦？这朝阳门都是运粮来的，哎？将军您这是进贡来的吧？"

起初成德也不解，为什么此行侦查是假借围猎之名而去，回朝却要这样大张旗鼓，正不知如何答对百姓，远远却有太监宋连成奉旨前来路赐："侍卫纳兰成德听旨：侍卫纳兰成德，远赴边地，觇视扰边贼寇，于肃清流寇、宁息疆域事功不可没，兼之不辞劳苦，扬我军威，安我民心，朕心甚慰，赐巴图鲁，赏上尊、金牌、腰刀等物，钦此。"身后的随行小太监们依次捧着递上。成德谢恩接旨，心中才稍许明白——皇上如此造势，可见开战之心已定，自己此行的意义更可见一斑，不由喜上眉梢。

宋连成也笑道："哟，成侍中，您回来啦！您这可真是三喜临门哪！给您道喜啦！请！"不等成德询问，宋连成早上前来牵了马，打手请主人上马。成德满脸喜色，拱手向人群致谢并请百姓让路，又从所赐之物中，拣些金银钱币，高高抛向人群。在山呼海啸的欢呼声中，前行的队伍意气风发。

四

慈宁宫丹陛下舞乐戛然而止，宝座上的年轻皇帝背手而立，旁若无人，欣慰的目光一直停留在成德带回的地图上，成德垂手站在当地，在众人赞许下，将一路上的见闻一一讲解："臣遵圣上口谕，此行自墨尔根始，至雅克萨城下，又沿黑龙江流域而下，托行围之名，得其地要领一二，沿途地势地形，皆绘制于此，请皇上御览。"

"这图是最难得的！想来此行必定也是劳苦万状，难为你了，可有什么见闻？来呀，赐酒，喝了接风酒，说来给咱们听听。"皇上说着，收起图，也收起方才不易为人发觉的望眼欲穿的神情，命人在御座左下另设了宴桌与成德。

"是。"成德皱眉饮了酒，娓娓道来："臣观边地，地广人稀，沃野千里，物产丰饶，民风淳朴。之所以此行艰难，皆因天气着实变幻难测，积雪太厚，江河冰封，人马难行，才耽误了工夫。听当地人说，塞外原也是四季分明，每年自春初到四月，风大雨急时，咫尺皆迷，夏季虽短却温湿宜人，至九十月，则又雨雪交加，至如今隆冬，才是飞雪漫天，河水尽冻，一望千里皆茫茫雪野。"众人正感叹天公严酷，为自己生在京中不必受苦而庆幸时，成德莞尔道："众位大人差矣。及到春和景明，万物更新之际，那塞北宝地，则又是另一番气象啊。"

"我大清的地界，都是好地方，不是白白送与人的。"皇上沉思道。

众外戚忙起身赞吾皇圣明，未及落座，后殿几名宫人搀扶着太皇太后移出来，见了成德，不由笑道："我一听说是成哥儿，高兴得跟什么似的，快起来给我瞧瞧！这些日子把我想的哟！"成德赶忙上前请安。

后殿上众宫人见太皇太后亲自往前殿去，都离了座，好奇地往前殿张望，竖起耳朵听消息，只有蕙妃容妃不动声色。

见有老人到场，皇上也忙让座在一旁服侍，又命成德道："呵呵呵，先给老祖宗请安，一会儿再细细说。哎？曲子怎么停了？来，接着来。"

成德无法，只好上前由着太皇太后抚弄端详："你那皇上主子，竟狠心把这么个嫩出水儿来的小哥儿扔到那种地界儿去，真恨得我牙根痒痒！你在外头这些日子，我都不知私下里骂他多少回了！成德啊，在外头，吃了多少苦，可想着老祖宗呢么，啊？"太皇太后原本丰润的脸庞，此刻更被舒心的笑意绽开，只在眉宇间留下一条纵纹，同时眼里写满关切。

"想，想着呢！孙子这不一回来，就赶着来看望老祖宗呢！"

见成德应付得有些吃力，皇上扭身儿向身后宋连成使了个眼色。

"嗯，净红口白牙地哄我，看我老了，都不把我放在眼里了。"太皇太后的刁难和戏笑着实教成德不知如何作答，尴尬之余，只有讪笑着上前为老人捏肩捶腿为自己解围。

方才去了的宋连成媚笑着端着食盘上来，拉了成德的铠甲，努着嘴示意。成德望去，却是一道黄澄澄的面点，诧异之余抬眼望向皇上，见皇上正会意点头，成德不由感慨良多，低头接过盘中菜肴，奉与太皇太后道："老祖宗您错怪孙子了。您看这不是？老祖宗可别笑话，您什么没见过，孙子拿什么孝敬您都不稀奇，想着这个算是少见的了，只是不知道可不可您的口呢，您可尝尝？"

太皇太后应着，看成德半跪在地，拿筷子将热腾腾的粘豆包拨开，将里面的豆馅拨出来，盛在碟子里。太皇太后身旁宫人方要接下来，成德知识大体地起身端给皇上，由皇上亲手喂给太皇太后。见老人高兴，众人都跟着奉承起来，和着韶和舞乐，慈宁宫里一片祥和之气。

太皇太后不喜众人都屏声静气，问道："哎？你们刚才都说什么来着，怎么我一来就不说话了？"

"哦，成德给咱们讲故事呢，教他给您老说来听听？"皇上提眉向成德。

"那敢情好！闷着时，就爱听个故事，你说，说。"

成德无奈，只好强笑着哄逗老人开心。

"老祖宗想听，孙子就给您说一个。话说很早很早以前，那黑龙江并不叫黑龙江，江里住的却是一条为害乡里的白龙……"

……

宋连成退下来到明珠身后，悄声道："明大人好福气啊，生得这样的好儿子。府上可都安排妥当了？懿旨可是奴才宣的，要喝杯喜酒才成啊。"

明珠恭谨地笑道："酒自然要谢公公，只是拙荆在府里还不曾得着信儿，哪里就预备下了？还得谢了恩回去。"

宋连成笑道："哪里还用大人再特特派人去，奴才早安排下啦，您就放心吧……"

"……从此，人们便给这条江取名为黑龙江了。"不善插科打诨的成德讲起故事来实在无甚精彩，太皇太后上了年纪，精神头儿不足，竟眍迷了，成德也不敢高声说话，皇上又展开地图细看，心思全不在成德的故事上，听成德轻唤自己，扭头看了看祖母，笑叹道："不碍的，你接着说。"

成德正为如何再哄着睡着的老人开心为难，缄默了许久的索额图终于瞧着得意的明珠不顺眼，开了腔："成侍中远行千里，就为道听途说这些？到底走得远了，连规矩也没了，皇上面前，倒评说起什么黑龙白龙的事来，不怕忌讳。"索额图故意提高了声调。

"嗯？什么？你说什么来着？"皇上忙又收了图。

成德听出索额图的醋意，心知大度的皇上绝不会对这样的小事上心，不屑道："哦，皇上，微臣正说那白山黑水间的风光，山川秀丽，风景如画，温泉星罗棋布，飞瀑一泻千里，晨观云海、夕望日暮、晴日朗空万里、雨中山色空蒙，巍巍山岭雄浑八万里……"边说边挑衅地望向索额图，此刻他眼前浮现出的是风雪中敲冰饮酪的萨布素，同算粗中有细的人，可眼前忝列朝班的这一位，不仅绝少了壮士情怀，甚至还在言语之类的小事上斤斤计较，不禁使人齿冷。

"成德此去，不过数月，边地正值隆冬，你哪里见得这些好景致？别是你文人的情思又忍不住，杜撰出来唬咱们的吧？苦中作乐？哈哈哈。"听皇上故意揭穿成德，众人都哄笑起来。

太皇太后听见众人哄笑，忽又惊醒，提起神佯装无事。

"皇上圣明，这些当然不是臣亲眼所见，若不是经年累月的生活，断见不得。这些绝妙好景，臣一时也难尽说，不如，臣有一篇好文呈上，皇上再看？"

……

洋洋洒洒几千字的长卷在皇上和众大臣面前徐徐展开："端我清兮亿载，永作固兮不渝。"皇上也心潮起伏起来："着实是难得的好文哪！成德啊，你往东北走了一趟，这文风居然也是大改啊？！好，好哇！"

成德谦卑地低下头道："皇上，此文并非出自微臣之手。"

"哦？"

"此乃人称江左凤凰的吴兆骞吴季子之作。"

玄烨背着手踱了两步，道："吴兆骞？朕记得在哪儿听过这个名儿？嗯，朕想起来了，你跟朕提过。"

成德撩开甲胄，扑通一声跪倒，道："正是。皇上！吴兆骞以贿赂之名蒙冤数十载，臣曾为其求过情，可那时皇上质疑微臣，担心臣被蒙蔽，说有才无才，无人佐证，如今奇文在此，是微臣亲眼见其所作，文不加点，一气呵成，足见其才名不虚，说其行贿买官，实在冤枉啊！"

"到底是怎么回事？明珠？"

明珠早已变色，怒目瞪着成德，急急跪倒道："皇上，这个案子，是顺治十四年的一桩旧案了，因当时科举考场舞弊成风，物议沸腾，先帝下旨当科的举人进京复试，这吴兆骞就是复试不第，被判行贿，举家发配宁古塔的。"

"听着也不冤枉啊，既是才子，为何复试不利呢？"皇上见太皇太后有些不耐烦，回到龙椅坐下，端起茶碗道。

"复试不利乃是因其胆小如鼠……"明珠暗暗揣度着御座上两人的心思。

成德急上前拱手道："皇上！科场案复试时，举子们是项戴枷锁，刀斧手林立，何等屈辱？凡有气节者，焉能就范？请圣上明断！"

明珠沉默了半晌，低声唤了声："成德……"

"有就是有，没有就是没有，何必造假？"索额图再次得意起来："纳兰成德，他是跟你有交情你才这么说吧？你说那姓吴的有才，也不过是你所见，咱们谁见过？何况，明相不是说了嘛，那是先帝定下的案子，如今你让皇上为他一介白衣翻案？这是陷皇上于不孝吗？明相教出来的好儿子，哼哼。"

成德急道："皇上，皇上圣明，赋文在此，是否有真才实学，无须微臣多言。皇上仁孝，世人尽知，只是，毕竟时易境迁，先人如何知道今日的境况呢？若只一味遵先皇遗旨，有错不纠，待百年之后，世人也要指摘皇上愚孝吧？更何况，先皇自己也曾因废了内务府，而致内廷治理混乱之事下过罪己诏，如今才拨乱反正，可见即便是先皇定下的，也未必不能推翻。"

明珠猛然一声断喝："成侍中！"慌忙起身跪倒，道："皇上，小儿无礼张狂，请皇上治罪！"明珠想，自己先时曾任内务府总管，内务府废立之事多年无人提起，如今又翻出这个来，太皇太后和皇上焉能不疑心自己是翻案的幕后推手？"怎么调教出这么个没心没肺的儿子？"明珠方才因成德受太皇太后疼爱的喜悦烟消云散。

"明相这话才算说到点子上了！"索额图的络腮胡子被难掩的笑意炸开，茶碗被重重撂在宴桌上。

太皇太后因成德无意触到上辈人的威信已然不悦，这会儿有索额图似是而非的话，更有气上来："索额图，他一个小孩子说些个胡话，你跟着起什么哄？"

索额图忙上前道："太皇太后明鉴！成侍中，可是人小心不小哇！成侍中，你说是不是？"

"成德不明白索相的意思。"

明珠也被说得一头雾水，但见索额图自信满满，自知局势不妙，不由心头一紧。

"不明白？纳兰成德在上驷院时，"成德不由倒吸一口凉气——难道刘明琛做假为自己邀功的事败露了？却听索额图铿锵有力道："他曾与原内务府慎刑司郎中曹寅假传圣旨！"

一语未了，殿上哗然。

"索相！你！"明珠顿时慌了，怔怔望向成德，低声问道："怎么回事？"

"什么怎么回事，索额图，"皇上语气很平和："没证据的事别乱说。"

"皇上！"索额图不识时务的老毛病又犯了："臣有证！噶侍中！"索额图一声断喝，一直侍立在殿下的噶布乐被传上来："噶侍中，纳兰成德在上驷院里的事，你说与皇上听听。"

"上驷院？"愣头愣脑的噶布乐被皇上恶狠狠的目光盯得头皮发紧。

"对啊！"索额图再次提高了声调："入秋你从怀柔回来，都听见什么来着？"索额图急切地提醒道。

"奴才，奴才没，没听见什么啊。"噶布乐瞥着皇上威严的脸，支吾道。

"你混账！"索额图怒不可遏："你也敢欺君不成？太皇太后还在这

儿，有什么话不敢说的？！"

殿上气氛顿时凝重起来。

太皇太后满脸狐疑。老人心里，总是对"目无尊长"的人事格外忌讳，一直以来，索额图在老人面前都是乖巧孝顺的，也因此在众皇亲中偏袒得多一些，而今日成德的言辞颇不讨喜，此刻听说又有"矫旨"的罪名，自然更不喜欢。

皇上心里则是另一副算盘：明珠索额图两党相争由来已久，先前并未成势，则此消彼长，皇上乐得从中渔利，高枕无忧，可如今索额图却仗着得太皇太后的宠幸渐显骄横，使得皇上早起戒心，唯有皇祖母心有所向，自己投鼠忌器，不得不姑息，想到此，不免面露难色。

明珠虽然心思缜密，却未料到今晚的一场激烈而突如其来的攻讦使他猝不及防，若据理力争为成德辩解，则会被斥责护短，若不置一词，又恐成德年轻，被老贼轻易弹劾，甚至伤及自己；明知皇上与太皇太后面和心不和，却不敢轻易表态，思前想后，大气也不敢出一声，战战兢兢屏息等着听下文。

索额图却已是蓄势待发：原上驷院院堂陈其林乃是索额图的门生，因仕途不得意，只在那冷衙门里做到区区一个三品官，索额图自然无青眼可施，可自从上驷院监守自盗一事案发以来，这陈其林不甘被罢官，凑了银子打通了老上司的关节，将曹寅夜巡上驷院颇有蹊跷一事，添油加醋告知了索额图。

索额图本对这起案子不上心，只是牵出了老对手明珠的爱子成德，自然不肯放过这样的机会，况且，眼见成德日渐受重用，大有危机四伏之感，竟私下里联络了愣头青噶布乐，那噶布乐父亲在世时，还能为其为人处世指点一二，如今业已撒手西去，留下这个有勇无谋的武夫，在老谋深算的索额图面前，只有听从摆布的份，又听说可以依计打压成德，自己的前程少了障碍，哪有不答应的？便比平时上值时更多留了份心，听得殿上有人唤，不及辨明就急急应传，谁知到底做贼心虚，上得殿来，被皇上瞪得发慌，竟把先前背好的故事忘了个干净。

得志回朝的成德，本以为时机难得，趁主上快意，可求得一纸赦令，不期竟反在此间遭人暗算，一面自责太过得意忘形而未做防备，陷自己于如此困境，一面自愧为在场的明珠招来了麻烦，又要盘算如何应战，又担心自己一时失语连累了曹寅，一时间束手无策，哑然望向皇上。

前殿千钧一发，后殿也另有一出戏：蕙妃正被众宫人的奉承言语吹捧得舒服，听得前殿气氛骤变，见众人也各自窃窃私语起来，难免揪心，不由将目光故意避开了对面的容妃，攥紧帕子坐直了身子，容妃则又是惊又是喜，扭着身子掩口不语，幸灾乐祸地看蕙妃色变。

前殿上冰冻般的气氛，被太皇太后的龙头拐重重砸在座下金砖时的铿锵声响打破："这顿团圆饭吃得，你们这是闹什么？有什么事，到你们主子的养心殿里去说，我这儿不是打嘴仗的地方。"

"皇祖母，您别动气啊，这大节下的，谁敢惹您生气？快伺候老祖宗回去静静。"皇上转头道："索额图，你不是一向最识大体嘛，怎么今儿故意惹老祖宗不痛快？"

"皇上，太皇太后，"见太皇太后果真起身要去，索额图疾声唤住道："奴才万万不敢，实在是此事另有蹊跷，奴才不得不回。纳兰成德任上驷院右副都管时，勾结曹寅，假传圣旨，此事原上驷院管事可以作证，眼下，他又要以北巡为由，向皇上邀功请赏，教唆皇上违背先皇意旨，可见此人欺上瞒下，不忠不信，皇上，不可不察啊！"

"又扯出什么管事了，那你唤他来做什么？"皇上盯着噶布乐质问道。

噶布乐怯怯望向索额图，不知如何作答，太皇太后也犹豫着站定。

索额图厌厌瞪了噶布乐一眼，道："太皇太后，皇上，噶布乐前往怀柔督军，曾听得有风闻议论，说内务府所需的四百匹上用良马业已备下，却又无人再提，奴才觉得事有蹊跷，又不敢擅自上报，就私下找了原管事陈其林，得知当晚曹寅带礼部官员往上驷院办差，只说是为皇上赏赐满汉王公大臣调用御马，可此事涉及外事，他一个慎刑司郎官如何领了差？故而怀疑其假传旨意。奴才为防误判，还着意调了那日的礼部出值记录，得知那日跟曹寅到场的竟是几名主管筵飨事务的精膳清吏司郎中，这样不合规制的事，依奴才看来，其中一定有诈！"

"小儿当时只是上驷院小小的副都管，曹寅是否假传圣令，理应究其本人细问，与小儿无关，请万岁明察。"明珠道。

"我还没说完呢！皇上，奴才还有陈其林的证言，说纳兰成德与上驷院左副都管不和，一心想除之而后快，上驷院以次充好案发后，院堂被罢官，左副都管也名存实亡，纳兰成德坐收渔利，掌握了实权，奴才这才断定，是纳兰成德与曹寅里应外合，演了这么一出，又因那陈其林确有玩忽职守之责，转移了众人的注意力，才使他二人浑水摸鱼，混淆视听，请皇上明断！"

"这又不通了，曹寅在此事上并无好处，他为何冒险？"成德诘问道。

"他是为了你才铤而走险，你与曹寅素来亲厚，尽人皆知，这会子你这么问就是证据，没准你还是幕后主谋呢！"噶布乐，裹挟着心中积蓄已久的不平来了一句。

"说起这主谋，怕是另有其人吧。"索额图奸笑着看向明珠："明相，您这爱子与宫中人等结党营私，您不会不知道吧？"

"你？！你这是什么意思？"明珠有些慌。

"什么意思？您这手伸得可是真长啊，左手拉着皇上身边的人，右手还不忘指使儿子借着北巡之便，结交被贬的罪人，为了笼络那些流人、收买人心，竟然不惜要挟皇上违背先帝旨意，你能说这些都不是你的授意？怨不得你在朝中人缘好，真是长袖善舞啊！"

"索额图，你血口喷人！皇上明鉴哪！"

太皇太后早已不耐烦："好啦！别人先不说，只是这成德是个好孩子，我不信他能做出格的事儿，倒是那个曹寅，让人不放心，仗着他娘奶过你，得寸进尺也是有的，你真要留个神才好。"

"呵呵，皇祖母提醒的是，只是这件事，"皇上用余光扫了一眼手足无措的成德，微微笑道："朕想想，啧，哎呀，这曹寅，早就被孙儿派往南边去了，没处问呢，呵呵。"

"怎么，外放了？你瞧瞧，在眼皮子底下还出这样的乱子，放在远处还得了？这样的人，大事儿可不能交给他！"

皇上早已不是初出茅庐的幼帝，对太皇太后插手前朝的事难免心生怨怼，此刻虽然是耐着性子哄，心下却已拿定了主意："对，皇祖母说得对，那种人断不能把什么大事交给他，只是眼前这事儿，"皇上笑向殿下，道："索额图啊，朕看你是多心了，这事儿，呃，确实是朕传了口谕，着曹寅去办的，你就别多管闲事了。"说到多管闲事四个字，皇上刻意放慢了语速。

索额图未料到皇上偏袒心腹到如此，跪倒称是，诺诺不敢言语。太皇太后却听这话刺耳，正色道："孙儿啊，好歹他也算得是股肱之臣，也是从铲除鳌拜时起就跟着你的老人儿了，没功劳还有苦劳，那曹寅不过是个包衣奴才，孰轻孰重你得多掂量，这大节下的，别弄得人不痛快。索额图，你起来吧。"

提起旧事却使皇上心下更是厌恶，猛然道："慢！皇祖母，孙儿还有话要问他呢！"

"你……"太皇太后忽然觉得眼前的小皇帝陌生起来。

皇上负手踱向殿下，缓缓道："索相啊，这儿到底是谁说了算？你在底下，是做了多少打算呢？"

索额图恍然悟到是自己不知收敛使皇帝厌弃，急道："太皇太后！奴才是一片忠心，苍天可鉴哪！"

"放肆！"皇上喝道。

"玄烨！索额图到底还是国丈，他没问清楚是他一时疏忽，心思还是好的，他不也是为了孙儿你才长了这个心眼儿吗？"太皇太后担心再辩下去，自己面子挂不住，草草道："天儿也不早了，先散了吧。"

"皇祖母！恕孙儿不能从命，孙儿的事，就由孙儿自己来定吧。"皇上躬身行了大礼道。

"你！！好好好，朝廷是你的，我也管不着你，你翅膀硬了，嫌我老了，没用了，碍着你的眼了，好歹随你去！"

"皇祖母！孙儿不敢，孙儿恭送皇祖母！"皇上抢先扶了老人往后殿去。

"哼！！你个不肖子，你也是当了阿玛的人，等着你的儿子孙子也这么顶撞你吧，哼！"太皇太后恨恨叹了一声，甩下皇上，由侍从扶着，踉踉跄跄离去，见后殿上迎上来的众宫人都敛声不语，想到方才前殿的争论是被听去，太皇太后颇有些难堪，尤其见了蕙妃，怔了半晌，叹道："变天了，我大半辈子调教出来的孙子，到了你们手里，说变也就变了，唉，变得好哇，好哇……"蕙妃们低眉顺目地恭送太皇太后，明白人知道后宫的气候要大改，虽有得意，却不敢喜形于色。

五

"老祖宗，您不能不管哪！老祖宗！"不等索额图追上去，已经被皇上一声断喝唬了回来："索额图！"皇上把满腔怒气全撒在了索额图身上："你省省吧！"

"皇上，奴才的确一时失察，可奴才真是一心为了皇上，为了朝廷啊，皇上身边阿谀之人甚多，奴才不得不替皇上多长一只眼啊！"

"行了！朕身边阿谀的人？这么说，你是要'清君侧'喽？怪不得朕的侍卫都这么听你的话？只要你一叫唤，他就上来了。"皇上再次对噶布乐怒目相向。

"皇上，奴才不敢！"噶布乐跪拜在地："奴才有罪，是索相要奴才编造上驷院的传说，奴才也不信，所以没敢回。"

"噶布乐，你大胆！你，你信口雌黄！这是没有的事儿！连你也跟着明珠结党营私，陷害我么？"

"陷害？朕姑息你不是一天两天了，你先把自己洗清了再说吧！你说别人结党营私？索额图，朕问你，那个什么陈其林，既然是被罢了官，怎么又被你找着了？就算咬出有人矫旨的事来，他玩忽职守的罪名也已坐实，何苦再害别人？他想干什么？你想干什么？"

明珠见局势扭转，大喜过望，趁热打铁道："皇上，皇上圣明！奴才还要参索额图怙权贪纵、卖官鬻爵！"

"你胡说八道！"

"胡说八道？索相，那文徵明的湘君湘夫人图轴、徐贲的枯木竹石图、宋克的定武兰亭跋，您都听说过？"见索额图语结，明珠得意地向皇上道："皇上，奴才说的这些，都是九牛一毛，他府上有的东西，有的连宫里都未必有，奴才句句属实，皇上一查便知！"

"索额图，他说的这些，你都有吗？"

"你，你怎么知道？"索额图隐隐觉出自己是被算计了："皇上，奴才，奴才那些东西都是礼尚往来而得。"

"礼尚往来？从谁人处来？"

"这……"索额图没有胆量再辩白，这些被明珠如数家珍的连宫中都没有的墨宝，都是从皇上的文宠高江村处所得，而眼下皇上已经因自己擅自结交近侍动了大气，再联系此事，岂不更是大罪过，支吾了半天，明珠却等不及，信心十足蹭到面前，挑衅道："索相，皇上问你呢，从哪儿来的啊？"

"明珠！你这个奸贼！老夫被你暗算了！"索额图张口结舌，语无伦次起来："皇上，奴才身上事务多，这样的小事，奴才实在记不得了，许是，许是年节里，门下人送的也未可知啊。"索额图已是汗如雨下。

"嗯，你事务多，这倒也是，那这么着吧，朕见你年纪也大了，给你松松绑，下旨！革，索额图议政大臣、内大臣、太子太傅，仍留任佐领一职。索额图，你看这样，你的脑子是不是能清楚一点儿？回去好好想想，想清楚了，朕再重用你。"

"奴才领旨，奴才谢恩。" 被摘了顶子的索额图，瞬间成了一个多余的人，方才得了太皇太后恩赏受人恭维的"索相"，此刻已经无人再正视了。

明珠出乎意料地翻转了一局，便想着乘胜追击："皇上，那索额图勾结近侍？"

不料皇上颇不以为意："明珠，你算是朕的老师，可朕不能什么都跟你们学。"

明珠后背一紧，即刻噤若寒蝉。

"噶布乐，朕知道你立功心切，往后有的是机会。今儿你没被索额图的淫威吓住，说了实话，朕就很欣慰，你的二等侍卫做了也有些年头了，朕就成全你，封你个一等卫，但是！你心里要有数，这是朕赏你的，嗯？"噶布乐喜出望外，连连谢恩。

"纳兰成德也听封。"

听到自己也因觇视边地有功，晋为一等侍卫，成德却面沉似水："皇上，微臣不敢邀功，只肯请皇上再斟酌那吴……"

一语未了，容妃之父员外郎盖山出班奏道："皇上，吴兆骞一案到底是先帝时所定，翻案可要三思啊。"

"明珠，你怎么看？"

"皇上，小儿之言，奴才并不赞成。无论此人是否冤枉，害皇上落得个不孝之名都不值得，方才太皇太后已经不悦，皇上何不为她老人家找个台阶下？"

"阿玛！皇上若想立一番事业，势必先有一番主见，何必一味应和前人？"

"竖子可憎！"明珠大怒。

"好啦！既然此事还有异议，那就先放放吧……"以为得了旨意，举着布帛的宫人终于可以放下手来，皇上这才再次注意成德献上的赋文："不错，明年诏封长白山，可以用。"

"皇……"明珠强拦下不甘心的成德道："你还嫌事少？！"经历了方才的一场风波，成德被训斥得没了胆量，悻悻退下。

43 | 下弦不如

一

一场所谓"家宴"，不到二更天便鸦雀无声地落幕了，送走了皇上，前殿后殿皆各自散去，众外戚少不得围上来恭维，这让得胜的明珠十分高兴，却在与索额图一同跨出殿门时，被故意挤了挤，明珠挺直腰板道："索额图，没规矩啊，这门槛得谁先走？"

"谁走先不要紧，谁笑到最后才有看头！"索额图愤愤地挨到众人依次走去，才和噶布乐、成德等年轻一辈一起出来，噶布乐心中有愧，不敢打招呼，出了慈宁宫便溜之大吉，见前后无人，索额图不怀好意地唤住了成德。

"成侍中，慢些，听老夫几句话说。"

"索相，有何赐教？"

"别这么叫啦，老夫担不起了，不过给你出个主意。"

"呵呵，您以为我和噶布乐一样？"

"当然不一样，你聪明，可谁说聪明人犯的错就一定比笨人少呢？"

"不敢当，在下也没什么难事要烦劳索想您给出主意。"

"别呀，你不是要救那个，吴什么嘛。"

"与您何干？"

"啧，认工赎归呀，现成的法子，你座师徐乾学主管这事儿，成侍中这么机灵的人，怎么不知道？"

"谢索相提醒，在下区区一个侍卫，不及索相富可敌国，无钱可用。"

"你看看，说你聪明人也糊涂吧？你阿玛有钱哪，这回是我疏忽，没想到他收买了高江村，那高江村跟在皇上身边这些年，什么世面没见过，能收买下他，你阿玛一定是下了血本儿啊。"

"索相不要无中生有，我阿玛绝不会如此！"

"不会？哼哼，他让高江村给我送的那几幅画，哪个不是价值连城？用他自己的话说，是九牛一毛！他哪来的那些银子，总不会是地底下抠出来的吧？"

"您有这些话，怎么不在皇上面前说去？"

"哼，急什么？你回去转告明珠，来日方长，咱们的棋，离下完还早呢！他怎么整我的，等我一样不差都还给他！"

"成德！"明珠在慈宁门高声唤，成德急急上前听训："你听那老毒蛇聒噪什么？"

"没，左不过是他胡诌罢了。"

"你要小心些，今儿的事儿，都是你引起来的，还不提防些！"

"是，儿子也没想到，怎么就把子清牵扯出来了，只是皇上当众把子清矫旨的事应下来，却是儿子想不到的。"

"哼，这又是你那好兄弟的鬼儿罢了。我想着，皇上那些话，原也不会错，曹寅自幼在皇上身边伺候，是皇上的心腹，当然不会无端做出矫旨的事来，多半是得了旨意才行的，只是有些事，不便成旨罢了。这就是皇上算计得好，没有证据，就令你们去办，办得好了，他当然可以说是依旨而行，办出纰漏，他也可以不承认，所以，你们的小命儿就又拿捏在他手里啦。"

成德听得一身汗："阿玛，诚如阿玛所说，岂不是连皇上也要防着了？"

"这朝廷里的事儿，哪如你想象的那么简单？你要真如索老头儿所说，是为了拉拢汉人才替那姓吴的求情，我还欣慰些，我是担心你呀，这辈子都长不出那样的心眼儿来。"

"儿子只是，受人之托，忠人之事。"

"什么托不托，忠不忠的，唉，我真后悔教你读了汉人那些呆学问。不过，呆吧，呆些，也未必是坏事。"

"哟，明相，教训儿子哪！"索额图猫腰踱上来。

明珠也不理，指桑骂槐斥责成德道："还愣着做什么，还不赶紧回去，家里娘们儿盼你盼得跟什么似的，只管废话！哼！"

成德满怀心事，应着去了。

因坐骑留在宫外，成德绕远提了马时，明珠的绿呢大轿早已打道回府，成德只无精打采引了几名小校随行，全无得意气势，一路上，顾贞观的一句词"总输他，翻云覆雨手"不知缘由地一直萦绕在成德心头。

二

料到府里会庆贺一番，一入街口，成德一行人便听见喜荣归的曲子响彻整条福宁街，两旁新立的灯杆上点着各式精致纱绫红灯，茹儿领着府里几个小厮，夹在等着看热闹的人群中间，远远候在如火龙般的福宁街街口，见来人渐近，腿脚飞快的几个便打着响哨，往府里报信，继而震天的鞭炮便响起来，顷刻间香烟弥漫，越往府门去，漫天的礼炮越是热闹，绚烂的光辉把成德已显憔悴的脸也映得神采奕奕起来。

东府门前更是张灯结彩，久候的人群前，一身翠绿流彩秋装的玉禄玳格外惹眼，寒风里瑟瑟发抖，小脸儿也冻得发紫，见了成德，不等下马，便甩着紫貂手焐子又笑又跳冲上来，拉着缰绳不放手，叫着："给大爷道喜！大爷辛苦！成哥哥！"

成德见她这样，唬了一跳，嗔道："这丫头，怎么穿成这样出来？看冻坏了！福子也跟着胡闹，由着你主子胡来！"不由分说跳下马，接过福子递上来的白狐大氅，裹住玉儿便往府里走。

玉儿眼圈儿一红，扬头笑吟吟地望着成德，定定道："你说过你喜欢的！"

明府东府三层正门一路大开，两边阶下，宫灯高照，红光辉映，喜气盈盈。一身金甲的成德拥着如宝似玉的玉禄玳，神仙眷侣似的两个人上人被侍从簇拥着走进簌簌飘飞的瑞雪和喧嚣的喜乐里。

三

晓梦斋终于有了喜庆气氛，只是直到众人散去，看着满室的大红喜烛，成德仍然没能从困惑中走出来。

眼前，昔日清素的晓梦斋已经被装点得奢华无比。门前吊着一对双喜字高角大灯，新漆的对扇大门上两面贴着粘金沥粉的双喜字，进门竖一座大红镶金琉璃屏风，取开门见喜之意。外间厅上是一幅撒金长联直落地面，道是："风暖丹椒青鸾起舞 ，日融翠柏彩凤来翔"，正中是一幅旭日牡丹，背后墙上涂着和了银丝桐油的香红椒漆，紫檀八仙透雕大案也是新置的，左手边是惠妃所赏内廷造办的金蝠摆件，右手边是一柄御赐的玉如意，正中供着赐婚的懿旨，小紫铜供鼎里百合宫香正从中氤氲散开——太皇太后赐婚，当然要有个排场。

卧室内亦是锦缦绣屏，富丽堂皇。沿窗的紫檀透雕长几上，合欢糕、如意饼、吉祥果、百子面，满满当当摆了一桌，皆是描金高足盛盘装着，上覆着金字红纸，几角一对戳纱双喜桌灯，床边靠墙一对百宝如意柜，当地拢着双耳百福鎏金珐琅火盆，帐前一杆七彩琉璃錾金马蹄莲灯，花心便是灯芯，跳跃的烛光透过缤纷的琉璃，映照得满室生辉。

玉禄玳少有的羞怯不语，从自己的大红彩缎喜被里， 乖猫一样蹭进成德的杏黄缎大被，半晌还是禁不住扑哧一下笑出声来。成德也被她调皮的样子逗乐，笑声未出口，却猛咳起来，玉儿忙起来服侍，又要叫人。

成德倚着喜枕半坐起来，苦笑着把玉儿拥进怀里，柔声道："叫她们做什么？这半年在外头风餐露宿的没上心，平时还好，一沾枕头就这样，不碍事的。没想到这半年竟是你忙前忙后操持这个家，一个姑娘家，站在风口浪尖上，怪难为你的。"

"一家人不说两家话，这会儿你怎么竟说这个？事情到了当口，催着人往前走，太太只说放心，生推给我，我说不做，可又推给谁去？少不得遭人白眼罢了，你那姨娘还好些，并不敢说什么，可到底东府里老姨太太是个难缠的，丫头婆子背地里也没少嚼说，好歹也不会做出什么来，随她们去，如今名正言顺管家了，怕我得罪你们府上人的日子还有呢，只你当大爷的别嫌弃才好。"

"怎么会呢！你是个伶俐鬼儿，最会讨喜的，太太喜欢你竟胜过我这个亲儿子了，以后又是管家奶奶，连我也要怕你三分呢。"成德刮着玉儿的鼻尖，笑道。

"去你的！"玉儿不无得意地拍了成德一掌，依在成德胸前道："反正也睡不着，就聊会儿吧。哎，说起来，倒真有件大事要好好筹划筹划，你帮我拿个主意？你不在时，太太常说起来这几十年来振兴家业的不易，有道是'好花不常开，好景不长在'，咱们这样的人家，常人看来是红极一世，气势磅礴，可总归说来，也不过是皇家手里一枚棋子，哪一天不顺眼，闹出个天翻地覆来，也不是没有的，何况皇家自己里头的事咱们也料想不到，到底得咱们自己立个主见才好。"

"这话说得明白，怎么竟像是老爷的口风了？我说你只是个务实眼前的人，没想到还想得这样远，敢是也想着抽身退步了？我倒是有这个心思，如履薄冰的日子当然不好过，只是生在这样的人家，唉，难哪。"成德揽着玉儿的手臂紧了紧。

"瞧你说的，谁不是小孩子骑木马——愿上不愿下？我说这些，不过是筹算着，若是能趁着家势正盛，多置些永久产业，也算是长久之计了。就说给先大嫂子入殓时，我就留心瞧着，见祖茔旁那一处空地甚是好，虽说离城稍远，可到底出价也低些，老爷先时也是看上了，却只想着修个没用的破花园子，要我说，倒不如多置办些田亩、房舍，都划进祖茔，这祭祀的产业，可是铁打的供给，官家也不许拿来充公的，或租或留用，几辈子也吃不完呢。"

"原来你想的是这个？真是个傻姑娘，否极泰来，物极必反，循环往复是亘古不变的道理，哪有百世的繁华呢？"

"不是我贪心，说句不怕你笑话的话，到底是你们家，家大业大，有得盘算。我家里虽然官爵高些，又与太皇太后有些远亲，可左不过是个样子罢了。越是皇亲，越要瞻前顾后，不好伸的手断不能伸，入不敷出也有些年了，再怎么算计，也是进的少出的多，从前你总说我对家下人性情不好，焉知不是巧妇难为无米之炊的缘故？如今两府既联了烟，自然要热火朝天地过起来才好，我也好施展，断不能教你们家小瞧了我，说我高攀你，你可要帮我，嗯？"

"你是太皇太后老祖宗赐下来的小神仙，谁敢小瞧你？我说你一个小姑娘，心思竟这样缜密，真让我怕了。"

玉儿却环抱着成德的腰，听不出这话里的咸味，仍喜滋滋道："不然我也想不到，自从看你们偏院里的，闲时在自家院子后头空地上开出了一片田地来，自己种些时令菜蔬，我便想着，既然这小小的府里都能变出法来经营，可知这土里是能抠出金子来。不像老爷在外头，置典当行交易，又有门客孝敬，能从人手里找，我们在这深宅大院里见不得什么人，只好管地要了。"

"老爷外头的事，你是怎么知道的？"

"太太呀！不过依我看啊，老爷在外头做的事，太太也未必尽知。哎？你不会也瞒着我什么吧？"玉禄玳收紧了胳膊，半真半假问道。

"我有什么瞒你的！"成德也不知是被她勒得难受，还是听了话不受用，拉下她的手，皱眉道："这一日累得发昏，明儿再说吧。"

知道成德远行归来，体弱疲乏，玉儿也不好缠着，只好在背后轻轻抱住，心下打着小算盘，直到后半夜才睡着。

不及天亮，玉儿又早早起来打理年节下各处的祭祀、拜礼，风风火火地做起管家奶奶来。成德虽然得了恩旨下值在家，却沉疴日显，只好悉心养病，直挨到初春天气放暖。

四

这日早起，茹儿得了徐乾学派人送来的喜讯，说吴兆骞认工赎归的赦令下了，不日即可送达，成德高兴之余，想到先前颜儿的热心，不及等药熬好便亲往偏院来探望，不想颜儿早早来串门。

"哎哟喂，我的奶奶哟，怎么打扮成这样？你们那眼高的爷见着，还怎么肯正眼看你哟。"一身粗布衣褂的颜儿刚从院后的田地里回来，站在外间屋洗手，满是泥土的裤角还来不及收拾，登门的顾儿就叫嚷起来："丫头们呢？怎么都养起来了？"正说着，采薇和小英赶着也从院里进来，每人怀里哄逗着一个孩子，福哥稍长些，跟在后头扯着采薇衣襟不撒手，也嚷着要抱，顾儿这才住口。

"果然是快嘴不闲着，起个大早来聒噪！我是天生的劳碌命，不受些苦身上反倒不自在，今年天儿暖和，地化得快，就是墒情不大好，要灌沟才成，才弄成这个样子，叫你笑话了。快进来坐着。"

"说的可也是，既能给自己求来个懿旨，自然凡人是比不得的，这府里，还有我们这样人的地方？不给自己找些出路也真不成。"顾儿逗着小英怀里的福尔敦道："小哥儿是属鸡的，今年犯太岁，明儿打春，太太特意嘱咐，让躲春呢。"

颜儿把锄头往边上杵着，笑道，"他这么大点儿的小人儿，有什么躲的？我这儿再没人来，清静得很，咱们这府里，谁听说净有那吵架拌嘴的不成？"

"还说呢，这不一大早起来，又为府里戏台空着的事儿不自在么，我才赶紧躲出来了。"

"怎么？"

正说着，成德已经喜气洋洋地进了门："顾姑娘也在。"问了好便转向颜儿笑道："你瞧瞧我这脑了，来道谢却不想着带贺礼，真真该打！"说着，接过锄头给茹儿送出去，招呼小丫头上茶，坐定了细说。

原来，苇卿撒手人寰之前，先前成德变卖字画凑出来的银子非但无福享用，还为翠漪留下一笔，那丫头既已出家，自然用不着这黄白之物，一心想着为旧主后事留用，得知入殓事太太委托了玉禄玳，心放下大半，便嘱其代为赠与徐乾学，以助成德救人之用，算是了却苇卿生前一桩心病，遂促成了前番好事。

"哟，新大奶奶真是个无私的哪！竟没昧下？"顾儿以为玉儿受太太青眼，自然与其同类。

"哪有你这样信不着人的？再说这银子一笔笔都是有来有去，哪里混得进水的？"颜儿倒不惊奇，只是担心成德一时高兴，把自己私藏官中流水的事说出来，频频向成德使眼色。

"不是我信不着，先大奶奶下葬，太太只说得好听，可一个子儿也不肯出，咱们新大奶奶可是当了她自己娘家的头面才支应下来的呢！换个人，有那样的进饷，就算不海贪起来，也要捞回本儿来才罢吧？"

"竟有这样的事？丧仪的花费太太竟放手不管？"成德有些不信，向颜儿证实。

不等颜儿编个谎答，顾儿唿道："统共才拿了二百两，还编说是当了死当才得的，新大奶奶这才受了启发，也去当了。你那额娘？她能舍得副棺材板儿钱？"话音未落，自觉失语，找了借口讪讪离去，走得慌张，撞得外间屋里方要进来的小英一个趔趄，怀里的孩子顿时叫嚷起来。

颜儿欲上前抱，刚会开口说话的福尔敦却伸出小手来推，边哭边嚷，听去却像是"姨娘，不要，不要姨娘"的话，成德从未注意这孩子，自然也无甚溺爱，一听这话，登时恼了，斥责小英道："这是什么话？谁教他这样叫的？！"

小英怯道："也没谁，左不过就是前儿抱着去给太太请安，背地里乔姨娘哄了一会子，回来就学会了。"

"管是谁教的，小孩子家说两天就忘了，有什么要紧？快别哭了，"颜儿也觉身上灰土暴尘不招这小人儿待见，便又支小英出去，与三爷一处玩耍，自己解下包头巾，打理了再与成德闲聊。

见头巾挂住颈后的散发，成德上来替颜儿拢了，叹道："个个儿指不上，就都推给你，也不知这些日子你如何撑过来？"

颜儿暗自感伤，却知道眼前这个温柔体贴的男人，并不属于自己，苦笑道："我们还能做什么呢？也不过哄个孩子消磨时间罢了。日子快着呢，一眨眼就过来了，有这些个小孩子一处伴着，少了多少寂寞？等长大了，我们又插不上手了。"

"多大不也叫你娘，叫你嫂子？"

"我也不图这些，只他们有出息，我就知足了。哎？你听说了么，元宵节太太大奶奶领着二爷进宫谢恩，跟娘娘新认养的小皇子打得火热呢。"

"我倒愿见他们清心寡欲些，可她偏事事冲在前头，教我不放心。"

见颜儿捶肩，成德又上来帮着揉捏，这倒提醒了颜儿，笑道："年轻人，气盛些怎么不好？要我说，爷还是身上弱些，扰得心思也这样虚空起来，倒是该多多补益些才好。前儿见太医开的方子里，多添了地黄、大活一类的药，可知我料得没错。我想着，左右也是闲着，不如就在后头种些这类最是滋阴补血、益精填髓的东西，自个儿眼见的，倒是比外头买的放心些，又比那专供御用的上等参来得便宜，又不惹眼。"

一番知冷热的话惹得成德不禁动容："我真是羡慕你呀，我知道你心里不平，却总能舒展着眉头过日子。只是你什么时候也细学起这些来了，我又不是纸糊的，也值得你们当正经学问研究起来？"

"我哪里懂这些，还是先大奶奶教的……"一语既出，二人不免凄然失色。

"还说来谢你，原来又教你劳了这许多心神，我也怪不好意思的。"

"爷不笑话我们拙笨无能就是好的了，到底新大奶奶操的正经心多些，家里外头周全得这样妥帖，要谢真要好好谢谢她呢。"

"我自然也要谢她的，只是不明白，为什么那样的事她不告诉我，倒是外头人向我说起的？"

"再有算计的人，哪能事事都说得清呢，许是忘了也未可知，还是不要打破砂锅问到底的好。"颜儿自己也是女人，自然最知道女人，为了留住爱人的心，动些私心情有可原。

忽有晓梦斋的小丫头报说："大奶奶回来了，有事商量，让姨奶奶过去呢。"

颜儿立刻要去，成德唤住道："你且歇歇吧，我自去看看。"

颜儿怕刚才的话让成德生出许多感慨，跟在身后嘱咐："哎！没事去会会那些相公老爷们，只管说说笑笑也好，别怄在心里！"

五

成德左思右想不是滋味，可巧被颜儿说中，果然有门客前来拜会，起初以为是故人造访，管家却只递上来拜礼，回禀说来人原是携了拜帖见老爷的，老爷正在后堂与太太议事，便打发出来说，这礼大爷必然喜欢，便送了来，成德打开来看，甚是眼熟，却是一把前明折扇，原系姜辰英所赠，如今扇柄上钤着"通志堂"三字，正是自家的宝贝！见是先前当出去的今又物归原主，成德大喜，待找来人问时，管家却回"人已告辞"。

成德满腹狐疑，携了古扇，回晓梦斋，不意一抬头，却见住处原来的匾额已经不知去向，换成了"鸳鸯社"三字，不免不快，问福子道："这不是我托孙友先生写的，挂在外头园子望楼里的吗，怎么到这儿来了？"

"大奶奶早就作主挂出来的呀，这么些日子大爷没瞧见？奶奶说大爷喜欢，就早早命人取回来挂上的。"

成德却屋里屋外遍寻不见玉禄玳："去唤你们奶奶来！"

福子便又回说："娘家老爷刚刚进了一等公，大奶奶起早过府去预备谢礼，回来刚进门，就被太太叫去了。"

一时等不到，成德无法，有丫头伺候吃了药后，便一个人携了那旧扇沿回廊踱进渌水亭散心。

亭子里外的雪水清扫不及，上阶时，成德抬脚滑了一个趔趄，手中的白竹和尚头扇柄"叮当"一声磕在亭柱上，清脆的回响在亭间萦绕，病中人最易怀旧，一霎时往事历历在目，时值春和景明，却物是人非，想来已是"雕栏玉砌应犹在，只是朱颜改"，不禁感慨，仿佛置身往夕，成德信口吟道："十年踪迹十年心……"

正百无聊赖，便听一阵欣喜的笑声穿过月门，飘进亭子，道："什么事儿忙三火四的找我呀？"正是玉禄玳从东府回来，手执厚厚一本略节和一副对牌兴高采烈地招呼成德道："忙得脚打后脑勺，偏你也来凑趣儿。"

"听说岳丈荣升的事，也该去道喜的，偏你先自去，也不容我个空儿。"

"你连日身上不好，有我的就算你的了。原我也要歇歇，偏又有这么一件：太太夸我买地的事办得好，老爷就把建园子的事也交给我来做。说这事嚷嚷了也有些时候了，总赶上朝廷里不太平，银子也不够使，不敢做。"

听她说这一起，一时成德也把换匾的事放下了："真要建起来了？"

"可不？找我就为这事。"玉儿打开略节一页页翻看，把明珠外园的筹划事宜一一说与成德听。

成德心知玉儿不易，也耐下性子帮她筹划，可细细盘算下来，不禁唬了一跳：按明珠的意思，新园子里一应住的用的，都要和府里一样周全，除日常主客所居住的几座跨院、几座合院、一处车马库、一处马圈都要照样扩建外，偌大的地界，又要置上几处亭榭、几处假山点染出景致来，又要栽花、造林，又要勒石、凿矶，"这可是一宗大工程了，你？应付得来吗？阿玛也忒粗心了。"

"我倒说老爷想得太细些，我说我不知点景上的事，老爷就说你明白些，让来问你，还先把些匾额名字都起好了，说是按图索骥，你说可笑不可笑？"玉儿从那一叠略节里，翻出一页，上书"漱琼轩，回溪，萧闲馆，览秀轩，挥雪厅"等。

成德一瞧，竟是引用了宋徽宗赵佶"华阳宫"中的几处名号，可见其奢靡之心，更不自在起来："家里才几个人？又不在外头住，用得着这样铺张？这哪里还是小小的别业，分明想造一处洞天福地，蓬莱仙境了。"

"这还没完呢，太太还要立庙，太太的意思，总不能怠慢吧？"

"哼，发句话就支使下去了，也不问问要动用多大阵仗，单说这工程上来往的材料如何运法？若是陆运，耗时自然短不了，用度跟着也要多出许多来，若是水运，祖茔那里，哪有河道？也需引条几丈宽的河吧？只这一项，就够劳师动众了。"

"哎？到底你是懂得多呢，既有了河，何不就便置些河景？"

成德颇有对牛弹琴之感："既引了河，就要衬砌，又要造桥，自然又要有船，有了船，又要船坞，只为了观景，竟要这样兴师动众，阿玛着实有些过了。"

玉儿颇不以为然："水主财嘛！引河的钱都花在刀刃上，能省我自然省些。我略略算下，土木砖瓦、山石树木、亭榭栏杆、又要起楼竖阁、种树栽花、又要采买新鲜绫罗装饰，又要制办金银器皿，人手上也需些银子，我只向府里支了二十万两，你觉得可使得？"

"这样花法，我可不会，你自去请高明的来做吧，不过，大奶奶！我先给您提个醒儿——这些也未必够！"

"会这样？土木砖瓦、山石树木能值几个钱？"

"几个钱？我的奶奶！就是一块不入眼的石头，也不是说得就得的，甚或有些奇绝高妙的，更是耗费人力，或在高山，或在深水，距此千里之外，凡此，都要供应钱粮动用民役，这还不算运送时，出些意料不到的花费。你想想，他那样的园子要怎样？若是正用，也还罢了，只为自家享用，哪有不落指摘的。"

"这……老爷心里自然有数的嘛，你可不能不管，老爷说了，还要一处极隐秘的私馆，断不能使人知道的，这一件，最是要紧，交给外头人去做，老爷哪肯放心呢？连对我也不肯细说，只说留出一处来，待议。"

"什么要紧的玩意儿？东府那边两栋楼还不够？"

"我没好细问，左不过是藏些值钱的文玩罢了。"

"明公正道的，值不值钱还用得着藏着掖着？"

"看你！自然不是明公正道的嘛，就说你手上这把扇子，哪儿来的？"

"这……"

"放心！我都听见了，就是求个郎官，老爷早替你答对了。"

"什么？你？你们！"

"我们？"玉儿见成德变色，也稍有不快："我倒不明白'我们'的话了，谁又与谁隔着副心肠呢？"

"你们怎么能做这样的事？！"成德气得声调都高了，将扇子重重掷在桌上。

"什么样的事值得爷这样动气？如今京中盖园子的也多了，又不只咱们家，殚精竭虑了一辈子，讲些情致气派也是常理嘛，爷只管这样，就不怕人家说你……"玉儿早把走官这类事看习惯了，以为成德仍只是因为外园铺张的事动气，不忍见病情刚刚好转的成德不顺心，硬是把"不孝"两个字生生咽了回去。

成德也耐着性子开解道："情致二字，不见得非要挥金如土。搭上这许多花费，自然能造出座天宫来，却难保不给自己招祸，何况这钱来得这样不明不白，你知道这京中多少双眼睛盯着咱们看呢。"

"就是要让人好好看看呢！我就是看准老爷这个扬眉吐气的心思，才应了这宗差事。"

成德却死盯着玉儿道："果然你是乖巧的。怪不得不动气，不是说你是当了首饰的么，你头上这些，哪来的？我猜着了，敢也是人送来，求些什么的？"

"这？"披金挂银的玉儿一时语塞，硬生生道："说是太太赏的不行么？"

"太太没钱用在殡礼上，却有钱赏你？你不肯说，我自去问！"

被问得烦了，玉儿恼道："嫁汉嫁汉，穿衣吃饭，我到你们家来，金的银的没见一样，还不许我穿戴自己带来的么？"

"哼，方才不还说是太太赏的么？"成德甩手往外走，要强的玉儿担心成德此一去，公婆猜疑自己无能，死命拦住不让去。

"你可有开脱的？"成德希冀玉儿能说出个体面的缘由，可玉禄玳有口难辩，从嘴角边挤出一丝不屑，梗着脖子不言语。

成德失望至极，愤愤离去。

44 | 阑夜火烛

一

颜儿应召赶来，正与气冲冲的成德碰个当面，见大奶奶也气不顺，心下明白大半，迟疑着进也不是退也不是。玉禄玳却是个心胸宽广的，见了颜儿立即舒展了神色，放成德自去不管，只命颜儿进来议事。

却不想另一项新动议又被颜儿软语劝止，令玉禄玳颇为沮丧："腾家庙是件正经事，可是庙里的十几个小戏子如今早大了，不似从前小时不惹事，放在园子里，太太会喜欢？"

玉禄玳不肯承认是为了讨好明珠才想出这个法子："到底养了这么多年，没派上什么用场就遣了，不是白白花冤枉钱？要么怎么太太不高兴！再拖着年纪大了，怕是想遣出去也难了，先留在府里，有些场面上的事好应付，再教管家慢慢去寻好的。"

"可是，大爷不爱热闹，锦澜院那样近，搁在眼皮子底下，难保不嫌弃。"

一提成德，玉禄玳倒较起真来："我说你呀，到底是做旁边人久了，只知道一味讨好，你不知道，家里头还是要女人拿主意。咱们娘儿们闷在家里可做什么呢，权拿着听曲儿解闷儿了，他能说什么？哼，"玉禄玳苦笑一声，道："再者，哪有不偷腥的猫儿呢？方才你也瞧见了，一点子事就红了脸，还不知今后怎么样呢，与其由着他在外头飞去，不如就把饵放在眼前，咱们哪，还能看着些！"

听着这没轻重的话，颜儿顿时替成德鸣不平，又怯于大奶奶的性情，不知如何劝解，玉禄玳决绝道："行了，我找你来就是要你去办事儿的，领了对牌就着人役去办吧，回头还有好几宗别的呢……"

<h2 style="text-align:center">二</h2>

东府的外书房里，成德决定与明珠之间做一次促膝长谈。

"听说你那个什么吴兆骞，到底是赎下了？"刚在外官的别馆里喝得有些微醺的明珠，头脑和眼睛仍然很机警。

"赦令才下，最早也要明年才进京，阿玛还惦记这个？"

"嗯，我惦记他做什么？我惦记的是……这回你可满意了？"

"答应了人的，终于有了眉目，也算了了一桩心事，也是阿玛周全得好。"

"嗯，你是得好好谢谢我，没有你阿玛我，你小子迟早得把这份家私搬空喽！送来的扇子你看了？是你的吧？喜欢么？"明珠抬起头，颇有喜色。

"阿玛，儿子正是来说这事。想来我把那些字画当了的事，是瞒不过阿玛了。"

"臭小子，什么事能瞒得了我？不是原封不动都给你送回来了么？还说它做什么。"

"都？！"成德不禁愕然："阿玛，那可是一千多两金子呢！"

"想你也走了大半个天下了，怎么还这么眼皮子浅？那点零头儿就这样，呵呵。"明珠以为瞪大双眼的成德是在表露惊喜，他本来是很得意的。

"阿玛收了这些，可拿什么回礼啊！"

"哈哈哈！你也吃醉了不成？平日也是我粗心，只顾朝廷里的事，不曾仔细教导你，如今你一日比一日体面起来了，也该自己长个心眼儿，这官场上的事，轻重亲疏最是要紧，你就说这些孝敬吧：都是递帖子求官儿的，合用的，用用也就过了，不能用的，收了他们的礼那算是给他们个面子，看着不顺眼的，连礼都不收，送上去打板子，还能给咱们赚些个清名儿呢！只是阿玛我？你是知道的，能不得罪人就不得罪人，呵呵……"

"阿玛！"成德迫不及待地打断了他："阿玛您变了。"

"嗯？"明珠抹了把脸，打了一半的哈欠生生咽了回去。

"从前，您总教导儿子，静以修身，俭以养德，乃是立身的根本，儿子一刻不敢忘，可如今您……"

明珠脸上又泛起一阵红晕，哈哈大笑道："此一时彼一时也。现在是什么时候？咱们用不着再夹着尾巴做人啦。从前皇上扶植我跟索老头儿对着干，如今那老虎的牙已经被拔了，为了对付他，皇上把个太皇太后老祖宗也得罪了，哼哼，如今台海那边儿也不太平，正是用人的时候，他不对咱们好点儿，还指着谁去？便是谨慎小心如娘娘，没有咱们爷们儿在外头周旋，她的位子也坐不稳，怎么不给咱们方便？机不可失，时不再来呀。"说罢，饮了杯中茶，怡然自得。

"可多少人是倾家荡产才走通您的门路的！再者，但凡有些真才实学的，谁肯花费这许多银钱来买官？阿玛就不怕所荐非人？"

"谁肯花钱？！"明珠撂下茶碗，指着对面正襟危坐的成德，皱眉道："你呀，只见天儿跟你那些素衣门客们胡混，也学得一脑袋酸腐，以为有些才学就能鲤鱼跳龙门了？我这儿可是行不通的，这'才'跟'财'，是缺一不可啊。"明珠红了脸，擎着双手，左一比，右一划，说得头头是道。

成德似乎明白，当初姜辰英还是有意仕途的，最后仍然失意南去，原来，其中的关节，自己并不知道，可转念一想："那些人先花了钱，等得了势，焉有不想着回本儿的？那时，这笔烂账可记到谁头上？"

"总记不到咱们头上！"明珠有些不耐烦了："一朝天子一朝臣，安安稳稳过些年头，都个人顾个人的去了，咱们只把自己的后路铺好就成了。这一点，我看你媳妇儿就比你强得多！几时见你替我料理这些事？成德，阿玛在朝里，是如履薄冰啊，你是知道的，若你也不跟我一条心……"

"阿玛！儿子正是一心替您着想，才说这些啊！"

"行了行了！"耐心的明珠终于被惹怒了，一把推开了面前的茶碗："先前不许你管那些没用的闲事，你偏不听！花了我许多银子不说，如今反倒教训起我来？！"

成德一惊，跪倒道："儿子结交那些人，也是奉了阿玛的命，并没给您丢脸。"

"是！是我说教你结交些有用的人，可也没说教你只在这些人身上花功夫吧？这些身无分文的穷书生手里，到底还有些好玩意儿，谋了来，也算没白白结交他们，要不是看在这个的份儿上，你以为我还会由着你在那些人身上花钱下功夫？听话的、可用的，我手里也多的是！"

"阿玛从前鼓励我与那些汉人交好，原来，只是为了利用我？！"

"你？！你是我儿子，我还用不得了吗？！"明珠当然不仅为了用他，可话说到这里，做老子的怎肯低头："出去！没用的东西！"

成德愤而离去，又转身央求道："阿玛一意孤行，做儿子的也无话可说，只求阿玛别教玉儿蹚这浑水，她个性太强心机又不深，阿玛您别害了她。"

明珠哪有性情把这话听完，大骂道："放肆！你做儿子的眼高，老子用不起，她一个儿媳妇，既进了我的门，怎么不许出些力？你非要看着你老子孤家寡人才肯甘心？！滚出去！！！"

三

忙了一整日的玉禄玎，终于抽空坐在灯下细细校账，福子素知玉禄玎性情，不忍见她一味上进，却失了根本，抽了空儿劝其改改性子，对大爷和软温存些，玉禄玎却听不进去，放下账本笑道："听你出的这主意？我哪里会那些劳什子？什么瓷儿啊，曲儿啊的，依着我说，还不是他们爷们儿们闲磨牙的玩意儿？若咱们也有那个闲工夫，这一家老小的事宜搁着哪个管？"

福子掩口笑说："少奶奶再可别当着大爷的面儿这么说，叫他笑话咱们，上回我听二爷说，人家那叫诗余！"

玉禄玳更乐开了，笑道："你瞧瞧，可是我说的闲磨牙吧？我难道就不知道，这鱼，落在水里头是湿的？"

主仆二人乐得前仰后合，止住了笑，玉儿耳边却莫名回响起曹寅的嘱咐——数月前曹寅南行前，将玉儿当掉的首饰赎回，亲手还给玉儿："别当着成德的面儿说起这事儿，倒教他多心。还是那句话——对自己好些。"

四

成德精疲力竭回到晓梦斋时，夜色已经渐浓，屋里掌了灯，坐在灯下的玉禄玳抬眼瞧了，见他面沉似水，怕被抢白，旋即收了笑脸，低头合上账本良久，还是忍不住试探着问道："还生气哪？"

成德挤出一丝笑，却不知回说什么好，玉禄玳案边的灯花像是有灵性故意缓解二人的尴尬，啪的一声溅起来，倒唬了玉儿一跳，定定神正要借了这喜兆同成德说笑，却听院中锣声大作，有人高喊："走水啦！来人哪，快来人哪！"福子在外间屋嚷道："大奶奶，东府里书楼那边红彤彤的！"满屋子人手忙脚乱往出跑，只有成德散了架一样，一头栽倒在床上，纤长的睫毛也挡不住恣意的泪水……

五

父子间从未有过的剑拔弩张冲晕了成德的头，愤愤冲出外书房，径直奔穴砚斋的前楼而来。

二楼上，灯火寂静，只有一个小厮值夜，见成德神色可疑，语气可怖，哪敢怠慢，提着灯笼应命开了最里间的一间屋子——那是平日明珠存放心爱文玩的地方，可推门进去，却空无一物，成德喝问小厮这几日老爷是否来过，检视过哪间，小厮支吾不肯说明，成德唬着要打，这才答说："老爷只吩咐说那些老物件儿金贵，怕经风，才教挪出去的，旁的奴才一概不知。"成德按其所说，又来后楼。

　　后楼也是明珠的藏书之所，且皆是极少翻看的闲书旧书居多，故而平时少有人涉足，今却见门房里守夜的人丁倒比先时多了几人，因夜寂更深，众人无聊，又是穴砚斋深处的僻静之所，自然聚拢来吃酒赌钱，成德一路行来，怒气平和了许多，见此倒也不忌讳，只假意说奉父命而来检视库房里新添的藏品，众人见主子不恼，都长出一口气，嬉笑着提灯上来引路，却不上楼，而是绕到楼后，开了一处地窖。成德就着微弱的灯火，依稀见这地窖与一般民窖颇不同：地面上只露出半人来高的四壁，顶上设琉璃瓦的起脊，两个上夜人费了大力才推开了足有两尺厚的窖门，一丝凉意扑面而来，眼见得脚下隐约是二十来级台阶，循级而下，砖砌的墙体和拱券皆由白灰勾缝，坚固非常，下到窖底，展眼望去，是一排排口大底小方斗形的、或是黄花梨或是红木的箱子，密匝匝摆了足有几百个，每个箱子两侧挂着铜环，箱盖上又有镂雕的孔洞——这箱子倒甚是眼熟，成德想起当年秋水轩与众词客聚会时，明珠正是命自己带了这样一箱凉食去的，原来，这里竟是一处冰窖！成德不禁打了个寒噤——因在暑夏时节，冰块稀缺难得，清廷有例，非经皇帝御批，府用冰窖是不得随意建立的，明珠这又是犯忌！

　　跟着提灯的小厮迂回曲折绕开木箱，在冰窖深处一处晦暗的角落里，一把大锁拦住了去路："大爷，开吧。"成德一愣：哪来的钥匙？"刚吃了些酒，竟丢三落四起来，把东西也忘了，你们替我跑一趟，若不在通志堂楼下书房里，就在后山的花间草堂炕几上，哦，我才打刊刻处回来，兴许落在那儿了？左不过这几处了，确切我也记不清，你们且去，我等着，老爷的吩咐，我是不敢怠慢的，你们也快些。"

　　"是，那大爷您也别干耗着，且上去歇着？时候长了，可仔细冻坏喽！"两人执意送成德先上去，成德拗不过，一同跟上来，见二人去了即刻提灯折返回来，一脚猛踹开了内门，眼前情状令人不禁哑然失色：门后是几级高阶，阶上狼狈地散落着各色字画，小心翼翼拾级而上，又见几扇古色绣屏胡乱摆在当地，挡住视线看不出这密室大小，灯光过处，依稀映衬出屏上蒙尘的美人，提灯细照，耳边却听铿锵玉碎声响，慌忙低头看时，但见脚下正围拢着里三层外三层的古玩器皿，秦汉的漆盘、两宋的玉盏、陶渊明的锄头、苏小小的钗环，堆得满坑满谷，屯街塞巷，放眼望去，一面墙边整壁的博古架早已塞得密不透风，对面参差堆放三层金丝楠木箱拢，最上一层还未及关好，半幅缂丝梅雀图轴搭在箱沿上，当地一张盘龙透雕紫檀大案上也是堆积如山的字画砚洗，偌大的密室，竟无立锥之地。

成德撩袍蹭到案前，插住灯笼，将案上堆叠的字画一幅幅展开，刺鼻的胡椒味令人不免蹙眉，细看去则又是感慨万千：张纯修所赠前明王绂的《竹枝图》，孙承泽老人所赠宋代崔白的《芦雁图》，严孙友亲手画就的《江村草堂图》……从前师友情的鞭策和见证，几经辗转，如今，竟都已经成了贿物！

"苇卿生时，曾好言规劝说'好舟者溺，好骑着堕，君子各以所好为祸'。不想竟一语成谶！那时我不敢教阿玛知道我典当的事，特意当在别家，却没想到，这些人见了我的钤章，定要搜罗来，做出这样的事，想来，岂不是我把阿玛害了？这些古人今人的心血之作，传世之宝，竟成了病人坏国的玩意儿，不知这些画作的原主人会作何感想？？！！"想到此，成德五内俱焚，泪如雨下。

悄无声息的密室里，成德的身影被一点激烈的灯光映着，透过古绣屏，和屏上倚竹的美人相对而立，那身影猛然奋力撕扯，瞬间帛裂之声打破了寂静……

其实这密室还与后楼一楼的一间屋子相通，可以直通地上，可成德哪里知道，估计被支走的两个守夜人快回来复命了，成德忙掩了泪，提灯顺原路往回走，匆匆行至密室阶前，稍定神，又回身一抖手，将灯笼狠命扔进身后的旧纸堆，熊熊燃烧的火光照亮了前路……

六

穴砚斋后楼的大火被扑灭了，满地狼藉，明珠颤巍巍擎起被烧得面目全非的绝世名画，欲哭无泪："逆子，逆子！！！"痛骂声响彻夜空。

七

索府里，赋闲在家的索额图得知明府书房失火，珍玩贵物毁了无数，气得暴跳如雷，把正草拟的弹劾明珠卖官鬻爵的折子撕了粉碎，直骂自己偷鸡不成蚀把米，下人不解，索额图嗥得络腮胡子直颤："他那烧的可都是我的钱！！"

八

缠绵病榻已久的成德，除当值日挣扎着赴职外，数月没有过府向明珠请安，连皇上抚慰重臣，加赠明珠太子太傅的喜讯也没能打动他。阖府里都被太太和玉禄玳下了死命，皆说是因大爷病未痊愈，只有这父子俩心里明白，这死结是再难解开了。

这日成德下职在家，本意邀了刚获擢升的严孙友一同秋游，却不想晨起天色即骤变，淅淅沥沥的雨总不住，及到晌午竟越发紧了，暴雨瀑布一样砸在敞院里，月门旁已显颓色的竹枝被狂风裹挟着摇摆不定，成德被众人拦着，只好困在西园里，烦躁中闲翻书页挨着时光，待到风声渐缓雨渐悄，人又不觉困迷了，朦胧中隐约听见后院有人咿呀吟唱小曲，细听去，道是："谁翻乐府凄凉曲，风也萧萧，雨也萧萧，瘦尽灯花又一宵。不知何事萦怀抱，醒也无聊，醉也无聊，梦也何曾到谢桥。"歌声悠扬婉转，沁人心脾，成德好生纳闷儿：谁唱我的《采桑子》？问明，原是先前奉玉禄玳之命搬进锦澜院里的小戏子在演习小调，不知是为讨主子的好，还是应和着时下的流行，竟将成德的旧作翻出来唱。成德本是好奇，却想着多有避讳，耐着性子听完，莞尔一笑，将思绪收回来，问着玉儿的去处。

"回大爷，这些日子老爷外头园子的工程报说竣工了，早几天就请咱们府里去验看呢，奶奶一直抽不出空儿，可巧今儿一早天色发暗，眼见是一场好雨，奶奶说这样的天气验工再好不过，就带福姐姐过去了，咱们家那园子大呢，怕一时半会儿回不来。"初莲以为大爷不召小戏子们来见，只是因为顾忌大奶奶，详详细细将玉儿行踪告诉了一遍。

成德本意怜惜，却又不知从何说起，轻叹一声道："你们这奶奶，想得还真是周到。只是这样大的雨，不知我那园子里的茅亭怎么样了，唉。"

不等雨住，成德拗着脾气，执意来拾华馆见严孙友，见只有二弟揆叙一人坐在课堂里描画，陪读的小厮们都因下雨不来，揆叙抱怨说："其实我也不想来，二嫂子逼着来。"成德不免发笑，又听说暂为塾师的严孙友夸赞其刻苦之余，又另送了绢本给他，由他随意玩，自己则往花间草堂赏雨景去了，成德遂又沿着溜滑的石阶上了后山。

案上画中的雨景却不是窗外北国的秋雨，"山色空蒙雨亦奇。江南的雨总还是温软些的。"严孙友的话语中，已然夹着些许乡愁："虎头回去了，我这心里，嘿嘿，也痒痒的。"

成德无限憧憬着画上的迷蒙美景，却对严孙友的话甚为不解："先生无意做官，我倒知道，只是年前北行吃了许多辛苦，封官受赏是天经地义，此番刚得了编修的差事，多少人艳羡您，哪有走的理，岂不可惜？"

"国家兴亡，匹夫有责，能随你北去一遭，做些力所能及的事情，是我之幸，我不敢邀功，更不巴望着这碗皇粮。皇粮，'黄粱'啊！"严孙友说着，信手提笔在纸上写下"黄粱"两字，唏嘘不已。

成德心中虽然深以为然，却仍然极力挽留："先生未免有些悲观吧，你看朱彝尊朱先生，自入值南书房行走、侍讲左右以来，春风得意，人都年轻了许多。"

严孙友一愣："他？他！哈哈哈，容若，你真是个实诚人哪，他会老老实实被人拴着？哈哈哈……”成德虽然听不懂严孙友的意思，只是觉得仅仅这样坐在对面，心里就有说不出的坦然。

……

九

“日讲起居注官朱彝尊，为官不经，擅自抄录四方所进图书，泄露官中机要，甚负朕望，即日起，逐出南书房！”——乾清门前，被太监骂着“南蛮子”推搡出宫门的朱彝尊，丝毫未有戚色，收拾好拉扯中散落一地的各类书籍，用力将书囊往身前提了提，嘀咕着：“我是蛮子？哼，抄书就蛮了？那我也认了！不抄？留着这些好书烂在你们手里？哼，蛮子！蛮子！”哼着小曲儿，步履矫健，乐颠颠地去了。

十

时光在孤独、寂寞和怀疑里，走得尤其慢，再次送走了故人的成德总在想，一切都会过去，会有更多的赞赏、支持和理解重新围绕回来，会有更崇高的理想值得自己再燃起新的希望，再去创造、再去挑战、再去收获，聪明的人会想出各种办法不教自己沉沦，会在积蓄力量的同时安心等待命运的转机。

可成德在困惑中等了整整一年，他沉默寡言，他茕茕孑立，除了平静，他甚至都不知道自己在等什么，几次，他想打听皇上向罗刹用兵的事，希望给自己抓住一个蜕变的机会，可他退缩了，他知道这很冒失；几次，他试着像从前一样，写下几首新词，排解沉重的孤独，可展眼左右，竟连个问询的人都没有，写给远方友人的信笺，如石沉大海，面对清灯素笺，更痛的寂寞以更快的速度咬噬着他，他甚至不敢再提笔；几次，他努力在家宴上编出笑话缓和冰冷，可依然失败了，他也猜测父子间是不会记仇的，可就是有那么一道填不平的沟壑横在两人中间；几次，他望着熟睡在身边的美丽脸庞发呆，她太累了，她以为把整个自己都交给了他的家，可是，唯独他感受不到温暖，他觉得，她美得刺眼，他能感觉到，原本就不近的两颗心，正渐行渐远……

十一

成德第一次，也是唯一一次走进心中憧憬了多年的如画的江南，是在这年的秋天，此行于他来说，意味着结束，意味着重温，也意味着开始，而作为侍卫的成德，能有扈从江南的机会，要拜皇帝所赐。

"朕轸念苍生，勤求治理。迩年以来，于畿辅郡县，时行历览，补助兼施。今俯允廷议，诹吉东巡。正欲体察民情，周知吏治。"然而，仅仅东巡泰山完成祭祀，还不能满足皇帝雄视天下的虚荣心，继而南下领略江南人文风光，对于一个刚刚经历过蜩螗岁月的国家君主来说，还是要轻松一些的，即便是这样，皇上仍然采用了明珠所建议的"督导河工"的借口。因为路途遥远，安排的随行扈从比以往更多，从亲王皇族，到亲兵侍卫，从内阁学士到起居注讲官、銮仪卫、各部尚书、郎中、监督、御医，凡此百十来人各司其职伴驾左右，再有小吏、杂役伺候这些人，所到之处，必定又有地方官员和百姓迎驾，会合了浩浩荡荡千余人的巡幸队伍，日间徜徉在彩旗林立的宽敞街道，入夜鱼贯于花灯闪烁的蜿蜒河面，热闹景象可想而知。

扈从中的侍卫们，入职的规律与在京中不同，因行舆缓慢，侍从更替也更为频繁，换班随意得多，加之身染小恙，成德便以此为由，难得抽出自由身，待等巡行的圣驾队伍先一步往江宁去，便决意抛开其他下值侍卫，身边只带了茹儿，留在无锡闲逛两日。

十二

时气已过十月，忍草庵这处坐落于山腰的偏僻所在，已然不是卉木萋萋的盛夏景象，可是因为有成德的到来，还是多了阵阵回响于山林间的唱和，显得热闹了许多。这打动成德的热闹，远不同于那些司空见惯的繁华景象，当他闹中取静置身一隅时，那些友人们口中的旖旎温婉气象，总能像眼前惠山的泉水，汩汩流淌于笔端：

梦江南

江南好，水是二泉清。味永出山那得浊，名高有锡更谁争。何必让中泠。

"这贯华阁可算揽全庵之胜了吧。"成德推窗望去，远处湖光帆影，青山重叠，涧下绝妙好景一览无遗："虎头兄好眼光，真真羡慕你们。"

"这都多少年了，你怎么还不放过我，还这么叫？！"顾贞观已经不是当年落魄的样子，有严孙友在侧倒无碍，只是新添的仆人听这绰号暗自掩口，令他有些尴尬，却也忍不住笑出来。

成德也想坏笑，却轻嗽几声，瞄了一眼旁人，笑道："唉，我可不敢冒犯！"

"只说江南风物，鱼鸟近人，花草亲客，可到底湿冷些，风光还是绝好的。"顾贞观抬手示意仆人下楼抬火盆来，置备茶席，又道："不过住在家里，虽然简朴些，心下自在。"听顾贞观这话，虽然身上觉得冰冷，成德仍然不舍闭窗，目光流连在远方的虎丘。

"你随圣驾刚从苏州来，竟不认得？"严孙友顺着成德的视线看过去。

"嗯，只略停了一个时辰，走马观花而已，说是观景，还不是要一一抚慰围观的百姓，皇上也是难做的。"成德一阵苦笑："原本想再穷究些古迹，也不能够了。倒是傍晚时在皇上身边，得听了一阵好箫管，绕梁三日啊。"

"这也不遗憾，孙友最好游山玩水，到了这里，更是没得难住他，就教他画给你瞧，管保比亲见的景致还好！至于箫管嘛，倒是难了，不过我这里，也有好曲子听，容若要听得？"

"你又拿我卖人情！"严孙友笑骂道。

三人说着，下人已经将三楼的敞间布置停当，画案，茶桌，火盆，一时间暖融融热切切的气息升腾起来，成德已深深地感觉到顾贞观口中的"自在"二字，和这样两个有故事的友人并肩论旧，本就是一件暖心事。

……

"容若此行，一直伴驾左右，皇帝初次来此，不知有何感想？听说，还要去拜谒孝陵？"顾贞观告别官场多年，竟连忌讳也忘了，只当是故人久别的寒暄，胡乱打听起来。

成德从没想过跟故交隐瞒什么，却被问得有些不知所措，他知道，自己作为御前一等侍卫，背后传播圣意是不妥的，况且，他更知道，皇上对于商贾盛行而少事生产的民风并不赞赏："呃，要我看，民风柔软，风景秀丽，正是'人生在世不称意，明朝散发弄扁舟'的好去处，所以，我说羡慕你啊！"

严孙友呵呵笑着，打了个圆场道："人只说江南是山温水软，其实也不尽然，虽说比不得北国天寒地冻的来得壮观，可到底故事多。就说这虎丘山虽高不足百米，想来，却也埋着春秋的霸主呢，所谓……"

"山不在高，有仙则名。"成德笑着引了一句陋室铭，用的也恰当，一路扈从南巡，所行所住，都是当地官员费尽心力营造的玉宇琼阁，顾贞观这一处倾其所有修葺的旧楼，当然简朴了一些，但成德喜欢。

"不敢比古人，不敢不敢！"顾贞观神情自若，掩不住的得意，道："我这里不敢说谈笑有鸿儒，不过如今成德来了，咱们倒是'可以调素琴，阅金经'啦！"顾贞观笑向严孙友，意在所指。

严孙友拍着脑门会意道："哦，对对对！光顾着闲聊，怎么把正经事忘了？先前你不在，这素琴，我们都是无福听的，如今你来了，怎么不听？"又催促顾贞观："别等他发话，快请快请！"

一时，身边的下人应着去了一个。成德见二人似话里有话，笑道："倒什么鬼？"

严孙友凑近了悄声坏笑道："不是鬼，怕是个仙呢！"

"唉，孙友，怎么好好的人，好好的事，教你说出来就歪了呢？"顾贞观向成德荐道："人家还真不是轻易能见着的呢，仰慕你许久了，听说你来，这才请动。"

"这？不行不行！"成德想起进京前顾贞观曾提起过一次，不料竟真的成了行，断语道："虎头不知道也算了，孙友兄，你怎么也忘了，我家里……"

"哎！跟家里有什么关系，这是会客，只许你礼贤下士，就不许我们也广结善缘？借你的大名，也教我们见识见识，有什么使不得的？"严孙友猎奇的心比成德大多了。

45 | 湘弦重理

一

"容若休要多心，人家仰慕的不过是你的才名，她见过的名门公子也多了，从没见对谁属意过，我们倒有意撮合，只怕人家还不肯呢。"顾贞观正说着，一个玲珑剔透的小丫头抱着琴，被仆人引着进来，福礼道："顾先生，我们姑娘说，早闻纳兰公子的大名，原该早早恭候的，却一时不知带哪张才妥当，挑选了半日，所以才迟了，请先生不要见怪。"

"无妨，快请吧。"顾贞观边说着，边轻声向成德道："看，还真是尽了心呢。"

那丫头将干干净净一台古琴安好，捋齐了琴穗，方才留在楼下的茹儿便亮声报道："有客到了。"

三人循声望去，见一位汉家女子翩然而至，一色牙白襦衫挂裙，裙褶上的暗绣回纹被裙摆正中的亮蓝绣片遮挡着若隐若现，通身打量这女子，身量并不高，却因寸许的装头把神色显出几分孤傲，料是刻意地不想引人注意，只淡淡扫出一幅清素的妆面，眉眼有些黯淡，高耸着的薄削鼻梁却将骨子里的精致和清冷展露得一览无余。

令众人扫兴的是，这被唤作沈姑娘的刚一露面，也不等顾贞观招呼，抬眼扫了一下正座上的成德，见是位着侍卫服制的官爷，先是一愣，并不知成德是因为刚下值就匆匆赶来赴约，来不及换衣，只微微一皱眉，扭身便走。

那二人皆不解，倒是成德笑道："既然来了，又何必要走呢？"

姑娘也不理，只向顾贞观嗔道："私下里，我从不与官宦结交，顾先生怎么忘了？这位官爷想找乐，只好请往集香院去吧，先告辞了，得罪。"说着，已然下楼去了。

"哎！这位可是侧帽集的词主呢！"

"好个顾先生，我正是被你这话骗了，这里哪有纳兰容若呢？我怎么没瞧见？"沈姑娘冷冷问道，又向身边正不知所措的小丫头道："竹影，回吧。"

说罢，主仆摇身离去，留三人讪讪无语。凡爱美之人，尤其对美人有着近乎挑剔的眼光，严孙友不无失望道："姿首平常嘛，虎头是过誉了吧，白白巴望了这些日子。算了容若，去就去了，再找好的来。"

成德无意认真听这些玩笑，只默默摘下官帽，推开窗，目送雾霭中远去的云雁，和窗外萧瑟的江南秋意一起，定格成一幅画。

"这位姑娘可不是以姿色胜人的。人是怪了些，性情却极慷慨，今日不知怎的，唉，她倒说我骗她取笑她，那我岂不成了忘恩负义了？"顾贞观满怀心事，牢骚道。

"嗯？"

……

二

和落了队的成德兀自享受轻闲不同，随驾前行的诸臣工却遇上了不大不小的麻烦：因当地接待能力有限，所有京中随行官员都是自备辎车，自行载运帷幕、炊具，每行至一地，又要先等皇上启程，辎车才出发，而銮驾行驶缓慢，每每入夜，官员的辎车都还无法抵达，先行的臣工们只好枯等，好容易帷幕用具到了，各家人车又像没头苍蝇一样乱寻，城外空地上新增的数百营幕胡乱驻扎，主仆间再想认识，难上加难。皇上的行宫设在江宁织造府，忙于应付皇上巡幸的织造郎中曹寅，早早往城外迎驾，顺便联络京中故交，不想行伍中有律令不许高声叫嚷，黑暗中，曹寅离了銮帐只得低声遍寻各营，皆不可得，直到三更时分，闲杂人等稍稍退去，才被人唤住，细看去，却是明府管家安仁。因圣驾所到之处，十里以内的井水、泉水都要留给皇上和扈从，别人只好远去找水喂马炊饭，这会儿安仁早降级成了杂使仆役，刚提了水，踉踉跄跄往回赶，寒暄谄媚一阵过后，便引曹寅来见明珠，自然又说起成德，本来已经饥肠辘辘的明珠更没心力："那个呆子，读了那些个腐书在肚子里，他要是有你一半通时务，我也就放心了。"

"成大哥是比任人都看得通透明白的，只是不按道理行罢了，也有他的缘故。"

"独这一样就是不通啊，你替我好好开导开导他，只怕你们的话倒比我的还灵验些。"

"伯父的话，自然要听的，只是我并不曾见着他……"

三

"大爷，大爷，给你找来了！"茹儿一大早从外头赶回惠山的住处复命，见成德早醒着，"找了几家也不见有太像样的，只这件是全新的，大爷将就穿上试试？"成衣铺的绛袍褂子粗厚笨拙，显然不算讲究，可成德是天生的衣服架子，竟也合身得体，茹儿长出一口气。穿成这样朴素，反倒令成德轻松得多，带上茹儿随顾严二人下了惠山。

因知道成德不喜热闹，这样时节又无花木可赏，二人便荐成德主仆往东林书院游玩，虽然对那顾贞观世祖顾宪成的一句"风声雨声读书声，声声入耳；家事国事天下事，事事关心"早有耳闻，一时心动，可心思缜密如成德，却又不得不绕开考究"东林党"的嫌疑，留心找了个借口，引往运河畔的南禅寺来。

四

水网密布的漕运集结地，熙熙攘攘的人群，和成德向往的烟雨迷蒙的秀丽风情还是有差别的，但人们通常更愿意在经历了千回百转之后，将眼前的所得与心中勾勒出的轮廓比较，进而相信，这就是自己要寻找的。小桥下美丽的卖花姑娘那柔软的叫卖声渐行渐近，像一片荼蘼外的袅袅轻丝，慢慢唤醒了成德沉寂在心中许久的江南情怀："这个季节，还有花？"

"野外的应该还没有，不过是暖房里的娇气种，人们使了花样催开的，不知这外头的气候，替那起商人们赚了钱，开几天风光罢了。"

严孙友的答话没能把成德从往事里拉回来："茹儿，你还记得你如萱姐姐吗？"见茹儿呆呆答不上来，成德才恍然："对了，你并不知道。她说她小时候，家门前就有条河，她是坐着河上黑色的小船离开家的，她说他们都戴着黑毡帽，她还能唱他们的船歌。"

"山茶花嘞——新鲜的山茶花！"秀气的小姑娘擦肩而过，转眼消失在桥头，甜美的嗓音依然在耳畔婉转。

茹儿见成德听得出神，虽不知主子所提及的是什么人，也猜出八九，急急追了下去，成德也好奇跟着，顾贞观不解，正要上前唤回，却被严孙友拦住："那边不就是集香院么？"顾贞观会意："唔，这样最好。"

谁知那女孩子灵巧得很，下了桥往那静谧幽深处走去，在曲折的小巷间闪躲几个来回，便再寻不着，成德一路懵懂，也被丢在后头，再找来时路也不可得，只好索性在弄堂里来回踱步，盼望有人可问，偏偏这一处是冷清清的旧街，前后无人，只有从两旁高墙里飘散出的桂花香气醺人欲醉，墙头伸出的樟枝楠叶苍翠欲滴，攀附在壁上的荼蘼藤萝轻舞慢摇，青石子路的角落里，散落着浓淡不一的青苔和萎草，草尽了，以为已是小路的尽头，转过去，却又是另一样景致，几级石阶被一片葱茏佳木簇拥着，架在一弯流水上，看似随意，却别有一番意趣，拾级而上，又见一洞月门，门里也是秀木繁阴，情致盎然，看得成德不禁欣喜，不知是谁家庭院，竟这样似曾相识？

正留恋着不肯回头，忽听一阵淙淙泠泠的琴声响起，细听去，那琴声忽而悠扬婉转，忽而又高亢跌宕，流连处不绝如缕，铿锵时仿佛石崩，"这是何等样人？"成德心下好奇，更兼如醉如痴，不由得脚步被那乐声引着寻进院中，又过几步板桥，跨一座敞院，穿两边廊道，才得见一座闲亭伸出湖面，那抚琴人正背对着廊柱独自消闲，琴声借着水音四溢开去，一时听得入迷，成德竟忽略了这背影是个女子，只管沉醉起来。

却听一声铮鸣，那筝好好地竟断掉了一弦，断弦直挂在后岳山上弹个不停，成德也猛然醒了，转身要去，那人却自笑道："既然来了，又何必要走呢？"

成德听这话蹊跷，又走不脱，只好低头赔罪，正巧有人来解围——前院奔来个丫头向女子道："姑娘，打听明白了，那些诗根本不是他们自己写的，原是咱们门前一个穷书生，因穷得无法，才替人家写些个酸诗，挣点活命钱。"

"怪不得，给他些银子，教他自己谋些个正经事做，害人害己的勾当远着些，可惜了那点子才气。"

"是，"丫头又转回来问："妈妈问，那些花了钱求见的相公们，姑娘见还是不见？"

"既是他们请人作了弊，为什么我还要见？花了银子又怎样？我也不少这几个钱花，再不走，我就哄了。"

"可是妈妈说……"

"她若爱，教她自己去陪！"

见姑娘恼了，丫头要去，见成德面熟，再要唤时，姑娘正声道："竹影，怎么还不去？！回来，这是我请来的诗客，不必说给妈妈听。"这丫头才悻悻去了。

"头回请你听琴，偏教你看了笑话，请坐啊，成公子？"如果面前不是个素衣女伎，挥洒的谈吐会让成德误会成是个君子。

"听姑娘的琴原是我偏得的，怎么敢笑话？虽说有知音弦断的话，可惜的是，姑娘这弦并不识人情，容若并不敢称是姑娘的知音，不过姑娘若有兴致，只管续来再弹，容若洗耳恭听。"

"谁说弦断一定是知音啊？"沈宛顽皮一笑："这弦，不过绷得太紧了。再换原也可以，只是，我得弹给懂的人才成。你却一味谦说不通，我再续给谁听呢？"

成德脸一红："非是容若自谦，果真是不甚通呢。历朝历代文人都不以能乐为荣的，所谓'琴棋书画'，不过是略略知晓几个曲子，什么采桑子、虞美人、临江仙、水调歌头，都是司空见惯的，翻来覆去不过那么几首曲牌，一样的音律，便是填上新词，若细听去，仍是雷同，想来也是，各人的句子，自然有各人的意思，哪能是一首曲子能唱尽的呢？所以，便是能偶得些佳句，不能尽意，也还是觉得无趣。"

"公子这话有些意思。只说书画一家，却不知词曲更为一家。如今兴得，能舞文弄墨的，都去制词了，倒是这耳朵听得腻味，家家唱出来，都是一个调调，可又能如何呢？从前，《诗经》上所载的诗篇，原也是有曲调的，只是朝代纪年更迭，连曲谱也不曾流传下来，可见乐曲凋零之甚。"

"我听姑娘刚才所弹，却是十分新鲜，不知姑娘从何处所得？"

沈宛莞尔一笑道："新鲜自然是新鲜的，不过是我胡乱弄的曲子，又没有工尺谱，又没有像样的词来配它，亏得你还觅着动静过来。"

"原来是姑娘自己作曲？顾兄说姑娘是难得的才女，我只不信，如今算是见了。只是怎说没有词来配？我方才明明听见你哼唱着的，像是'习习谷风，以阴以雨。之子于归，远送于野？'"

沈宛禁不住羞道："总要唱出些意思，不然弹了什么趣儿？又没什么好说的，只好随口寻了这么两句，反正孔夫子《幽兰操》的琴曲早已失传，我私下唱两句，原也没什么罪过，偏教你听了去，也罢了，我再不唱就是了。"

"怎么不唱了呢？我平生最不喜那些为了应付上意写下的枯燥文字。诗词一是言情入微，二是风流蕴藉，那些凑热闹用的所谓步韵诗，或者无病呻吟的胭脂词，真是读够了，姑娘若有新曲，我便可以制新词来配，岂不雅致？"

一番话正说中了沈宛的心事，一直以来，沈宛仰慕他的才名，不正是期望有朝一日能琴瑟调和、相与唱和吗？可这不过是一厢情愿罢了，他那日一身的官服，已经将自己远远地推开了，谁知眼前的他，能有几句话当真？

正说着，一个稍年长些的灵巧丫头慌慌张张赶了来报："想是妈妈在前头答应了那起来会姑娘的人，这会子被你拒了回去，她臊了，要来问你呢。"

"谁在乎她问不问。"沈宛头也没抬，打开琴匣取出一束新弦。

"可他？"丫头望向成德急道："那老婆要胡猜说你自作主张坏她的生意，岂不又要疯了？再编排些有的没的，可怎么好？"

成德识相，转身要从原路回去。

"那后廊子上没遮没挡的，藏不住你！"这丫头到底聪明，说通了沈宛，二人不由分说拉着成德进了后院的绣房，沈宛一面要迎着出去，一面急声嘱咐道："月痕，看住他，不叫可别出来。"成德不知如何支应，只好听从摆布。

果然老鸨来势汹汹，进门便骂："小蹄子，看把你能的，翅膀还没硬呢，就不听摆弄了？"

"妈妈这是冲谁啊？"沈宛定了定神，缓缓坐下兀自玩弄案上的棋子。

老鸨平日从这当红的姑娘身上没少赚钱，也深知沈宛的倔强脾气，只好强压着怒火说起好话："我的姑娘，要不是总说我这当妈的唠叨，妈这都是为你好，你这大好的青春，就这么耗着，不是白白浪费了么，趁着行情好，多见几个，挑个好的从了良，日后你也有个依靠不是？"

"你老人家别忙着套近乎，不过看你白长我们几岁，才叫你一声妈妈，谁知你那肚子里装着什么见不得人的，我们也用不着你的那点子好，你也有闺女的，怎么不见你老操心她们呢？有好的，不自己留着，竟扔给我们？你老唬谁呢？"

"你？！"老鸨登时虎了脸："真是越发张狂了些，到底是人大了，出息了，知道顶嘴了？不过我也告诉你，那是我平日哄着你，捧着你，不肯教你没脸罢了，你一个卖手艺的，不过有点子歪才，论长相也算不得那绝色的，说到底能值几个钱？眼眶子竟这样高？别狂得没了根本！我们家闺女可是正经女孩子，大门不出二门不迈，万事全听她妈我的，正是做太太的命！还拿着架子和我闺女比，你配么？"

没想到这番话正戳了沈宛的肺，腾地站起来，厉声辩道："绝不绝不色又怎样？总比那起肩不能挑担，手不能提篮，文不能测字，武不能卖拳的摆设来的好，谁家缺姑奶奶抬了你去？！"不等老鸨接话，沈宛抬手指着鼻子叱道："你若真是个正经人，你那乖女儿遂了你，也不过就是指着找男人争脸面，嫁个人你就高人一等了？我还没咒你家好好一个女儿，进了人家的门变块抹布教人嫌弃呢！说到底，还是块摆在砧板上卖的肉！"老鸨早伸直脖子等着沈宛的气口上还嘴，沈宛却是片刻不让："还千金太太？你老这是教你那起拉皮条的同伙唬傻了，还是梦话说得太多，自个儿都信了？"老鸨不甘心被抢白，也指着沈宛要骂，却又被占了上风，沈宛一把拨开，高声骂道："呸！下流老婆，也不照照镜子，就你那副淫贱相，还指着儿子闺女给你洗白？我劝你别做梦！"

"你？！好好好！我就等着看你的好日子，什么时候老死在这儿，才现在我眼里呢！"

"呵，你老这可是心急了些，好歹也得是我看着您走在前头吧？"

"你？！"老鸨气得直跺脚："我才瞎了眼，十八年花了这许多银子，竟养出这么个白眼儿狼来，今儿索性泼开了，都别安生，我教你逞刚强，看是你强些，还是老娘强些！"说着，便要动手打，又想着打伤了坏了生意，上来便掀沈宛的棋盘，沈宛也不拦阻，由着那混账老婆去，自己抱了膀子看热闹。那老鸨砸了杯盘还不过瘾，掀了帘子直奔里间卧室来，却见月痕丫头正守着一位陌生美人，见有人进来，二人都慌了，迎也不是，躲也不是，怔在原地挨着。

"哟，这是哪位千金呢？"在这老婆眼里，这哪里是什么美人，分明是白花花的银子："快过来让我看看肉皮儿！"说着，上来便拉。

那美人发恨挣开，老鸨本来又矮又肥活像个冰梨，冷不防被推得一个趔趄，美人后退两步，怒目而视，却不作声，倒是老鸨并不见怒气，只撂下脸来："身量壮硕了些，眉毛要修一下噢，凶得嘞！模样可真是一等一的！"正要往生意上扯，沈宛已经跟进来，唤道："嫂子甭理她！教她砸去，反正是她的东西。"

听说是位"嫂子"，老鸨才没了兴趣，扭着肥臀不甘地去了，临走，还生生在沈宛膀子上狠狠抓了一把。

这边三人见已混过去，才长舒一口气，沈宛看着穿着自己衣裳狼狈的成德，不免笑出声来。

"你只管笑，她没伤着你？真看不出来，你竟还那样伶牙俐齿。"

"提她做什么？唉，在这肮脏泥淖之中讨生活，没几分伶牙俐齿，也做不成我的清倌人了。" 沈宛娴熟地撕下缠在手指上的皮套和玳瑁义甲，扯得快了些，疼得"啧"了一声，"不妨，带得久了，有时会连皮带肉扯下一块来呢。"

担心时候晚了后门要上锁，沈宛不敢多留，偷将自己的曲谱藏进了成德换上身的袍子里，便急急教月痕把成德送出了集香院。

五

没人问成德这半日去了哪里，可顾贞观从成德闪烁的眼光里看得出来，他是喜悦的，是那种纯粹和超脱的喜悦，可是顾贞观却做不到如释重负，他是有顾虑的，隐隐的担忧使他惴惴不安，严孙友是看得开的，何况此事不是他出面牵线，劝解起来十分轻松："你既帮了沈姑娘的忙，了了她的心事，还了她周济你的情，成德也要感谢你做事周全，这是两全其美的事，剩下的又不在你，担的什么心？"是啊，两全其美了，可是成德赶去江宁扈驾时，仍然只带着茹儿一个，那半日的事，只字未提，"其实咱们什么也没做。"顾贞观这样想着，算是责怪自己，更是安慰自己。

六

华灯初上，作为行宫的江宁织造府里热闹空前，可使成德欣喜的，却与这些热闹无关，走在雕梁画栋间，耳畔还回响着那静谧湖面上飘来的袅袅琴声，仿佛从远处戏台上传来的喧闹戏文也一下子变得悦耳起来——皇帝很开心，跟随的众臣工也自在许多，"看来，可以再放纵一日。"成德盘算着，抚摩着鼓鼓的袖管，却和在皇上面前告假出来解手的明珠撞个正着。

"成大人好乐啊！"从安仁手中接过帕子拭手的明珠一见穿着便服的成德便没好气，边急急往皇上燕坐的前殿去，边嗔道。

"给阿玛请安！"

"别！我担不起。我们哪有你成大人过得优哉游哉？"明珠"哼"了一声，站住怒道："皇上前头正乐着，人人都巴不得围在身边讨个欢喜，独你！竟想得开躲清闲去，校场演习骑射你也不见，真是不知长进！穿成这样就往回赶，你还怎么上值去？当这行宫是咱们家呢么？跟你的人呢？"

一通怒斥唬得后面的茹儿赶紧跑来回话："回老爷，大爷这几天身上不好，跟别人换了班歇了几天，这才好些。"

"又病了？哼，可见你这当奴才的不尽心！不好好伺候不说，成日里调唆着不务正业，出来了也没个正经。管家！你给我打着问他，这些日子到底做什么去了？"安仁应着上来揪住便要打，茹儿年纪到底小些，一听要打，便不顾规矩叫嚷起来，行宫巡夜人知道是明相跟前闹起来，自然找来主人曹寅来解围。

本来成德正为被明珠教训愤愤难平，此时与少时的玩伴重逢却使他兴奋了许多，只是到底岁月在年轻的面孔上刻下了痕迹，昔日明眸秀眉的曹寅，已经是孩子的父亲，细密的青须中规中矩，在成德的眼里，着实有些可笑，他以为，他还是当年的子清，人前老成，人后顽皮。

曹寅却把似笑非笑的面孔留给了明珠："伯父何故在此耽误工夫，前头皇上都等急了，您还不去？"

明珠仍喋喋不休："外头都在风传皇上要大用你，你自己要有数，别老教我替你操心！他若有子清你一半懂事，我也不用动这个气了。"

见明珠不动，曹寅也不为难，只图个清静，借口吩咐安排成德的下处，拎茹儿去了，问得成德私会了故人，一笑置之："我当是什么，就为这个你们老爷就那样？不至于吧？"

"幸亏我们大爷自重，不曾同那女子有交往，不然，老爷知道还不知要怎么样呢！"

"哦？什么女子？"

……

七

曹寅给成德安排的住处是府里最偏僻的，忙于侍驾，二人竟连句寒暄也没有，可是临抽身去时，曹寅还不忘嘱咐茹儿："你带我的人去办吧，先别教你们主子知道。"

"可是那女子是那儿的头牌，老鸨子怎么肯放人呢？"

"傻小子，我要她的人，是给她面子，她敢不放？要银子只管给，回来到我账上领。"

……

八

持续几日的外官觐见、盐商进贡，曹寅又设宴、搬戏，来往珍稀古玩无数，各品级官员进出络绎不绝，可笙歌管弦彻夜不歇的江宁织造府，却总有一隅小屋只静静燃着一点明灯。

九

被曹寅强拉着与从前共事的近侍们一起凑饭局，成德是不情愿的，毕竟情深情浅众人不同，这样的局，大多还是为仕途上的顺遂而勉强聚在一起，再有就是同类间的厮杀，只不过是以比较和炫耀的形式出现而已。可主人是曹寅，这个自幼的玩伴，成德知道，能这样并肩而坐的机会不会太多了，更何况个中滋味已变得十分微妙。他来赴宴，更像是送别，与儿时无忧无虑的友情告别。

觥筹交错是免不了的，曹寅为每位已擢升要职的昔日同僚都准备了贵重礼物——他才不会放过联络的好机会。听着众人的吹捧，曹寅也相信此次接待有功，受赏是指日可待，只有成德把他的危机看在眼里，趁着醉意袭来前，凑近提醒："皇上启驾前，可是再三叮嘱，此次南巡所有花销不得额外向百姓征税，地方官也不许馈赠随行扈从。"

"那不过是说给底下人听的。咱们这也不算馈赠，是咱们众人私下的情分，再者，还用得着管老百姓伸手？按常例，我们外员向皇上进献的贡礼，皇上只挑几样，其余都赐还回来了，也算不得什么大开支。这些东西——"曹寅按筷指着众人手中各样巧夺天工的制器，笑道："各地的盐商早就预备下了，用不着咱们操心。"

成德仍不放心地望向窗外秦淮河上闪烁的灯火——皇上与宫中女眷的画船在河面上摆开了一条长龙，两岸上亦是火树银花，笙歌艳舞："不挪官银，你能应付下来这些？"

"这不教挪，这叫借，如今朝里谁不借？咱们又没乱花，你没瞧见，咱们主子可乐着呢！"

成德一声冷笑："使着倒是快哉，可使完了，他不教你还？"

"不至于吧，皇上心里有数，各中难处，他能不知道？"

"他知道？他凭什么知道？他知道了又怎样？"成德不敢怀疑，不想怀疑，不愿怀疑。

"你看你，好不容易聚一回，只说这些做什么，我给你看些新玩意儿。"曹寅挥手向下人示意。

有家奴上前低声回："回主子，那妈妈倒好说话，一听说是大人要的人，只黑了些银子就放了人。可那姐儿偏是个怪人，死活不肯露面，是奴才们唬她说'你妈已经把你卖了，无处可去'的话，她才勉强跟来，饶这样，还说——"

"怎样？"

"只肯屏后卖艺，绝不人前卖笑。"

"呵呵，果真不是俗人，倒有些酸腐味儿，给她立座锦屏！"

……

屏后，响起的是熟悉的时鲜曲调，婉转的歌喉，唱着成德的旧词："桃花羞作无情死，感激东风，吹落娇红，飞入窗间伴懊侬……"

是她？令成德惊喜的是，座中请来伴唱的果然是沈宛，这个孤高冷傲不可一世的小女子，竟然也折服在曹侍郎手下了？成德并没多想，他不知道的是，她不过是曹寅连买带抢而来，席前送给他的一件礼物，和那些送给同僚的礼物一样，锦屏后的沈宛也不知道，此刻满眼繁华后深埋在心头的委屈和不甘，终于有人愿为自己抚平。

酒席上体力不支的成德被灌得酩酊大醉，也有躲局的意思，便早早回织造府安置，榻边淡淡的衣袖扫过昏睡着的脸颊时，沈宛发现了案上堆积的书稿，和自己留下的琴谱……

46 | 强说欢期

一

"你一夜没睡，就为弄这个？"清晨迷蒙的晓雾潮湿而冰凉，沉睡中的成德被冻醒，却见沈宛衣着单薄，松松挽着倭堕髻，憔悴的脸上两眼放光，俯在筝前潜心弹拨，奇的是，明明纤手在弦上摩挲，却听不见响动，成德正纳闷儿，沈宛抬头见了，喜道："你可醒了，来听！"说着，双手向筝下一伸，扯出堵在龙池凤沼上的一整条素纱披肩，叮叮咚咚弹起来，悠扬舒展的音韵撩开了重重雾霭，在睡眼惺忪的成德面前，展开了一幅秀丽的江南山水画卷。

"昨夜在那边听了半宿，回来竟睡不着了，到底是雅乐，典雅纯正，从容庄重，真是难得的，就也学着编了一叠，和你的新词，可好不好？啧，只觉得南吕律高了些，旋到夷则更好些。你觉得怎么样？"沈宛像个虔诚的信徒，渴求着心中圣者的指引。

成德从没被一个人这样热切诚恳地崇拜过，在这个十七八岁的天真少女面前，他突然觉得自己老了，他觉得新鲜，却又不太喜欢，他决定把架子放得低些："曲调虽然动听，只是这音节高低上的事的，不甚了了，怕也说不出什么来。我自家的琴，也是许久不弹了，雁柱放倒，再扶起来都找不对地方，音总不准。"说着，随意扫过琴弦，故作出一副闲情姿态。

"这也没什么，公子只须记得：九九八十一以为宫。三分去一，五十四以为徵。三分益一，七十二以为商。三分去一，四十八以为羽。三分益一，六十四以为角……"沈宛边说着，边将手指依次认真指向各弦和所对应的琴码。

"太难为情了。"成德心底一声惊呼，无奈扶了扶头，身子不由自主往后靠去——这些对他来说是痛处，他决定再回归被崇拜的感觉："嗯，诗词上的规矩就没有这么一板一眼了，以韵限意，以韵害意，是最要不得的。"

沈宛毕竟还年轻，看不穿眼前这个风流倜傥的男人心中那份小小的虚荣："公子说的何尝不是呢？词曲自然应当相得益彰，互为补充，若是各自困囿在清规戒律里，相互掣肘，断不会有所精进，更难有新鲜的好词好曲流传于世了。"

正说着，窗下一阵大笑："我来瞧瞧你酒醒了没有，想不到撞上了，这有商有量是要开诗酒会了？我来得巧还是不巧？"

"你来得倒巧，"成德拉了曹寅出去，转身道："这是怎么说，教人知道成了什么？"

"人家姑娘都说了，一夜没睡，又没把你怎么样！"

"去去！有个正形！那日被他骂，你又不是没瞧见，还给我添堵。"

"我说你呀！给他当了三十年儿子，却没我这个外人看得清，你们老爷哪里是骂你，分明是嫌你不合群。人家别人做得来的事，怎么偏你就做不来呢？成德，人生一世，得学会睁只眼闭只眼，人云亦云，逢场作戏。哪怕明知那些都是自欺欺人呢，硬着头皮都得做，教人说你任性、随心所欲就不好了。众人皆浊你能清得了吗？就是真清，你落了单，被人当成局外人，人家背地凑到一处，左一句右一句，倒把你说成那最浊的啦！成德，众口铄金哪！"

成德算个善辩的人，可此时，看着面前熟悉又陌生的子清，他有口难言，他早知他说的何尝不对？可他，做——不——来！

成德怅然转身回来，迎面撞进沈宛平静的眼波里："我都听见了，我不缠着你，可是你能带我离开这儿么？到没人认识我的地方去？我想过安生日子。"

……

二

自从巡行回程的队伍里，夹进了一辆小小的香车，成德的身边就开始充满了各种议论，有窃笑的，有艳羡的，有诧异的，更有打趣的，说成德是"桃花一开，事事遂心"，连受皇上诏命作应制诗的次数也多了起来，成德冷笑置之时，心里也暗忖，仿佛自己的心的确和这女孩子越走越近了，她为他演示各种复杂的指法，勾、抹、托、挑，他的手指极粗笨，总不能娴熟起来，他不服气，向她讲解长调短令的起承转合，只略指点一二，她却已经能自己填词了，只是，更多的还是模仿他给她看过的调调："黄昏后，打窗风雨停还骤，不寐仍眠久。渐渐寒侵锦被，细细香消金兽。添段新愁和感旧，拼却红颜瘦。"。一起俯案度曲时，她浓密的长发不经意间滑落下来，挡住了专注的神情，他很想替她拂上去，又怕惊到她。

人们总是习惯在否定一条错误的路的同时，急匆匆地选择另一条错误的路。他有时会自私地想忘记他对她的承诺——"过安生日子"，"这样不是很好？她该是满意的。"

绯闻自然传到明珠处，行舆日行夜宿，不得交代，一直按捺着直到地近山东德州。一路上，人困马乏，百里内的官员又都来迎驾，銮驾早已疲于应付，为显皇家威仪，鸿胪寺官员奉旨整肃随驾卤簿，随行官员则奉旨仪仗后停轿，明珠听见轿外一队队马蹄声响，挑帘望去，果然身后跟上来的一队侍卫中，领头的是成德，正率队巡视随行阵仗。

"成大人，留步！"轿帘被掀起一条缝，明珠的脸只露出一半，阴沉又冷静。

成德很警惕，毕竟近侍和朝臣间直接的联系是不被允许的。"阿玛，"成德勒住马示意身边的侍从先过去，下马凑近问道。

"这些日子你小子玩得够可以了啊，收收心吧。"

"阿玛说什么，我不明白。"成德不敢抬头，可是明珠的余光只要一扫，就把他脸上的一切愧疚看到彻底。

"你跟我装什么糊涂？不就是玩个女人么，有什么大不了？不过给你提个醒儿。在镇江你作的那篇金山赋皇上很喜欢，还赏了我许多东西，你且留些心别做过头了就是。我听说那女子是个汉籍，前头眼瞅着要进京了，你不能再带着了，得清理干净，别留什么麻烦，嗯？"

成德虽然听着不受用，可是他明白，沈宛和他，注定没有任何可能，但她于他而言，又是那么特别的一个鲜活生命，灵动而纯粹，容不得半点随意和亵渎："阿玛说的是，可是，一直没寻到合适的去处。"

"嗨，什么合不合适的，不就是窑姐儿吗？怎么打发不行？或卖或送人——哎？我倒想起来了，这德州的知府，叫什么何名世的吧？咱们来时路过这儿，那小子鼓吹皇上说今年是什么甲子年，大吉，奏请皇上改元年年号，皇上没理他，我只当是拍马屁拍到马蹄子上了，你看，这回来又路过这儿了，看来皇上心里还是受用啊，估计这小子能有戏，你去打听打听，看他好不好这口儿，若喜欢就赶紧送出去。卖个人情，以后多条路。"

"故伎重演，"刚刚缓和的父子关系又被成德心底油然而生的厌恶驱散了："不过又是一个李成凤罢了。阿玛，那是我的女人，我不送。"成德咬着牙一字一句送进明珠耳朵。

"不送你能怎样，还打算带回家啊？！"

"家里那么大，连她都装不下么？"

"她？！她是谁，你是谁？你能要她么？满汉不能通婚，这还用我教么？真真是越长越不成器了，我就不能抬举你！"

成德没答话，转身要去。

明珠明白成德的脾气，他总是一声不响地做出些惊天动地的事来，他不敢往下想："我看你敢！"半个身子探出轿外，指着成德背影高声喊道。

"那您就看着吧。"成德只淡然嘀咕了一句，扬头向前喝道："并辔而行！"前方出列的仗马即刻归了队。

明珠还是听见了，更往外探出来，"小兔崽子，反了你！"轿子立刻要滚起来，两个轿夫吓坏了，七手八脚上来把明珠塞了回去。

三

队伍安顿下来后，已经是月寂时分。

"白玉帐寒夜静。帘幕月明微冷。两地看冰盘……"难得的是，娇生惯养的沈宛丝毫没觉得此地起居艰苦，只顾在粗陋的大帐中托着下巴费脑筋："这里该用个叠韵才好。"

成德"扑喇"一声打起帐帘："丫头出去。"

"你来了？看我这一首，景倒是现成的，只是哪来的立意呢？说来说去，不过浅薄的很，你帮续上句好的？"举着稿子上前来，才看到成德满脸严肃："哟，你这是跟谁啊？怎么了这是？"

成德一把攥住沈宛的手："你别问，御婵，只说你帮不帮我？"

"什么大不了的坎儿？人家既开了口，就没有我帮不了的。"

"做我的女人！"

沈宛唬了一跳："你气糊涂了？"

成德也被自己吓了一跳，仿佛被握在手里的她的手烫了一下，立刻缩了回来。

"你忘了，我是谁，你是谁啊？"沈宛哀婉悲戚的泪水即刻盈满眼眶。

"我是谁？"成德依稀记得，不止一次这样问过自己："我是人间惆怅客，知君何事泪纵横……"

沈宛猜不出成德面对的是什么样的压力，但她能感觉出他的无奈，此时的他，像一个赌气离家却走进歧途的孩子，他不知该去哪儿。成德怅然若失的背影放下帐帘的那一刻，沈宛泪如泉涌……

过了黄河，气候可就厉害多了，凄厉的冷风从帐沿下钻进来，彻骨的寒冷，比寒冷更能侵蚀人心的，是孤独，世上最远的距离，不是天涯海角，而是那人就徘徊在咫尺，心却不能跨近一步。她听着他在帐外踏雪的声响，心底莫名一丝疼痛。

"成侍中！"奉命出去为成德添衣的竹影惊呼一声。

......

头晕目眩栽倒在雪里的成德被就近扶进帐中，又是冻又是病，紫胀的脸吓得沈宛也慌了神，教竹影试了试额头，丫头懦懦道："烧得滚烫，找人送回去吧。"

"说得轻巧，咱们哪有人使？他病在这里，也教人指摘不是？先去取些冰水来退烧是正经。"沈宛急得团团转，却左右为难。

"那，他父亲就在前面大营里，咱们去回？他们大员们出门，都是带了人的，想必也有医有药。"月痕说着要往外去。

"咱们这是郊外，大员们的行营离得远着呢，你一个人去？几时回来？竹影，你陪她去！"

安仁知道是沈宛求医问药，自然不肯赏好脸，连话都没听完就将二人撵出来，还警告若扰了老爷便是祸事，二人只好再往别处找寻，可往哪里求告，可怜两个丫头天寒地冻四处碰壁，直挨到天亮开了城门，才从小药铺里寻些如柴胡麻黄类的便宜药来，此一夜只赖沈宛支应。

生性清高的沈宛从不会伺候人，冰冷的雪水直扎得手心疼，试了几次，一块帕子也没绞干，好不容易叠了一叠，刚一触到额头，成德一个激灵又把她吓回来：这样冰凉的水，烧退了，人也激病了。

她轻拂上他的额——被凉水浸透了的手已经感觉不出烫来，可她的心里，仍是暖意十足，耳畔柔顺的鬓须让她有些好奇——这样温和的人，执拗起来竟然令人心疼，他温润的唇不宽阔——可她明明闻到他粗重的气息，无意中扣在柔弱手臂上的他的手好大——她不知道是她冷却了他，还是他温暖了她……

......

沈宛不能跟随进京，成德是知道的，在那样的皇城根下，他仍是渺小的，无法给她想要的"安生日子"，可是她是他的女人，至少他这么想。茹儿送沈宛回无锡时，沈宛哭得很无奈，说那日不该唱那句"之子于归，远送于野"，竟是唱给自己的谶语了。成德在凛冽的寒风里目送了很远，他已经听不到沈宛为自己续下的句子："路漫漫。恼杀天边飞雁。不寄慰愁书束。谁料是归程。"他以为这是诀别，是痛彻心扉的极点，内疚会伴随着每次的弦动回归，可是他们都没想到，这只是灾难的开始。

四

心事被一丝一缕小心地藏在平静的日子里，以为一切都已过去，无奈和不平被尘封进漫长的回忆，可屈指一算，却只消磨了短短几天，眼前连一封远方的来信都成了奢求，可是成德仍然不得不强打起精神，面对蚀进骨髓的孤独和委屈。

茹儿赶在年前带回了沈宛平安回南的消息，这让成德稍稍开解一些。"只是沈姑娘说，大爷别再作旁的筹划了，她不来的。"

"这是什么意思，我明明白白说清楚了，教她等我消息，不来是怎么说？"

"她说，自古王孙公子，逢场作戏的也多了，无非是一时的新鲜，时候长了，自然要扔到脖子后头去的，不如就此别过，好歹留个念想。若真个是个长情的，就更不能教大爷惦记，免得伤心。书信也大可以免了，望大爷好自珍重，太殷勤的嘱咐倒显得是自作多情了，如今再度一个曲子奉送，算是了断，不负你我知音之意。"

"真想不到，小小年纪竟这样无情。"成德接过茹儿递来的信封，一沓琴谱还散着幽幽的墨香，伊人却已远隔千里，物是人非了。

"大爷别想太多了，依小的看，那沈姑娘这也未必是无情，与其有缘无分，白白伤心，倒不如一刀两断来得干净，免得彼此牵肠挂肚的。如今富家子弟哪个不是万花丛中过，片叶不沾身？偏咱们在这个上头痴了不成？"

"呵呵，连你也看出我是个痴人了。"

"不不，小的不敢，只是这些日子不见您，越发清瘦了许多，焉知不是耗神了，劝大爷再请个大夫来好好瞧瞧才是正经。"

成德这才注意，从前的小娃娃已经快长成个大人了，拂着茹儿的头无奈笑道："大年节里的，瞧的什么大夫？扰得一家子不太平，过个年补补自然就好了。"

五

可是直到出了正月，成德的精气神仍然不佳，咳嗽更是一阵紧似一阵，在朝堂上都没能抑止，惹得皇上几次侧目，下了朝特许休沐几日："身子是大事，熬不住可别硬挺，实在不行时再告病？那可不成，你不能耽误了朕的事。"成德知道，这就算是天恩深厚了，一下值，便独自来王太医家里。

一进院便闻得满是药香，药房里已是耄耋之年的王太医正埋首药理，听得人唤只兀自应着不抬头，直到成德已来到跟前，才顺着厚厚的药书下的一双青底深筒靴抬头看去，猛然见成德正笑着，惊得半晌无语："这，这不是明大人府上的成哥儿么？您这是？"

……手一触到成德冰凉的手腕，王太医便心下一紧，因把脉耗些时，王太医拽过一本药书给成德消磨，有一搭没一搭问着些饮食起居上的事，成德便一一应着，目光只在书上流连，王太医几次瞥着成德面色，再听其一日不过睡一两个时辰、饮食得当却时常脘腹疼痛，又有畏寒、身痛等征候时，便叹息不住，一时间成德又咳嗽不止，这大夫更无奈收回手摇头道："我老喽，连个脉也把不稳了。"

"咳咳，王大夫过谦了，您只说有没要紧就是了，也算我回去交个旨。"

王太医却顾左右而言他道："小哥怎么也没个人跟着，自己就来了？"

"哦，他们……"成德愣住了，他们都是明白人，明白人之间不需太多解释和遮掩。二人也都不点破，只勉强说笑了一阵，成德收了个不痛不痒的养生方子，便告辞回府。

六

连着几天，成德人前人后一言不发，只顾频繁来往于南楼、通志堂和刊刻处，他明白，需要做的太多，而给他留下的时间却所剩无几，府里人都知道大爷在朝廷里的值司十分要紧，纵有难解的事也不是旁人能知能问的，所以从主子到奴才，不是少动心思，就是不敢多嘴。人们习惯见南楼上灯火摇曳，直到夜半。

南楼上的仲尼琴还是苇卿留下的，弦早已松了，调了很久，轻轻拨弄起来，便有一段新颖却谙熟的曲子流于指端，精微悠远的乐声渐次响起。久违的双生花衣扣就盛开在胸口，牵惹得成德满腔被压抑许久的情愫无处安放。

颜儿捧着茶桶，痴痴立在楼下，静静地听去，那琴声里伴着成德低吟清歌，道是：

青衫湿遍，凭伊慰我，忍便相忘。半月前头扶病，剪刀声、犹在银釭。忆生来、小胆怯空房。到而今，独伴梨花影，冷冥冥、尽意凄凉。愿指魂兮识路，教寻梦也回廊。咫尺玉钩斜路，一般消受，蔓草残阳。判把长眠滴醒，和清泪、搅入椒浆。怕幽泉、还为我神伤。道书生薄命宜将息，再休耽、怨粉愁香。料得重圆密誓，难禁寸裂柔肠。

颜儿并不通，却仍被摧折得泪雨莹莹，听到乐声歇了，才踟躅着上来。

见颜儿呆呆倚门流泪，成德反倒苦笑道："站在风口里，仔细病着。你怎么这么晚还来？"

颜儿这才抹了泪，从茶桶里倒出滚烫的奶茶奉与成德，支吾道："并不是特意过来。今儿福尔敦被送过来一整天，还没送回去，我过来瞧瞧，又不便去问，只好悄悄挨着。"

"她把孩子接这园子里做什么？"

"爷还不知道？前些日子太太配药，请来的大夫据说也是个有名的，太太就说大奶奶平日持家辛苦，也教给瞧瞧，调理调理，起初大奶奶还推辞不受，提起子嗣上的事来，才教瞧了，一瞧不要紧，那大夫竟断出大奶奶不能生养的话来，气得太太直要打了那嘴臭的大夫去。"

"打人家就没理了，倒是问问病在哪里，也好有的放矢啊。"

"说是素体亏虚、肝郁气滞，又有些实寒的征候。说来也是，她素来要强些，动些气血也是难免，不知这寒气如何上来，竟这样重。听说她不能生养，方妈妈便出了主意，教把小哥儿送与她养，太太便依了。大爷竟不知道？"

"怪不得这些日子她总恹恹得不理人，原来这丫头也有藏心事的时候，你也别挨着了，跟我去瞧瞧罢。"

颜儿却怕大奶奶见了伤心，嘱咐了成德一回，便自回偏院去了。

七

成德刚下回廊，便听得晓梦斋里小孩子"哇哇"大哭，进门见玉禄玳正教训福尔敦，孩子站在当地哭天抹泪大叫不止，掀翻的果子散了一地，玉儿柳眉倒竖，抄着戒尺正色道："竟把你宠成了，到了我这儿也敢撒野？别人不知道，独我就打得！总要怕个人才好。"

成德知道家事自己插不上话，却又不忍失慈的福尔敦被这样调教，堆笑道："好容易咱们团圆一回，你怎么却把他拘来了？"

玉儿丝毫未觉出成德的异样："你还知道你难得回来啊？你不在家，还不许这个小人儿来陪陪我？"

"你想得倒好，这孩子可鬼着呢，哪里那么会哄人？不要你哄他就谢天谢地了。"

"如今我是他额娘，不听话时自然也要管的嘛。"

"我就是担心这个。你那爆碳脾气，一句话不合，不是打就是骂，他不过一个小孩子，知道什么轻重？你可别唬着他。"

"看你，该你疼时你没个影，果然我要伸手了，你又来碍事！茹儿在外头吧？"

少时进来人回说茹儿并不在，玉儿嗔道："多少日子也不见跟着，你的人都做什么去了？福子进来，把二小子领到那头儿玩去吧，告诉你姨奶奶，就说我说的，以后不许他再挑食，不许惯出些娇气的毛病。"

成德也不理玉儿的问话，抱起福尔敦送出去，回来见玉儿仍板着脸，又忍不住劝："管也不错，可也不是这样的管法啊？果然不是你生的，不知心疼。"一句不要紧的话，倒教玉儿动了气。

"你这是说谁？生不出来，难道是我愿意的？"玉儿闷得红了眼，嘀咕道："也不知是哪来的蒙古大夫，胡诌出些混话来咒我，凭什么我这么倒霉？"说着，竟趴在枕头上呜呜咽咽起来。

"唉，你也是的，也不是什么大事，谁说非要有个小人儿了？纵然没有，这府里上下谁还敢轻慢咱们这么漂亮的大奶奶？"已经略显疲惫的成德见玉儿难过成这样，一时也没了睏意，上来扶着玉儿的肩头劝慰道。

谁知玉儿耳根不软，听了软话也并不满意，一把推开嗔道："去！你又总不见人影，怎么知道是我生不出来？可知是你害得我！我就知道自打我进你们家门儿，你就嫌弃我，我为了这个家累得吐血也换不回你一个笑脸儿，如今还要我担着无后的罪名，我都冤枉死了！"

一番话噎得成德红了脸，半晌无语，见玉儿只管哭，赔笑道："好好好，都是我的不是，是我急慢姑娘了，还不行？好歹如今我在这儿啊，你教我陪，我就陪你，嗯？"

被成德抵着，闻着清幽的墨香，玉儿才破涕为笑，半推半就哧笑道："起开！书呆子，人家正烦呢，你还来怄我！"

正嬉笑着，忽听窗下有人急声唤。"是茹儿！什么事？"成德撑起来应道。

"猴儿仔子，叫他使唤他不来，这会子嚷什么？没规矩，你的人也该好好教训一回才是。"

茹儿显然是把骂他的话听去了，在外头怯道："大爷，是，是一位南边儿的朋友来拜会您，您不见见？"

见成德一刻也没犹豫便去了，玉儿更气："这都什么时候儿了？什么朋友，见天儿烦他！"

茹儿一见成德便急上前低声耳语道："大爷，顾先生，带沈姑娘来了。"

"她来了？"成德又惊又喜，又憾又怕，不觉呼出来。

茹儿一惊，摆手示意低声，可是他们没见窗棂上已经映出了一个吃惊的剪影。

八

"你为什么要来？！这里哪有你的地方？"成德紧抓着衣襟，努力使自己看起来怒不可遏："你不是说不贪图我家的富贵么？你不是说不屑缠着我么？你不是说一拍两散各不相扰么？怎么，反悔了？假清高装不下去了？你的洒脱呢？你的放旷呢？你的骨气呢？我竟高看了你，我瞎了眼！原来，你也是个……"看着眼前被自己骂得瞠目结舌的沈宛，成德的声音开始抖，他实在说不下去了，他不忍心。

"我是个什么？"沈宛冷若冰霜，心如死灰。

"我说不出口，你想什么就是什么吧。"成德筋疲力尽。

"是个婊子？？！！"沈宛凄厉的一声喊惊得成德瞪大了双眼。

沈宛是满心欢喜和好奇随顾贞观上京来的，她原以为给成德的是个惊喜。清冷的身影飘出花间草堂时，她放下了狠话："我不缠着你，可我要让你求我回来。"

九

可是沈宛并没去找顾贞观，有知情的只说是想不开寻了短见，成德却执意不信，又不敢向府上提起，更不敢动用官中的人丁。一连几天，撒出去的几个心腹之人上街寻找都不见踪迹，直到顾贞观打听得市井风闻，说胭脂胡同鼎鼎大名的妓馆莳花馆里来了位清倌人，琴艺绝佳，成德才发了疯似的把已改名换姓的沈宛掳回来。

"这就是你下三滥的招数？"

"我又没丢你纳兰容若的脸，你凭什么管我？"

"你混账！！"成德揪起沈宛纤弱的臂膀，抵死逼问道："合该就吃这碗馊饭不成？！天下的好男人死绝了？你非要去那种地方？！你说！！"

沈宛的脸一如既往地清冷："我怀了你的孩子。"

……

"你还赶我走么？"

……

47 | 西风吹恨

一

成德回晓梦斋的次数更少了，好不容易在东府里撞见问起来，得到的回应只有成德闪躲的眼神和含糊其辞的推托，这让玉禄玳十分戒备。

这日适逢三月十八万寿节，到酉时，皇家的金龙大宴已毕，玉儿料到成德外头的值总要散了，早早地来东府后堂等着，一来哄太太开心，二来成德回府必要先到东府请安，玉儿是笃定了要问个明白。

"今儿皇上的意思奇怪得很，什么叫'不可稍存私意'？不知是说给谁的。"父子俩一前一后进得后堂，见太太正乐着，成德住了口上前问安。

"成德，你这些日子可少在家待了，外头胡忙些什么呢？老爷也不问问。"太太瞥着玉禄玳问道。

"哪还用什么外头，光朝廷里就够头疼了。"明珠冷着脸看向成德："你跟你那老师走动得勤不勤？怎么皇上拣我的毛病，他却在边上一言不发？忘了我当初是怎么提携他的了！"

"这……"成德听明珠这样评论座师徐乾学，脸上有些挂不住，怎奈明珠说得也不为过，只好实话实说："阿玛，我，我已经很久没请徐先生为我的《通志堂经解》校对了。"

"怎么？"

"一来近来徐先生升了内阁学士，分不开身，二来我侍卫的身份和他走得太近也怕人嫌碍眼，再者……早也有人提醒我说，他，他有'窃人书名'

的癖好。"

明珠一蹙眉，捻须犹豫片刻道："你就为这个跟他走淡了？没必要嘛。他要个虚名，咱们就给他个虚名，别跟他计较这些，别的长处还可用就好，毕竟是官场中人，有好人品未必做得好官，用不着拿做学问的事来说嘛。"

成德抢道："我不是吝惜什么虚名！只是人品若是有瑕疵，学品再高也不可信，让这样的人做我书的总裁，我，我不甘心；再说到做官，从前他倒是也提起过做官是'做人时少，做鬼时多'的话，我只当是发牢骚，如今联想起来，竟十有八九是真的了。有道是'君子为政之道，以修身为本'，又说'君子修身，莫善于诚信。夫诚信者，君子所以事君上，怀下人也'，这样的人品，这样的文品，便是做官，怕也难为生民立命，我更担心阿玛您……"

太太白眼道："哼，还担心你阿玛，他是过来人，什么抗不住？别人担心你，你知道么？"

"我？"成德不明所以，偏此时茹儿又神神秘秘地来报事，问起来偏说是座师徐大人差人送《通志堂经解》的校稿，成德一愣，为难着告辞去了。

"哼，撒个谎也不挑个时候！"太太一眼便看破了马脚，又不愿在儿媳面前揭露儿子，随即住了口。

明珠却信以为真，点头称是。

玉禄玳按捺不住，却又不好当着公婆拦阻，只好唤住茹儿回晓梦斋听差，一屋子人也都不理会。

二

"我寻着你几天了，也不见你跟你们爷的影，今儿好歹抓住你了，就替我传个话儿吧。你妈到底是经历过的，凡事看得明白，要不是她向太太说起，把二小子送给我，我也想不到这样的主意，我可是要当面谢她的，可巧这大娘竟比我还忙，一天到晚不见人，昨儿又领了差，满府里巡视新植的花木去了，加上老爷外头的园子，不知又要忙几天，既然你在，我就把这东西给你吧，也是一样的。"

福子捧出几匹时兴宫缎递与茹儿道："方才还见你妈领几个婆子往花房里去，这会儿你跟过去，兴许见得着，取了钥匙就好送回去，别老天拔地扑空了。"

茹儿接过来又说了好些谢恩的话才去。玉儿便着了体已人也悄悄跟着去。

那人回来便将茹儿如何见方氏，方氏嫌礼重不收，茹儿又如何携了宫缎往府后头的后街胡同里去，又如何见茹儿陪成德从一户贴着喜字的人家出来等话告诉了玉禄玳。

"果然是我疏忽了。"玉儿火爆性子立刻上来："福子，跟我去看看。"

"大奶奶怎么了？还不知怎么样，只你我两个人，生出事来可怎么办？"

"你少管！生出事来又怎样？死我也要死个明白！"

三

二人风风火火地奔后街胡同来，却在胡同口被一个破衣烂衫濒死的路人绊住了脚："哪来的死倒儿？瞎了眼！"气急败坏的玉儿也顾不上许多，兀自骂着，仍急急向前去。

那人却有出气没进气地哼了一声道："这声儿听着可是耳熟嘿！"

玉儿一愣，回身细看，冷笑一声："真是冤家路窄！"

原来此人正是当年在烟袋斜街酒肆门前纠缠自己的人——延禧宫里已故宫人黄玉犀的弟弟黄金虎，如今穷困潦倒，情形甚是不堪。

"可不？真是个小冤家！"黄金虎爬起来，淫笑道。

玉儿不禁作呕，福子抢着骂道："放你妈的屁！瞎眼的杂种，都这副混样儿了，还嘴硬，等我回府里叫了人，管保抽出你的筋来！"

"二位姑娘何必跟我动这么大的气？我不过这样儿了，有一天没一天，能碍两位什么事儿？倒是你们那位爷，是真叫人操心吧？哈哈哈……"

主仆二人面面相觑，玉儿耐着性子正色问道："你是知道些什么喽？"

"先别急啊，咱们是旧相识，你也不问问我过得怎么样？"说着，那流氓就上来拉。

玉儿抡圆了一巴掌抽得山响，喝道："我看你真是日子不多了，急着死也不是这个急法，你若有话只管说来，姑奶奶听得高兴，兴许赏你几个烧埋钱，若是只为恶心我，姑奶奶管保明年的今天就是你的忌日！"

黄金虎见这美人仍是旧时的暴烈性情，着实不好招惹，又想谋些钱活命，便将平日里所见所闻尽数告知："……听说这窑姐儿还是个汉籍，如今又有了身子，嘿嘿，都占全了，你们家这位爷到底不是凡人，满汉通婚这事儿要是捅出去，他这辈子估计是交待了。你瞧，牡丹花下死，做鬼也风流，不独我这样。"说着，又要动手脚。

"这些你是怎么知道的？这事儿除了你，这里还有什么人知道？"

"这个嘛，眼线还是有的。没个人帮衬，任什么事儿也做不成不是？你们那爷不也一样，没人替他下饵，他哪就钓着那样的野味儿了？啧啧，他跟那哥儿们，都好得穿一条裤子啦！"

"你说谁？什么人帮衬？"

"这可说不好，就是细长个儿，面色绿不叽儿的，口音像是南边儿来的。"

玉儿立刻想到当年在晓梦斋里初莲的一番笑话——长得翠儿绿，偏还穿个半旧的白棉褂子，戴个灰黄色儿的拔了丝的瓜皮帽，活脱脱菜市口卖葱的幌子。"就是那晚茹儿口中的顾先生！"玉儿心中的恨意油然而生，所有不满都倾倒在顾贞观身上："除了这个人呢？你没跟旁的什么人提起过这事儿了？"

"没了！没——了——！出我的口，入你的耳，天知地知，我这个人，虽然有些小爱好，好歹规矩还是知道的——不该说的不说，怎么，想着买我这张嘴了？也好，这倒大可以商量商量。"黄金虎知道玉儿已中了圈套，便信心满满地摊开了牌："我也不贪心。只是你也看见了，家姐死后，我们家就算完了，眼瞅着就是清明节了，可我连个上供烧纸的钱都拿不出来了，你是富贵奶奶，好歹赏两个慈善钱，别的我也不敢图，就冲那死了的份儿上吧，呜呜……"说着，竟扯过袖子拭起泪来。

玉禄玕虽对这无赖深恶痛绝，可提起黄玉犀来，又不禁动容，当年二人总归亲近过一回，加之玉犀之死确和自己有关，几年来玉儿一直心下愧疚，眼前追思起来，难免动了恻隐之心；另一起，这黄金虎是个市井流氓，整日游街串巷不务正业，如今他得了口实，一旦把所谓"满汉通婚"的事传扬出去，成德一世的名誉前程不是全毁了？想到此，玉儿打定了主意替成德把这事压抚下来。

"看你说得恳切，难为你这样的人，还能想着你姐姐，今儿遇见了我，也是她生前做了好事，"玉儿示意福子扔下几个钱给他："你别得意，我可不是怕你，从今往后，若是走漏一点儿风声，都是打你这儿起，别说给你的钱，就连命我也一并要了！"

"就这几个子儿？你当真打发要饭的呢？我黄金虎的嘴可不止这几个钱！""叮当"几声，铜钱被撒了一地。

"不是我小气。"玉儿脑瓜一转："是我还有别的求你。你只管在这里守着，我的人时常来看你，有什么风声，你只管打发他们来告诉我，到时候，自然有好事等着你。"

黄金虎仍不依不饶，玉禄玕无奈，只好又许了一百两，回府差人送来。自此，这流氓算是吃定了成大奶奶的赏，知道这营生来得轻松，倒也守口如瓶，并不生事。既然探听到些消息，玉儿也无心再去沈宛处闹，倒是满心的委屈苦恼无处宣泄：成德已经和父亲闹僵，一家子团聚，老爷从来都是不理不睬，倘若这样的丑事闹出来，不知府里又要如何鸡犬不宁，只好自己挨着；黄金虎是人心不足蛇吞象，得了甜头便不肯罢休，为填这个无底洞，玉儿的体己钱已经快花光了，眼看着捉襟见肘；娘家阿布近日又身染重病，身边无人照应，更不能去诉苦；最让玉儿寒心的是，自己为难到如此，成德仍然不肯和自己交心，玉儿又怕捅破了窗户纸两厢难堪，再难收拾。几重心事压在心头，玉禄玳再难承受，非要找个出气筒才罢。

四

这日管家方氏差人来回，说开春新植花木的事已经做到了二爷书房，可外头山上的守卫偏不教上山，说大爷的话，不许随便打搅花间草堂的客人。

"什么客人？这么金贵？"

"听说姓顾，南边儿来的。"来人也看不清玉儿的脸色，兀自又问："大奶奶，可还上不上？"

"上！"玉禄玳冲口喝道："你们前脚去，我随后就到。"

这边几个壮实婆子抄着锄锹撞开山上的守卫，径自往山上的花间草堂来，福子伺候玉禄玳严妆，也气势汹汹上来。

花间草堂里，顾贞观见几个粗鄙婆子闯进院，吆五喝六地砍拔花草，已经唬了一跳，未几，又有福子报到："大奶奶到了！"顾贞观登时惶了，转身欲从后门逃去，玉儿却已进门，放声唤道："这便是顾先生了？哪有不见主家，反倒逃去的理？！"

顾贞观无奈，只好回来见礼，也不敢抬头，低声道："不知成夫人驾临，多有不便，还是告辞的好，请夫人见谅，见谅。"说着仍要抽身去。

玉儿一错身儿拦在面前，由不得顾贞观不抬头看：黑领片金花纹的褐色长袍，外罩一件浅绿绣金纹镶黑貂边大褂，高耸的大髻油亮齐整，襟前挂一串绿檀香牌，腋下的纽扣上系着绣如意纹的橘黄带子，垂在腰胯两侧，足登大红牡丹花盆底。逼人的香气令顾贞观大气也喘不出一口，凌厉的目光更盯得顾贞观面红耳赤，半晌无言。

"先生可看仔细了，你面前这人可还当得起这府里的大奶奶？"

"夫人国色天香，在下不敢置评。"

"不敢？先生还有不敢的？倒是我这些日子教先生害得不轻呢！"

"夫人此言，在下不敢当，不敢当。"说着，顾贞观已经开始拭汗。

"顾先生！我自认并不曾得罪先生，你何苦如此害我？！我家大爷又向来与你交好，你又为何这样害他？！"

"我？我从没半点恶意，夫人切莫猜疑啊。"

"那你躲什么？！你若行的端坐的正，还在乎我问几句吗？"

"夫人有话只管问，我顾贞观问心无愧。"顾贞观见已是逃不掉，只好硬起腰杆对峙。

"无愧？！你敢说那外头的女人与你无干？那女人的底细，你不知道？旗民不结亲的规矩，你不曾听说？我家高门广厦，怎能容下个青楼女子？成德身份贵重，大好的前程摆在脚下，竟教你们这群人教唆得落个违背祖制，不贤不孝的名声，你还说无愧？你们成日介就是这样交游的？！"

"夫人不要无端牵连别人。我，我当初也是一番好意，没料想变成今天这样。"

"好意？我怎么没看出来哪儿好？听这话，你也明白是闹得没法收场喽？这见不得人的丑事，难道不是你促成的？"

"可二夫人身怀有孕找到我，我，我总不能袖手旁观吧，好歹她怀的也是容若的骨血……"

听得此话，玉儿不免一黑，不及眼泪落下来，又定神喝道："谁封的二夫人？！若真是个清白好人家的，过了明路大大方方地送来，我也不恼，可如今算什么？我们家的骨血？她野在外头，谁知道哪儿来的种？！"

"好好好，沈姑娘她……"

"呸！一个下贱女人，也叫得起姑娘？"

顾贞观知道这成夫人的厉害，不敢再言语，只连连摇头叹气，悔不当初。

"我们蒙古人有句俗语：人在甜言上易栽跟头，马在软地上易失前蹄，他身边就是你们这样哄着他，捧着他，纵着他的人多了，他才稀里糊涂走到今天，如今闹出来了，你们哪一个能站出来替他收拾？"玉儿越说越恨，眼泪不争气地流下来，冲口骂道："称兄道弟时，胸脯子拍的山响，正经事没见做几件，成日介拉着不走正道，你们算哪一路朋友？一群道貌岸然的狐朋狗友！"

"你！士可杀，不可辱！我顾贞观好歹也是读书人，无福听夫人这般教诲，我先行告退了，再会！"顾贞观拱拱手拂袖而去。

"再会？"玉儿两步追出去高声道："会谁？这个家有我在，你就甭想再踏进府门一步！"回身又望见桌上正在编写的《弹指词》，扯过来一把掼在地上。

五

赶走了顾贞观并没使玉禄玳的心事减轻一些：黄金虎的胃口更大了，原因只有一个——沈宛的孩子已经出世，为了保守更大的秘密，玉禄玳需要出更多的钱，而这还不是最令人为难的。

"奶奶，那人现在园子小门外等着，有些等不及了，要嚷嚷呢，可怎么回他？"福子深知玉禄玳已是别无他法。

几夜不曾合眼的玉禄玳，两眼深陷，哼道："能怎么回？总不能由着他乱嚷，我就不信他敢！先教他回去等着，好歹我亏不了他！"

话虽说得硬气，玉儿却自知已经压抚不住了，前思后想，只好硬着头皮来太太房里摊牌，已经来至后廊，见管家候在上房前垂手伺候着，看见玉儿便做势不让前去，玉儿不解，忍不住徘徊起来，忽见西厢房前，乔姨太太正倚着门前的廊柱嗑瓜子，瞧见玉禄玳正犹豫不决，便啐了一口，朝上房里一指，低声唤道："老爷在那屋里正说事儿呢，你先别去，来我这儿说说话不好么？"

玉禄玳知道太太虽然不喜这乔氏，但总算是有些体面的主子，又是长辈，只好上前应话："老爷多暂日子不回来一遭，你怎么不进去伺候？倒在这儿闲磨牙呀？"

乔氏听这话虽然不受用，奈何玉儿是管家奶奶，况且自己还想借机套近乎，只好忍气叹道："唉，我们大奶奶是金枝玉叶，万众瞩目，哪里知道我们这做旁边人的苦处？我这大半辈子熬过来，见老爷的日子也不过手指头就数得过来，男人本来就是花心的，外头的野花看的时候长了，人家还嫌弃呢，何况家里头这张老脸？"

玉儿登时被戳中心，脸色倏地变了："什么野花？哪来的野花？你别胡说，坏了自家男人的名声。"

"哼哼，"乔氏瞧着玉儿不自在，嗔笑道："大奶奶到底是干净人，这天底下的人哪，在你眼里就都干净喽！瞧着吧，有的闹呢！"乔氏剜了上房一眼，一扭身儿要回屋去，却听上房里一声断喝："你有本事玩女人，没本事平事儿了？难道还要我去跟个小婊子低头不成？我不依！你休想！"

接着明珠便愤愤打帘出来，自顾自骂道："这老婆子真是越发没用了，不过多个不要紧的人而已，哪里就碍着你的势了？我总不能见天儿瞧着你一张苦瓜脸吧？"屋里立刻又传出玉碎之声，明珠唬得一激灵，哼了一声，也不叫人尾随，径自逃也似的去了，留安仁怔在门廊上不知如何是好。

"你瞧瞧！"乔氏得意一笑，努嘴向玉禄玳："地方腾出来了，快去吧！"撇下玉儿，一步三摇地回房去。

……

上房里，太太气急败坏地指着跪在当地的玉禄玳道："这种事怎么才来告诉我？还等到外头的女人把孩子生下来？素日见你办事最果决爽利的，怎么事到自己头上了，反倒叫个外头的娼妇拿住了？难道我家的骨血生生送给她个下贱货她才满了意？！"又气明珠父子不肖，又叹自己命运不济，玉儿也跟着哭，两人你来我往正慨叹着，听外头安仁报进。

"太太，奴才知道太太生气，可恕奴才多嘴，太太您可不能不管哪。"安仁是鼓足了勇气才来触太太的霉头："从前有若荟妈她们一班老人儿，能劝劝您，如今都去了，下剩老奴一个，不得不出这个头，太太若是嫌逆耳，也求太太听完再发落，太太！"

见安仁少有地行了叩头的礼，太太也怔住了："说到底，您跟老爷是从头的夫妻，俗话说，一日夫妻百日恩，老爷他正是顾忌您，才只把那个小丫头包在外头，不肯往回领啊。眼下她娘家抖胆要告老爷，也无非是花惯了咱们老爷的钱，一听说老爷回心转意不要她了，自然不甘心，刁民贪财，这才闹出来，并不是老爷安心生事。便是闹起来，老爷自然是无事，只是说出来，这也是连着阖府上下的颜面呢，太太最是看重，怎能高枕无忧呢？太太，为了老爷，为了您，为了这个家，您也不能不出面哪。"

"你少替你们主子开脱！出去应承你那好主子去，耗着我做什么？！我不管，我拿什么管？早知是如今这样，我当初就不应该……"太太又哽咽难言，安仁自知此刻不好再强求，转身要退下。

玉禄玳见此景，自知晚辈不应多听，也起身要走，不料太太强止了泪道："成哥儿媳妇别走。你也回来吧。"安仁一听喜形于色，紧着凑上来听太太悄声吩咐。

安仁诺诺称是，再告退时又被唤回，太太狠道："死在外头总比在家里强些，切记不可心软留下话柄，教那家拿住了把柄就不好了，一定要死无对证，她家若起疑心，也只由着他们自去请仵作验看，横竖与咱们无关。还有，送去的聘礼也要体面些，记住了？"

安仁连连应着自去办理，玉儿却听得胆战，一时失神，竟连太太唤自己都未在意。

……

早被明珠支使出去的顾儿百无聊赖守在仪门边瞧几个小丫头踢毽子玩儿，见管家去了，以为余事已毕，又回上房听差，不想大奶奶仍在房中，已经来到门前的顾儿将太太对玉儿的吩咐无意听去了大半："别婆婆妈妈了，你这才到哪儿？就恶心了？你也瞧见了，我如今这把年纪，还要管他们爷们儿这样的事情，外头看着好，底下苦楚，只有咱们自己知道罢了。好歹也算你的造化，送上门儿的儿子，你干吗不要？小孩子自小就抱了来，不是你生的也无妨，没准儿以后比二小子还强些。再者，孩子抱回来，成哥儿的心也许还能牵回来些……"

"成德的心思，怕一时也难扭转，若一味来强的，以后，我们夫妻可如何见面？"

"那就看你了，我教导到这个地步，你也该自省些，要人给你人用，要钱给你钱使，再不成，我能有什么法子？可有一样，我家的骨血，是断不能流落到个婊子手里，不然这样的事传出去，不光成德，连着咱们一家子的名节也全毁了！必要时，堵上几张嘴也是使得的。"

……

顾儿正听得后背发凉，忽觉肩头被人轻轻拍了拍，猛回头看，却是颜儿正笑笑瞧着自己，颜儿知道这顾儿嘴很不好，虽不知屋里所议何事，却打定主意不教她听去，谁知这愚笨顾儿还生着个坏心：若太太知道自己听了不该听的，不是成了太太的眼中钉？倘若再散布出去，不疑自己还疑谁呢？不如也教这姨奶奶听去，横竖也能担去一半嫌疑，便把颜儿拉到一边添油加醋起来。

颜儿素来看这顾儿不惯，只因先前同在一处，不忍嗔责，今见放肆得太不像样了，遂佯装大怒，喝道："这样的话，怎能胡说？"唤声惊动了屋里人，立刻没了声响。

六

玉禄玗回到晓梦斋，辗转反侧，彻夜难眠，枕边空空如也，只有先前成德送的一本《颜氏家训》，玉儿失眠时会随手拿起来翻翻。她是不喜读书的，可是成德以为她会喜欢这种，因为她那么热衷家事；玉儿以为成德是希望自己读的，因为他也会偶尔提些这样那样的建议。泪水渐渐氤氲了视线，玉儿不记得上一次背人处流泪是什么时候，她也不敢想未来这样的处境还要困扰自己多久，她一直预期的并为之努力经营的生活远远不是这样，她不知道到底哪里出了问题，以致走到了非要做悖逆本性的事不可的地步，她更不知道，为了自己想象中的幸福，她还要失去更多。

彻夜难眠的，不止玉儿一人。东府上房里的灯已经熄了，可是人心却还浮动着。暖阁里顾儿的卧榻被褥设得整齐，榻边的衣箱大敞着，燃尽的蜡烛只剩一点轻烟从和成泥的烛泪中逃逸出来，模糊了月光，不知散去何处。

一样的月光撒进太太的卧室，点亮了苍白脸上的泪痕。

七

顺治八年的晚春，时气还不十分暖和，一个身着重孝十七八岁的年轻人和另一个稍小些的奴才被关在挂着白幡的都尉府门前，拼命砸门："大哥大嫂！我不跟你们争什么家产，这份家业都是你的，求你只收留我几天，等我搏出个功名，你的恩情我一并报达！大哥，求你让我进去吧！"那小厮也跟着哭喊："大爷！求你开开恩吧，你教二爷往哪儿去啊？他可是你亲弟弟啊！大爷，老爷可在天上看着呢！"

那门像被焊住了，砸了许久不见动静，二人颓丧着退下了门前的台阶。

"爷，咱们怎么办？"

在一处逼仄当铺的账台栅栏外，小厮接过贼眉鼠眼的账房先生扔出的两个小钱，恨恨骂着回来复命："爷，早知不当了，衣服没了，晚上怎么过？"主子抬头望向那写着"规宝号"的牌匾，眼里喷着火苗。

破庙里算是一处可以安身之所，可京郊这样的地方并不多，两个人找到一座小庙时，已经有十来个破衣烂衫的孩子占了，一个领头的、声音听着极细嫩的秀气孩子问他们的来历。

"我叫纳兰明珠。我看得出你们都是女孩儿，我们两个在这里，不会欺负你们。"见孩子堆里，竟然还有咿呀学语的幼儿，小厮便应了主子的命，把刚买的两个馒头扔下，几个饿极了的孩子，见那秀气孩子不作声，顿时疯了，拥上来撕抢。

"你怎么不去？"年轻的明珠问那孩子。

"我是先英亲王阿济格的格格，看不上你这些。"

……

不时什么时候，太太睡实了，她又一次梦见父兄一同被处死前，看着混在人群中的自己充满期待的眼神。

下了一夜决心的玉禄玳，早起心还狂跳，可是骑上马背越往后街上去，心气反倒越足。听见马蹄声，远远见威风凛凛的明府大奶奶这样气势，黄金虎自以为财神又到了，迈着方步得意迎上去，却被早守在巷子口的两个明府家人轻松拿下毙了命。

这是一所不起眼的宅院，双开的两扇黑油小门上一侧仍贴着被冲洗得掉了色的喜字，另一侧的则早被风扯掉，门里隐藏着一个女孩曾经的倔强和一个母亲新生的执着。在无奈又跌宕的人生里，年轻的沈宛已然经历了许多的误解和挣扎，又意外迎接了提早来临的孩子，原本秀丽清冷的脸上多了几分淡然和落寞。

"马蹄声？"月痕颇为惊喜，摇晃着沈宛让她细听："大爷不是说明儿才送咱们走么？怎么这会儿就来了？"

沈宛微微一笑，无言。

她怎会听不出他的声音？这半年来，在无边的等待里，她在心中早已反复描摹过无数个他出现在面前的场景，比如，朦胧的晨曦中，他刚刚下值，他的马踏着轻快的步子由远及近唤醒了她不安的梦，她推开窗，他淡然地笑着，望着自己，然后告别，因为他要先去问候父母，他只是特意路过而已；比如，深沉的夜色里，他仓促驻足，留下上赐的精细玩赏，然后告别，因为他还有皇命在身，可他又放心不下楚楚可怜的她；比如，迷蒙的细雨中，他亲手折了闪着晶莹光泽的白玉兰，簪在她鬓间，他一一点评她许久以来寂寞中积攒下的新词，再作一首和她的新曲子，然后告别，因为他已经约定了久违的朋友；比如，凛冽的寒风里，他只能差人送来珍馐补品滋养她羸弱的身体，却连面也不曾露一露，因为他也病了，但他不肯告诉她，她只能胡乱猜测，甚至做好被抛弃的准备。只有这些，在脑海里反复浮现，她也知道他已经尽全力在爱她了，可真正能够留给她的时间，却少得可怜，她受够了。

她能要求什么呢？他甚至连自己名正言顺的丈夫都不是，他在她的人生里，注定只是一个过客，她也一样，她说过的，"不缠着他"。此时的沈宛，只有身边这个孩子，积聚了如白驹过隙般浪漫人生的全部精华。

"他说为顾先生送行，就一定会去的。"沈宛幽幽的话语里藏着不甘，但她只能选择接受或者逃避。

"唉，要不是这个小人儿绊住，你娘不是也去了？他们一定都巴望着她去呢。"竹影轻拍着刚刚睡稳的孩子，轻声笑道。因为不足月，孩子显得很瘦弱，一如他憔悴的母亲。

"呵，怕是没那时候儿了。"此刻的沈宛，可以想象成德是如何与友人觥筹交错，推心置腹，在那份热闹里，没有自己，或者，她从没有以友人的身份出现在他的世界里，她想，自己也许从没有走进过他的世界。

自从被赶出明府，顾贞观碍于情面，再也不肯见成德，只私下告知沈宛提防成夫人，沈宛当然明白他的意思——这是早晚的事，除了离开，她没有别的路。成德愧疚于自己对沈宛的冷落，虽然那都是出于无奈，他以为她说要离开，只是在赌气，但他想，这未尝不是减少她心头苦楚的办法，至少，现在有孩子可以代替自己在遥远的江南陪他，有至交替自己照顾这对命运多舛的母子，也许他可以稍稍放心，只是，没有她的日子里，他该怎样？"就这样吧，有些人，有些事，放弃比占有更让人安心。"他最后一次离开这处小小的宅院时，他们心照不宣——这样的放弃，就是一生的放弃。

八

外园聚鸿轩前的草坪上，明开夜合花开得正盛，一片片丝绒般的粉色花冠在浓烈的枝叶间随风摇摆，可即便这样旺盛的姿态，在这苍翠欲滴的时节里，也还是有些不起眼。顾贞观不是善解风情之人，更不爱在花花草草上留心："这花并不好看，怎么种在这里？"

"顾兄不知道，这树习性最好，北至塞外，南到江左，都能成材，用处又极广，从前倒也无暇细究，可最近读了句说它的'堪称英秀，为何尝遍清冷'，呵呵，谁敢说英秀？可这清冷二字，却是说中了啊。"成德没说出的是，这树是那年那人住在这里时亲手栽下的，如今已经郁郁葱葱了。

"今日虽是送行，可不是说好是以雅集为名吗？怎么这样颓唐起来？不该不该。"

"不是我故意扫兴，实在是心有所感。雅集？是啊，只是知己能得几回相聚呢？想起那年，在西郊曲水流觞的几位，见阳远隔云山，音书难寄；子清如今官做得风生水起，再见也是难得；西溟仕途受挫，不愿再进京；朱先生被罢了职，又四方游学去了；孙友为避官，也回家躲清静了，如今，你也要走了。我还能与谁再聚呢？"

"哎？兆骞哪！不是传回信儿来说，今冬准能入关么，那时我再回来，咱们再聚。"

成德若有所思摇摇头："不等他了，咱们乐！"

……

阶前双夜合，枝叶敷华荣。

疏密共晴雨，卷舒因晦明。

影随筠箔乱，香杂水沉深。

对此能销忿，旋移迎小楹。

……

顾贞观看得出，成德的诗是强颜欢笑，可同时他也觉得成德是太多情了，友人小别而已，何必如此伤感？至于沈宛，"如果没有成德的那卷摄人心魄的《侧帽集》，也许今日之别就不必有了吧。"

顾贞观猜不出成德的心事，对成德来说，顾贞观也仿佛有意躲避自己。可见，即使是肺腑之交的知己，也有不便倾诉的，一个心知与府上人结怨，再难登门；一个自知时日无多，此番一别，今夕何夕？两个各怀心事的人，却并不因互相猜测而心生隔膜，倒是更加惺惺相惜起来。

晚春里寂静的渌水园，草木无言，只有它们在细心谛听着温润凉滑的青石小径上那些无法言说的感慨。

九

外宅的院门开了，是猛烈地踹开的，门环叮当作响，刚刚在院中梧桐上做了巢的新燕被惊得扑棱棱飞起来，屋里立刻传出一阵婴孩的啼哭。

……

从外宅里冲出来，玉禄玳不敢听身后沈宛撕心裂肺的哭喊声，上了马堵起耳朵，福子刚将抢来的孩子强塞进玉禄玳怀里，飞奔出来的沈宛主仆就赶上来扭住厮打。沈宛死死拉住玉儿的马镫，轻薄的身子被惊着的枣红马扭得东倒西歪，就是不肯撒手，福子虽是生性强悍，却也难敌两个丫头死命揪扯，几人扭打在一处。几个来回，福子头发也散了，衣裳也破了，想上马跟主子去一时又脱不了身，索性躺在地上撒起泼来，瞅准了一把抱住沈宛的脚，狠命一拉，沈宛的双手又被玉儿的马靴踩了一脚，锥心的疼痛使她松了手，玉儿这才绝尘而去。

这一切，一人早在门房里看得真切，却审时度势不肯出面拦阻，等到人都走了，才假装出恭回来，急急来安慰已经哭得上气不接下气的沈宛："这个黄金虎，怎么不来报个信儿？夫人不必太伤心，等奴才取了银子，雇匹快马去外园请大爷去？"说着伸出手来。

绝望的沈宛像抓住救命稻草似的紧紧揪住那人的姜黄缫丝长袍，声泪俱下："管事，你怎么才来？快去，你快去啊！"

十

管家拿了足够买下整个马棚的钱去外园了，当然，他没再回来。

可成德顾不了许多，一骑快马回到外宅时，迎接他的只有一座人去楼空的伤心庭院，在夕阳里萧条伫立。

十一

明府西园里，丫头婆子们早听得园门外女人哭喊，又听说园子里多了个小阿哥，福姑娘回来时又是那副狼狈相，不免好奇个中情由，都窃窃私语地打听，连锦澜院的伶人们也凑到藤萝架下来瞧热闹。这世间就是有意思，人人都以为别人在演戏，自己只是看客，殊不知，人人都在演，人人都被看，真心活在戏里的，却没几个。玉禄玳见不得家丑这样被人议论，喝骂着命初莲小丫头出来哄了几次，也不见散去，仲夏的天气，总是变化莫测，眼见晚来一场急雨才把众人浇退。

沈宛是不会退了，她已经无路可退，早已精疲力竭的她就呆呆挨着紧闭的园门坐在台阶上，雨水顷刻溻湿了裙摆，任两个丫头如何劝，仍执拗不肯回去。

终于等来了那个熟悉的身影，塑像一样的沈宛顿时活了过来，疯了似的扑下石阶，死命抓着成德的衣襟，战栗着哀求道："我从没有招惹过你，更没想纠缠你，为什么这样待我？我只要这个孩子，我只有他了，你们把他还给我吧，求你们还给我吧！成大爷！！我求求你，求你给我个说法，我这就走，立刻就走！求你把孩子还给我吧……"顾不上凌乱的头发上溅满泥水，绝望的沈宛俯在地上不住磕头，弱小的身躯因为蜷曲显得更加枯槁和卑微，全然不似初见时的自负和骄矜。

成德被这泣血的哀求激得发懵，更难抑愧疚之情："你放心，我给你说法！"

十二

晓梦斋里，颜儿正怀抱着孩子，和福子一起举着拨浪鼓哄逗，只有玉禄玳，心事重重地看着，一言不发。见成德怒气冲冲地闯进来，玉儿一把抢过孩子抱在怀里，四目相对，恶战一触即发。颜儿和福子见势不妙，也不敢深劝，退到一边一前一后溜出去唤人。

成德又急又愧，忽觉胸口一沉，紧皱眉头的样子像是动了大气，唬得玉儿后退两步，仍昂头站在当地，等他先开口。成德却只紧攥着双手，低声下气向玉儿道："还给她吧，她更可怜。"

"爷这是说谁呢？我怎么不明白。"玉儿故意扭过身子。

"我知道，是我对不住你，你放过她吧，不干她的事。"成德惨白的嘴唇微微抖着，声音也极弱。

"爷说得可真轻巧哇。"

"我，求你。"成德用恳求的目光做最后的争取。

"休想！！"玉禄玳歇斯底里地吼出来，许久以来的委屈像决堤的洪水一泻千里："太太说了，这是纳兰家的骨血，断不能流落到外头去。我是这里的大奶奶，难道连这点子事也做不得主了？既然做了，我是一定要做到底的！劝爷死了这条心吧，我没动那女人，就算是给爷个台阶下了，爷可别得寸进尺，你趁早教她滚得远些，欺负我心软可是她看错了人！"

"你？！我再问一遍，你给不给？！"成德咬牙切齿样子很恐怖。

"你说呢？爷？"玉儿眼里也藏着挑衅的银针，扎得成德浑身不自在，刚才还被理智包裹着怒火，却被这针倏地刺破，熊熊燃烧。

红了眼的成德耳畔响着沈宛绝望的哀求，不由分说一把拉过玉儿紧揽在自己怀里，玉禄玳被勒得难受，却叫嚷着死死抱着孩子不松手，成德更急了，扳过膀子来抢，玉儿被掰得生疼，力气也打了折，成德趁势夺过襁褓来抽身要往外走。玉儿哪肯罢休，冲上来死死抱住成德的腰，哭喊道："你难道连一家子的脸面也不顾了？"

"这孩子还担不起这许多，留下不过也像我一样行尸走肉地过日子，不如给他条生路。"

"可这是你欠我的呀！"成德一下怔了，他当然知道亏欠下的情债是还不清了，见玉儿着实可怜，哄道："你把孩子给她，要什么，我都给你。"

玉儿白了一眼，噙着泪一字一句问道："你拿什么给？"

"我？我来世……"

"那这辈子呢？！"玉儿歇斯底里的嘶喊震得成德张口结舌，血气上涌，一阵眩晕，忽听有人敲窗，唤道："爷快些，太太来了！"成德不敢再停留，拔步就走。

玉禄玳猛地抓住成德手臂，下死劲咬了一口，成德一阵疼痛，抱孩子的臂膀用了力，一直哭闹着的孩子更哇哇大叫起来，成德忍不住低吼一声，向后狠狠撇开玉儿，花盆底太高，玉儿站立不稳，踉跄着"豁啷"一声打翻了床头的琉璃灯，重重扑在床沿儿上，成德不忍正要上前，窗外茹儿却催得越发紧了，成德重重叹了一声，抓起炕上的薄被裹着孩子径自去了。

十三

城外顾贞观带着扮成男装的沈宛，正憔悴而焦急地等待着。远远一骑马车穿过雨幕飞奔而来。

48 | 悔教多情

一

回廊，暮雨中渌水亭外寂寞的回廊，用各样心情走过的回廊。

曾经从这里走出去，是满怀希望地走出去，年少的心希冀着的是如旁人口中的、那精彩的人生，然而一切过往，终究经不起流年的洗涤，心底真正渴望的，是抛开一切的逃离；

又回到这里，却算不上回归，因为，柔软的心已经无处安放。体味过生离，面对过死别，经历过巅峰的辉煌，也品尝过窒息的寂寞，然而这些终究是无所寄托，甚至不知道，这些是否会因为年华的流逝一点点淡去？一片狼藉已平息，所有喧嚣也归宁静，只有一段未知终点的生命还在延续，但是已经没有任何渴望，如果有，那么，

愿这曲折的回廊长些吧，长到行尽这回廊仿佛是穿越了一生，曲折却无悔的一生；

愿这清冷的回廊短些吧，短到无数个过往都可以凝成一瞬，清冷却纵情的一瞬。

离开，还是回来？自己要的到底是什么？

二

"大爷！"是初莲在唤，"大爷，您的事儿那边儿都知道了，老爷太太

都在，这会儿您可别过去，仔细他们拿住问你。"

"呵，可问些什么呢？"成德身不由己地朝着东府走去，双脚像踩着软绵绵的云。

入夜的雨夹着惊人的雷电，瓢泼一样撒在台阶上，只上了两盏灯的后堂里阴气沉沉。刚从乾清宫一场恶战中杀回来的明珠颓坐在椅子上，重重捶着扶手："我说怎么索额图突然抖起来了，言之凿凿有人证，说他与汉人通婚，我只不信，咬死不肯认，谁知竟是真的！早就该看死了他，脂油迷了心的小畜生，就是不听，惹出这样的祸来，如何使得，如何使得？！"玉禄玕无神陪侍在一旁，泪痕还未干，懒得劝解，倒也没人理她，太太只面如死灰般紧攥着佛珠，一言不发。

见成德有气无力迈步进来，正要打千下去，明珠便冲口骂道："我不用你请安！还有脸回来？！"成德也不辩解，强挣着欲站起身，明珠见淋得湿漉漉的成德这样气馁的神情更气不过，跨步上前，劈手就是一掌，已经极虚弱的成德不堪一击，往后晃了晃身子，一个趔趄栽倒下去，一人高的红檀花架连带着血红的一盆四季海棠重重砸下来，玉儿被惊得叫起来，扑倒在成德身上啜泣着求情，太太也唠叨着抱怨："先时我管，你却总扮好人，如今出了事只管发狠，他身上不好，老爷也该顾个轻重啊。"明珠仍然不依不饶，跳脚嚷骂："混账东西！你倒成了有理的了？摆副臭脸给谁看？！"

此时的成德，已经无一丝坚持，惨白的脸上挂着如归的快意，强提着游丝般的声息应道："阿玛教训的是，儿子有错，儿子后悔了……"话未说完，气息难平，剧烈咳起来。

"你少跟我要死要活！你个不长进的，越大越有出息了？因为你打死个人是小，可如今怎么闹得连索额图都听到了风声？"见玉禄玕一心为成德求情，愤愤道："你还只管护着他，人家已经盯上你了——"玉儿不解待要细问时，明珠却又气冲面门，上来要打，太太扑上来说和道："你没听见他都说后悔了！"

成德靠在玉儿怀里，仰头呆呆看着明珠扬起的手，发懵一样喃喃道：

"要是这副皮囊还给阿玛，可能赎了儿子的罪么……"

"你说什么？！"明珠一听原是这样的"后悔"，气得如五雷轰顶，发丝倒竖，推开太太，抬脚狠狠端下去，骂道："我这一门的荣耀，我一辈子的心血，都搭在你个小畜生手里，你还不回头！"

玉儿哭喊着护在成德胸前，肩上重重挨了一脚，扑倒在成德怀里。明珠又朝拦在面前的太太嚷道："真放走了那母子俩，若是落在对头手里，他这罪名就算坐实了！他死是小，你我苦心孤诣经营了一辈子的前程，也跟着完了！"话未说完，明珠推开太太的撕扯，顿足大哭："我是做了什么孽，养出这样的冤家啊！？"

"不就是外头一个小蹄子么，你何苦这样，平日的好性子也不知哪里去了。成德，你还不服个软，你阿玛这回可是动了大气了。"

"小事？这是小事？这男女的事，看着都是小事，落在人家手里，那牵三扯四不知还要扯出多少事来！"

太太听罢脸色一沉，异样的神情看得明珠面上红一阵白一阵："原来老爷竟也知道这道理……"

"我？！"明珠自知理亏，不与太太理论，低头见小夫妻怔怔看着自己，忽又回过神，俯身揪住成德逼问道："你说，那娘儿俩如今在哪儿？说！"

"好孩子，你说吧，横竖你知道她们在哪，流落在外头也没好日子过，可怜我那孙子……"

"不管她们过什么日子，就是死也得死在咱们手里！"明珠发狂似的在成德面前把肥硕的巴掌攥紧，眼里闪着饿极的野兽特有的凶光。

成德轻轻推开玉禄玳，鄙夷地扫视着曾经无比尊敬的父母双亲，沾了沾嘴角渗出的血，笑道："阿玛若真要见个死字才放心，那就全冲儿子来吧，我死了，就都了了。"

"你！！"

没人听见明珠打在成德脸上的巴掌有多重，只是第二天，京城坊间就传出了明府大爷病重的消息，整个明府瞬间被悲伤的气氛包围了。

三

太太闻听太医的诊断，顿时昏死过去，七手八脚救醒了，也如半痴半傻一般，只知颠三倒四地念经，余事不管。玉禄玳衣不解带伺候，才安抚了东府，又往西园来，心下想着本来同床异梦的人，如今不知还能共度几日，不觉痛彻心扉，更抵死不信众人眼中的神仙眷侣，如何走到了今天？正胡乱想着，见福子领着一前一后两个太监急急上后廊来。

"格格，他，他们……"

"怎么没通传？两位公公……"玉儿认得领头的太监，正是皇上的近侍，与明府交好的宋连成，身后的小太监也瞧着眼熟："你不是太皇太后身边的？"

"回格格，奴才们是来引格格回避的。"

"回避？往哪儿回避？又为什么回避？"

"呃，太皇太后闻听明大人府上的事，着实担心格格您。本意为玉格格您找个好归宿，可如今反耽误了您，老祖宗意下接您出去，再缓缓图之……"

"好混账的话！我这明府的大奶奶岂是说做就做，说走就走的？丈夫病重，生死未卜，哪有我自去躲清静的理？！我不信她老人家糊涂至此。有懿旨么？"

"是，是口谕。"

"哼，可知是你们扯谎！到底是谁？"玉禄玳见二人面面相觑，也无意耽搁，甩臂要走。

宋连成闪身拦下，轻声道："哟，那奴才们可不敢。格格，恕奴才多句嘴，依奴才看，明相这回，八成是不好。皇上要往黑龙江亲征，这样的大事，定下带的可都是索额图的人，明相朝议上的话，皇上是一句也没听；成侍中皇上那么器重，又是在战事上先立了功的人，竟然也晒在一边儿了，您说，这能是好兆头么？太皇太后最知皇上的脾气，知道他要干什么，谁都拦不住，可毕竟格格您不一样，哪有不护着的？偏您是这里要紧的人，老祖宗自然怕牵连上您，这才出此下策，都是为了您好。"

"为了我好？"玉禄玳哭得通红的眼里闪出一丝犹疑："太皇太后没说这'缓缓图之'是个什么图法？"

宋连成立刻大喜过望，媚笑道："皇上说了，格格是金枝玉叶，自然不比别人，只要太皇太后和您高兴，王孙公子任您选！奴才再斗胆说一句，索相盼着再搭上太皇太后老祖宗这条线，可不是一天两天了，"说着，眼神往外一瞟："说不定这会儿正打算着呢，哎哟喂格格，您可真是好造化……"

"这样下作的事，亏得他们做得出来！"

"哎哟喂，您可不能这么说呀！这可算是高招儿了，要说您这事儿啊，还得亏了惠妃娘娘了，要不是她在主子面前提起您来，皇上哪还能记得起才见过一面儿的格格您来呢？换了别人，就算有人想着开恩给您脱罪，也未必想到这样的法子，全靠着娘娘慧眼识君意，深知皇上主子的意思，这才……"

"君意？什么意？她想着我？她就这么想着我？这里是她娘家，成德是她侄儿，她不想办法替他们家周全，倒想着拿我巴结人？！"

"嗨，夫妻是同林鸟，大难来时还各自飞呢，何况如今娘娘与这府里是主子跟奴才，搁着您，事到临头，还不想着自保么？"

"只为了自保就下得了这样狠手？这些人，怎么竟这样无情无义？！"

"怎么是无情无义呢，格格又糊涂了。搁在娘娘这儿，那叫大义灭亲，搁在皇上，奴才再多说一句，格格您可留个心，皇上，那可是真喜欢您的，不然，娘娘也不会多话放您，皇上，也不会那么痛快就答应，您说，这以后您的日子……"

"呸！脏东西，让开！"

看着愤愤离去的大奶奶的背影，宋太监自然不甘心，甩着拂尘喝令小太监接着往东府后堂里去，福子担心大奶奶不尽礼数得罪了这些要人，也低着头小心跟着去了后堂听消息。

四

晓梦斋前，刚跨进月门的玉儿抬眼见藤萝架下急匆匆赶来一人，正是南去途中惊闻噩耗的顾贞观，玉禄玳一如既往地认定他是这一切不幸的源头，杀气腾腾地迎上去："哪个放你进来的？顾先生？"

"大奶奶，我，我刚得着信儿，都是真的？我得见他一面，见他一面我就走，求您行个方便……"顾贞观见玉禄玳面带戚色，便知不好，哽咽着求情道。

不听他说完，玉儿便一声断喝："休想！！如今闹成这样，你还嫌不够么？你非要亲眼见他死了才甘心，才不闹了不成？今儿我在，你，还有你们那些人，休想进这个门！"

"你！！"顾贞观悲愤至极，语无伦次："大奶奶，你不要欺人太甚，我与容若多年的情义，死生之情贞观刻骨不忘，剖肝沥胆在所不惜，我如何愿见他受罪？！"

"死生之情？你拿这些酸话唬谁？你若真心想见他，还敢跟我这儿挺腰子？！你们把自己那张脸看得比什么都重，当我不知道？！你敢说不是怕人说你薄情寡义才来的？你若真是个够义气的，今儿你索性跪下来求我，我就许你进！"

"你！！"顾贞观又悲又气，颤巍巍指着玉儿道："大奶奶，我跪不跪不要紧，只怕损了名声的要是你吧！"

"哼，我——不——怕！哼，只说是你不肯吧？"玉儿叉着腰，凌厉的目光扎得顾贞观浑身发抖。

怔了半晌，顾贞观愤然撩开青衫："我顾贞观待成容若之心，天日可鉴！""咯噔"，膝盖仿佛不是磕在青砖上，而是重重砸在玉禄玳的心上："求大奶奶开恩！！"说着把双手高高拱过头顶，又深深匍匐在玉儿脚下，涕泣不止："求，求大奶奶，许我见他一面……"

玉禄玳被眼前一幕惊得说不出话来，正尴尬不知如何下台，恰有房中颜儿听院中吵嚷，出来询问。

"大奶奶，您听园子外头哪里来的喜乐，这样吵闹？！"

颜儿一句唤问叫得玉儿回过神儿，听那吵嚷声正在园门外，着实恼人，便放着顾贞观不管，自去查看。

五

"容若，我来了！我就知道那些人胡说的多呢，你就是想见我了，才编个瞎话吓唬人……"

顾贞观一路低低念叨着冲进晓梦斋，直到见床上憔悴支离的成德闻声微微睁开眼无声唤着"虎头"时，顾贞观终于双眼迷离，号啕大哭起来。

"容若！！"双膝颤抖的顾贞观把自己往床边狠狠扔过去："都是我害了你呀！是我呀……"

成德无力摇头道："生死有命，虎头不必伤感。只可惜……"

成德紧皱着眉头，挣扎着挺起半个身子来，捧着顾贞观的手，两眼噙满泪水，一时哽咽得说不出话。

顾贞观立刻会意，从怀里抽出一卷簇新的书稿递到成德手里，自己则一手拥着成德肩头，一手将书一页页翻给成德看："其实早几日就得了，只需再校对校对，我知你成日里忙，想带回去自己细细校的，今儿想着，拿来给你过目。容若，你要给这集子命名才好。"

"而今才道当时错，心绪凄迷，红泪偷垂，满眼春风百事非。"

"飞絮飞花何处是，层冰积雪摧残，疏疏一树五更寒。爱他明月好，憔悴也相关。"

"近来无限伤心事，谁与话长更。"

"风一更，雪一更，聒碎乡心梦不成，故园无此声。"

"人生若只如初见，何事秋风悲画扇。等闲变却故人心，却道故人心易变。"

……

一篇篇熟悉又陌生的辞章，仿佛带着成德把过往的人生重新经历了一遍，字字行行写满了曾经的豪情万丈和哀怨忧伤，眼泪不觉流下来，洇湿了书稿。极度疲惫的成德，只一刻就支撑不住，委顿下去。

"容若还有什么嘱咐的？"顾贞观含泪轻问道。

朦胧中成德又摇头："原本要给她一个好结果，却不想反把她害了，是我的错。"

顾贞观会意轻拍着成德手背："你放心。"他知道成德放不下那母子俩，此时此地又不便明说，知己之间原也无须太多嘱咐："她们都安顿好了，不知道你的事。"

成德只歪头看着，先是点头，紧闭的双眼留不住遗憾的泪水，又默默点头，再没有回话的力气。

六

"玉格格，咱们主仆可老没见了。"西园门外，怒不可遏的玉禄玳喝止了乐队的聒噪，轿夫侍从们都直愣愣大气不敢喘，只领头身着姜黄缫丝袍子的人上前搭话。

"你是？是你？！"玉禄玳一怔，没想到当年因索要门礼被自己辞退的二管家，如今摇身一变，又得意扬扬地现身了。

"是我。咱们主仆的缘分就是这么长远，绕了这么大一圈儿，如今还是我伺候您。"

"你伺候我？我好像没再请你回来做吧？二管家？"玉禄玳认准的人，再难翻身："请自去高就，我这里少来搅扰，不然这明府可不是好惹的！"

"您瞧瞧，这么些年您这脾气一点没见小些。您是没请我，可我也在您家那大爷的外宅里，伺候了有些日子了呢，如今叫您一声主子也不算错，对吧，主子？"

"你说什么？外头宅子？成德竟找到你做管事？"

二管家挺了挺胸："不才，如今效力索额图大人府上了，这都是索府的架势。"说着，向身后一挥，鼓乐又喧嚣起来。

"天哪！成德，你聪明能干一世，到了这一步，竟相信这么个小人哪！！那索额图口中所说的人证，便是你喽？"

"唉，格格不必多心，出卖故主的事怎么能是我这样的人做得出来的？只是，自古忠孝不能两全，他明府大爷与汉人生孩子，那犯的是王法，知情不报罪过可就大了，您说是不是？好在格格您福气好，这棵树倒了，咱再靠那棵呀，这不，索相知道明珠大人也是拉不下来脸，这门我们是进不去，纳彩就不来强的了，今儿索性一并请您过府去。"料到玉儿横眉厉目断断不依，二管家立马接道："不过您放心，这礼可是一样样一宗宗按规矩来的，断不能委屈了您，您瞧——缎衣四袭，缎衾褥三具，金约领一具，金簪玉枝……"

"滚！混账东西！我是奉了懿旨堂堂正正进了这个门的，"玉儿气得太阳穴直蹦，正要骂，颜儿带着福子也追出来。福子凑上来拽了拽玉儿衣襟，叫到一边疾道："太皇太后本来不同意把这些亲戚们得罪了，可是老祖宗已经做不了皇上的主了，皇上要办这边儿的老爷，咱们家老爷也不大好，说不上话，重病在家里。太皇太后只有死命护着您，皇上才勉强要把您接进宫里陪太皇太后，索额图知道了，为了巴结，才提了亲，太皇太后一向喜欢索额图，这下又正顺了皇上提拔索额图的意思，就答应了，索额图为了气这边儿的老爷，就选在这几日奉旨来接人。太监们方才在后堂就是通报这事儿，这边儿老爷也无法，已经，已经答应了……"

疑惑的颜儿远远看着主仆二人的慌张神情，再瞧眼前的迎亲队伍，不知所措，又不敢拿主意，便自往东府里回太太，一面又差小厮去寻顾儿："这边儿闹成这样，太太不来，她也该在这里等着回个话呀。"

七

见成德沉沉睡去，顾贞观才一步一回头退出来，正与赶来的明珠碰了对面。

"呃，顾先生，急着走啊？"明珠见了顾贞观，眼前一亮。

"是。我是不速之客，能得见容若一面，已是府上开恩了，哪能赖着不走？"

"呵呵，说的什么话。我还，没给顾先生道喜呢。"

"好友病重至如此，顾某肝肠寸断，何喜之有？"顾贞观面露愠色。

明珠怪异笑道："呵，荣升人父，难道不是一喜么？"

"什么？"顾贞观恍然明白明珠的意思："你？！好好好！和明相爷同喜！"言罢恨恨拱手离去。

八

听明珠立在阶前高声怪叹"顾先生好走"，晓梦斋稍间里的福子才伺候着玉禄玳出来。一见盛装的玉儿虽泪眼盈盈，却妆容艳丽，明珠大惊，原以为凭玉格格的性情，断然不肯被人随意摆弄，借着她的口闹将起来才好收场，谁知这玉儿竟一反常态答应了，不禁心凉了大半，颤声道："你这是？成哥媳妇，哦不，玉格格，原来你已尽知。好，我也做不得你的主了。难为你这两年做这家里的少奶奶，你太太本就是你干妈，咱们是亲上加亲哪，成德让你受委屈，我是怎么教训他的，你也是看在眼里的，我明珠可待你不薄啊，咱们府上的事……"

"老爷做的许多事情，我并不知道，只外头园子一件，算是我正经接过手的，如何答对，老爷该是早就想好了吧，又怕的什么呢？"

明珠大喜："好，好得很！宋公公说你自己也应了，我再送个人情，你阿布不中用，我就当是你亲阿玛，给你准备嫁妆！"

玉儿哧笑一声道："不必了，我的嫁妆只一件就够了！"

在东府里见了半痴半傻的太太登时没了主意的颜儿，这会儿一心只扑在成德身上，匆匆赶回来正将"嫁妆"云云听去，想到方才门前的鼓乐，即刻明白了八九，生怕成德见了动气，不顾明珠喝止，死拦着玉儿问话，玉儿却不理，冷冷推开颜儿，笃定来至里间卧室，定了定神，施施然推开槅扇进去。

九

仰卧在床上的成德，早已不省人事，惨白的脸上不见一丝生色，药气弥漫的卧室里，除了几个丫头无声啜泣外，静得怕人。

"大爷怎么样了？"玉儿不错眼珠地盯着沉睡着的成德问道。

"姨奶奶教熬了米油，可只含了一口又吐出来，再就滴水不进了。"

玉儿眼光一闪，又见成德身上盖着锦被，面无表情地问："大热的天儿，你们给他盖这些做什么？"

"昨儿烧得糊涂，还直叫冷，就盖上了，如今还是抖得厉害，却连汗也出不来了，后来的大夫也无法，只说教早准备……"

"少胡吣！那都是起糊涂人，糊涂话哪里听得？你们以为他是什么？灯草做的不成？他是草原上的骏马，是我的长生天哪……"逞强的玉儿终于绷不住，悲泣着跪倒在床边，抓着成德冰凉的手哭成了泪人儿，一屋子人也止不住呜咽起来。

"玉儿……"奄奄一息的成德被这哭声唤回来，却更加有气无力，只直直看着玉儿，任自己的手被她和着眼泪揉搓。

玉儿已经又惊又喜，冲口道："成德，我知道，你从前说的那些都对，是我太任性，太好强，又猜疑你跟我不是一条心。是我把你推开的，这偌大的府第，只你是个真人。成哥哥，你别怪我，我都改，我再也不那样儿了。"

"我虽有……真心，却最……对不起……你，该……说这话的……是我，可如今……再想重来，也……不能够了。"

"有病只管医治，你别这么着啊，你看咱们不都好好的？"玉儿瞪大眼仰头不让眼泪流下来："都怪你，刚上好的妆都花了。"

成德竭尽全力抬起手抚着玉儿的脸："咱们的……玉格格，哭时也……好看。"

玉儿破涕为笑，强挣道："你就拿这些不中用的谎话来逗我吧。"

"我知道……我已……不中用了，早就……知道了的。可我的话……是……做数的，玉儿，来世……来世……一定还你这……一世的情，此情……不还，我难逃……苦海。"

"呵，若人活一世，只是为了还债来的，岂不是太没意思了？成哥哥，别胡思乱想了，等你养好了病，就只管去你想去的地方，见你想见的人吧，我不拦着你了。"

"傻丫头，若是……我最……最想见的……是……你呢？"

玉禄玳如释重负，重重叹道："那我就等你！"

……

十

园外的鼓乐等得急了，变了声调，明珠不住在门外叹气跺脚，玉禄玳把心一横，抛下疑惑的成德，携了挂在床头的雁翎刀冲出来，见福子仍贴身寸步不敢离，命道："不，你留下。你留下，他才知道我还在。"颜儿却不肯依，扯住胳膊不放，哭求着留下，可哪里留得住，玉禄玳早甩开左右，决绝出了西园门，苦等了半日的喜乐顿时又像恶鬼重投了胎，大肆唱了起来，明珠一溜小跑跟在后头，又气又叹。

早盼着明府闹笑话的乔氏，听说太太已经不中用，不禁喜上眉梢，闪着秃鹫样的眼光打量着府里上上下下的戏码，这会儿逛到西园来，正见玉儿前头走，颜儿后面追，冷笑道："这是赶着散场么？怎么都往出跑啊？"

忽又有园中人来报颜儿："回姨奶奶，找不见顾姑娘，都不知哪里去了。"

"哼哼，你顾姑娘早就走啦，哪里去寻。"乔氏的冷言冷语令颜儿一惊："我亲见的，跟二门上的人跑啦！"

"啊？你既亲见怎么不拦着？"

乔氏指着园外撇嘴道："你们那位人还没断气就急的守不住了，还不许人家给自己寻条出路？"

见乔氏幸灾乐祸，气得颜儿指桑骂槐道："养不熟的白眼狼，忘恩负义的贱人，不知怎么死！"一面又继续追出门。

十一

一阵阵催命的喜乐声横冲直撞着在耳边响起，心烦意乱的成德迷迷糊糊地喃喃问道："什么声音？"

"是，是后头锦澜院的小戏子们吹喜乐给大爷冲喜呢。"早没了主意的一屋子小丫头只好编胡话糊弄。

成德摇头叹道："何苦徒劳？又是她的主意？"

正兀自感叹，忽又听颜儿的哭喊："大奶奶，您不能去——"

成德才想起方才玉儿怪异的大妆样貌和临别之语，不禁恍然大惊，鼓出最后一点气力喘息道："不！去不得，她去不得，去找她回来，找她回……"

轻若游丝的一声呼唤，不及窗下一缕清风，水面上，靠近围栏的地方，一枝高耸出水，开到盛极的白莲，被风一拂，一片花瓣早早飘荡下来，在水面上荡起层层涟漪。一样的波澜在更广阔的湖面上氤氲开来……

尾　声

一

索府的洞房里，喜烛高烧，寂静如渊。

玉禄玳一身松花绿的高领修腰对襟长袍与满室的红艳格格不入。孤单的背影呆呆立在门前良久。

门外，横着背插短刀的尸体。

是夜，在贺喜宾客的喧闹声中，洞房燃起了熊熊大火。

二

"捷报！捷报！雅克萨大捷！！！"

……

南书房里，内阁学士徐乾学的讲学被打断，皇上欣喜非常，摩拳擦掌道："这么快！你看看，朕要亲征你们偏拦着，错过了吧？唉，真是！"

奴才臣工随即跪了一地，轮番贺遍，皇上又命赏了黑龙江将军萨布素等人，提到护军和督军，宋连成才又回道："皇上，另，护军参领兼一等侍卫噶布乐随军出战不利，战死了。"

"哦哦，正要赏他，朕知道了。哦对了，成德可是有日子不见了，也要赏，要赏！病了可有些日子了，还没大安呢？请的都是些什么大夫？不就是个寒疾么，这么着——"皇上伏案边思忖边疾疾写了一纸方剂，递与宋连成："你去一趟，教他按朕这个方子吃吃看——"

"皇上，奴才听说，成侍中已经，殁了。"宋连成不敢接，低头回道。

……

"多早晚儿的事儿？不就是个，不就是个寒疾么，也太……唉！"

徐乾学道："启禀皇上，臣听说，成侍中既有重病在身，又逢那日其家中生事，才又气又病，短命夭亡。"

"家中什么事？"

"这……新妇被迫改嫁，气辱至极！皇上，是有人害他呀……"徐乾学带着哭腔哽咽道。

"这哪有的事？皇上，奴才们是奉太……"

"你们昏了头了？脑子是猪脑子吗？！"不等宋连成回明，皇上重重捶着桌案大怒道："朕让你们安抚安抚太皇太后，你们就是这么安抚的么？！太？朕看你们是太大胆了！"

"奴才不敢妄传旨意啊！确实是太——"抬眼见皇上尖刀般的目光正怒视自己，宋连成慌了："这，这都是索额图大人急着讨老祖宗开心，奴才们才被催着办的。"

皇上满意地点点头，兴致更高了，一把掀翻了桌案上一摞奏折，雷霆大怒道："朕就知道这个老索额图是贼心不死！这一摞摞折子，全是参他结党营私、怙权贪纵，他哪来这么大胆子？！不就是仗着有高枝儿么？看朕不办他！"

徐乾学忙跪倒奏道："皇上圣明！臣有本奏，索额图自恃功高，日益骄纵，卖官鬻爵，广结党羽，朝廷上下，早有物议，臣请彻查其府库家财。"

"嗯，你奏得好，朕很高兴。"皇上脸上却不见喜色："朕办了他，雅克萨那边的谈判，你去？"

半晌，寂静。

宋连成战栗着拾起御书药方："皇上，这药，还赐么？"

"送去吧，把雅克萨大捷的喜讯也告诉他。"

"皇上，明珠也是有罪之人，皇上如此圣恩待其家人，恐朝廷上下有所非议啊。"

"他阿玛是他阿玛，他是他。"

"那——那明珠的案子——"

"不办了，都先放放吧。"皇上重重叹道。

"是。"

"徐乾学啊，朕的意思你倒是明白，只是，时机还未到，你的心思，也先收一收吧。跪安吧。"

"是，臣请告退。"徐乾学又转身回来道："皇上，臣知道成侍中所辑刻的《通志堂经解》仍未完工，臣请——"

"好——"

三

暂歇的冷雨洗尽了阶前落叶上的浮尘，仅存的蝉鸣也早早收了聒噪，秋日里的西园，悄无人声。渌水亭下的湖水，盛满了各样的水藻和残破荷叶，渌水澹澹，芰荷田田的日子，似乎已成过往。

寂寞的池亭里难得见有人稍作停留，更无人记起这里还是欢聚的圣地。颜儿记得，所以，她不敢独自路过这里，怕又想起昔日那些原本与自己相距甚远的回忆，更怕把那些忘记。只是，一阵悲恸的哭号把她从虚幻的喜悦中拉了回来。

"小英，你听见了吗？哭声。"

"嗯，姨奶奶，听着是从东府里传过来的。"

"这样伤心？这又是谁？"

"咱们府里已经少有人来了，能是谁，左不过是老爷吧。"

"不会。不是说，老爷的事情，朝廷拿不出确凿证据，如今他又去了，宫里体恤老爷老来丧子，不追究了么？如今老爷可以长舒一口气了。"

见揆叙牵着福哥走来请安，颜儿敛起戚色："东府里来了客人吧，你怎么不陪啊？这样痛心，应当是个真心人哪。"

"是从关外回来的吴先生。"

"关外？哦，是了。"是吴兆骞？颜儿替成德欣慰。

"听阿玛说，他还遵从大哥哥的遗愿，留在咱们府里教我读书。我刚领着福哥儿见了才过来。"

"好啊，你要好好学，像你大哥哥那样做学问，哦，这几日不得闲，也该给你把南楼收拾出来了。"

"嫂子，我，我不要学大哥。"

"怎么？"

"大哥哥天资那么高，那么用功，却还是那么不如意，就连坊间也早有人讲'人人争唱饮水词，纳兰心事几人知'，大哥哥过得太孤单了，我不要做这样的人。"

"几人知？是啊，能懂他的人不多，可这里伴过他的一草一木都在，草木尚且有情，他的心事就算不说与人听……"

"从今往后，我只求世人都求的名，争世人都争的利，心里想着和世人一样的事。"立了主见的揆叙，听不进颜儿的话，留下福哥乖巧地陪着。

"和世人想的一样，就不孤单了？"颜儿听不懂已经是大孩子的揆叙的话，失落的她心思都落在那些眼见的事上："小英，着几个撑篙的婆子来，把那残荷收拾了，浮萍也忒多了，打捞一下才好。"

"额娘，"福哥拉着颜儿的衣袖，稚声道："额娘，我要书楼，我要。"

"你还小呢，等长大了，再……"

"额娘，我认得许多字了呢，我念给你听——予家象近魁三，天临尺五。墙依绣堞，云影周遭；门俯银塘，烟波溔漾。蛟潭雾尽，晴分太液池光；鹤渚秋清，翠写景山峰色。云兴霞蔚，芙蓉映碧叶田田；雁宿凫栖，秔稻动香风冉冉……"

矫健的婆子们已撑舟下了水，日常湖里的种养事宜一应是这些人管，有图省事的，想着来年又要续种，便干脆把枯蓬里的老熟莲子捏出来，就近撒进水里，那莲子便在湖面上砸出叮叮咚咚的乐音，又渐次漾出五彩的晕，静静酝酿着又一个热闹的春天。

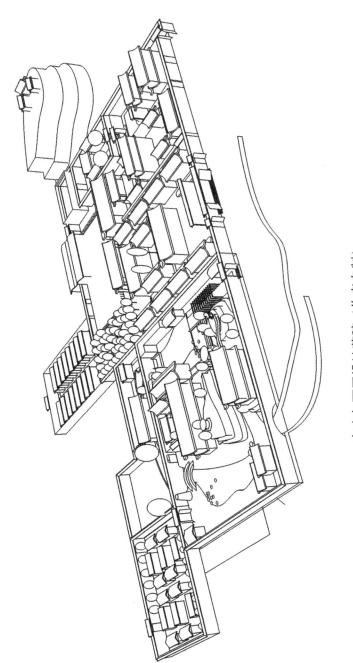

东府与西园设计草稿（作者自制）

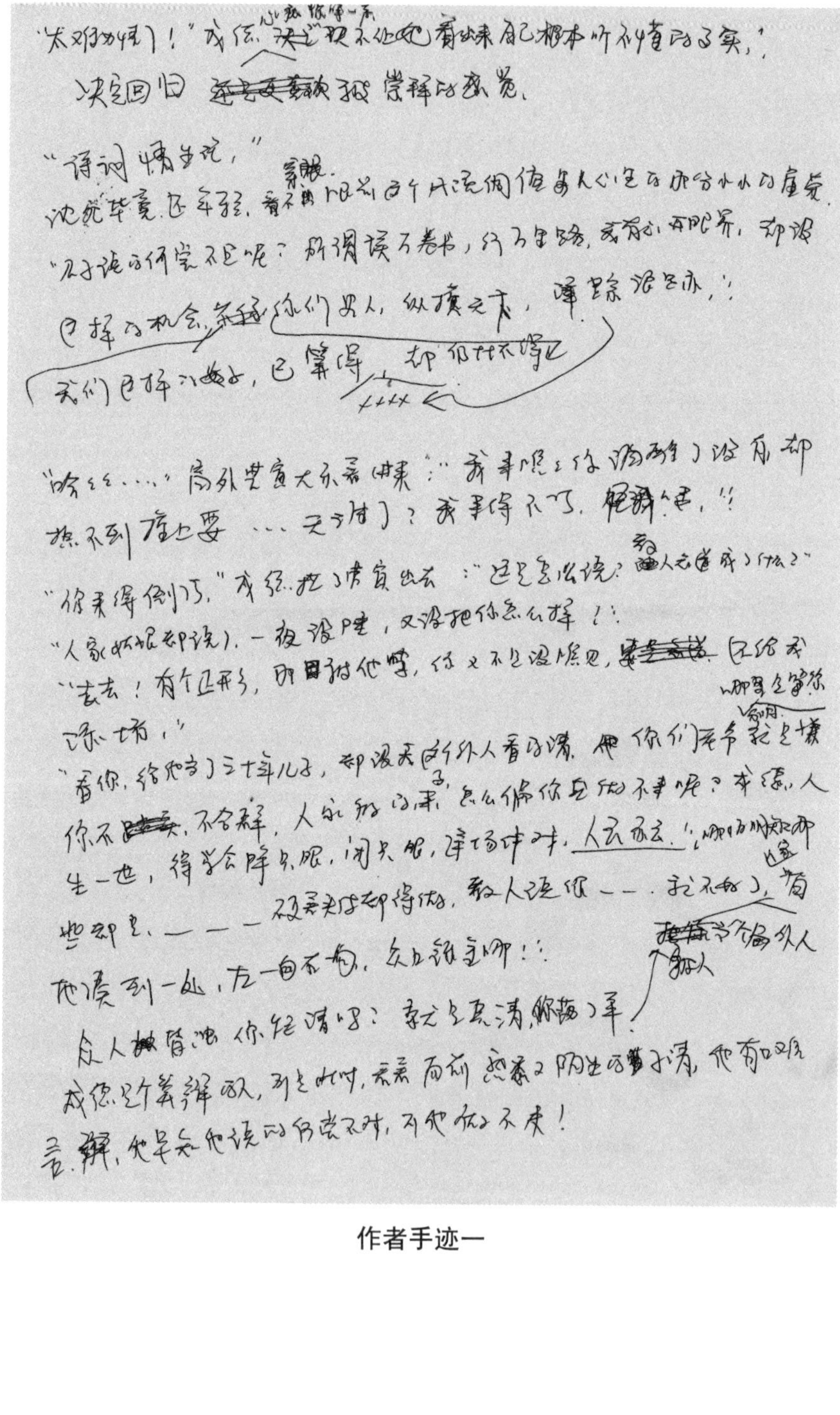

作者手迹一

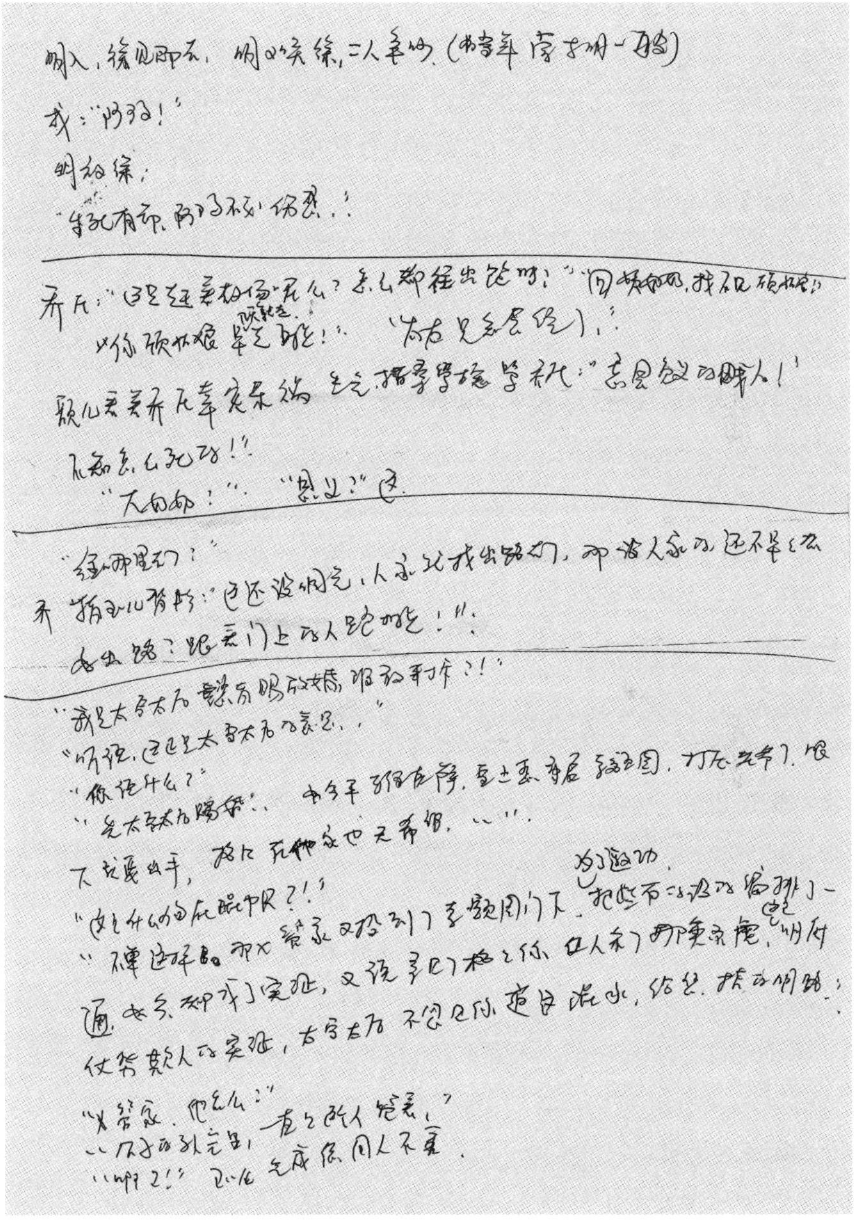

作者手迹二

作者手迹三